萧红经典散文

大家经典

萧红 著

山东文艺出版社

目　录

第一辑　呼兰河传

- 003 ｜ 呼兰河传
- 197 ｜ 祖父死了的时候

第二辑　破落之街

- 203 ｜ 破落之街
- 207 ｜ 黑夜
- 213 ｜ 饿
- 218 ｜ 当铺
- 221 ｜ 搬家
- 225 ｜ 皮球
- 231 ｜ 镀金的学说
- 238 ｜ 夏夜
- 241 ｜ 几个欢快的日子
- 246 ｜ 茶食店
- 249 ｜ 三个无聊人
- 253 ｜ 失眠之夜
- 257 ｜ 寄东北流亡者
- 260 ｜ 回忆鲁迅先生
- 296 ｜ 九一八致弟弟书

第一辑

呼兰河传

呼兰河传

第一章

一

严冬一封锁了大地的时候,则大地满地裂着口。从南到北,从东到西,几尺长的,一丈长的,还有好几丈长的,它们毫无方向的,便随时随地,只要严冬一到,大地就裂开口了。

严寒把大地冻裂了。

年老的人,一进屋用扫帚扫着胡子上的冰溜,一面说:

"今天好冷啊!地冻裂了。"

赶车的车夫,顶着三星①,绕着大鞭子走了六七十里,天刚一蒙亮,进了大店,第一句话就向客栈掌柜的说:

"好厉害的天啊!小刀子一样。"

等进了栈房,摘下狗皮帽子来,抽一袋烟之后,伸手去拿热

---

① 三星:猎户座中央三颗明亮的星,民间称作"三星"。

馒头的时候，那伸出来的手在手背上有无数的裂口。

人的手被冻裂了。

卖豆腐的人清早起来，沿着人家去叫卖，偶一不慎，就把盛豆腐的方木盘贴在地上拿不起来了。被冻在地上了。

卖馒头的老头，背着木箱子，里边装着热馒头，太阳一出来，就在街上叫唤。他刚一从家里出来的时候，他走的快，他喊的声音也大。可是过不了一会，他的脚上挂了掌子了，在脚心上好像踏着一个鸡蛋似的，圆滚滚的。原来冰雪封满了他的脚底了。使他走起来十分的不得力，若不是十分的加着小心，他就要跌倒了。就是这样，也还是跌倒的。跌倒了是不很好的，把馒头箱子跌翻了，馒头从箱底一个一个的跑了出来。旁边若有人看见，趁着这机会，趁着老头子倒下一时还爬不起来的时候，就拾了几个一边吃着就走了。等老头子挣扎起来，连馒头带冰雪一起拣到箱子去，一数，不对数。他明白了。他向着那走得不太远的吃他馒头的人说：

"好冷的天，地皮冻裂了，吞了我的馒头了。"

行路人听了这话都笑了。他背起箱子来再往前走，那脚下的冰溜，似乎是越结越高，使他越走越困难，于是背上出了汗，眼睛上了霜，胡子上的冰溜越挂越多，而且因为呼吸的关系，把破皮帽子的帽耳朵和帽前遮都挂了霜了。这老头越走越慢，担心受怕，颤颤惊惊，好像初次穿上了滑冰鞋，被朋友推上了溜冰场似的。

小狗冻得夜夜的叫唤，哽哽的，好像它的脚爪被火烧着了一样。

天再冷下去：

水缸被冻裂了；

井被冻住了；

大风雪的夜里，竟会把人家的房子封住，睡了一夜，早晨起来，一推门，竟推不开门了。

大地一到了这严寒的季节，一切都变了样，天空是灰色的，好像刮了大风之后，呈着一种混沌沌的气象，而且整天飞着清雪。人们走起路来是快的，嘴里边的呼吸，一遇到了严寒好像冒着烟似的。七匹马拉着一辆大车，在旷野上成串的一辆挨着一辆的跑，打着灯笼，甩着大鞭子，天空挂着三星。跑了二里路之后，马就冒汗了。再跑下去，这一批人马在冰天雪地里边竟热气腾腾的了。一直到太阳出来，进了栈房，那些马才停止了出汗。但是一停止了出汗，马毛立刻就上了霜。

人和马吃饱了之后，他们再跑。这寒带的地方，人家很少，不像南方，走了一村，不远又来了一村，过了一镇，不远又来了一镇。这里是什么也看不见，远望出去是一片白。从这一村到那一村，根本是看不见的。只有凭了认路的人的记忆才知道是走向了什么方向。拉着粮食的七匹马的大车，是到他们附近的城里去。载来大豆的卖了大豆，载来高粱的卖了高粱。等回去的时候，他们带了油、盐和布匹。

呼兰河就是这样的小城，这小城并不怎样繁华，只有两条大街，一条从南到北，一条从东到西，而最有名的算是十字街了。十字街口集中了全城的精华。十字街上有金银首饰店，布庄，油盐店，茶庄，药店，也有拔牙的洋医生。那医生的门前，挂着很大的招牌，那招牌上画着特别大的有量米的斗那么大的一排牙齿。这广告在这小城里边无乃太不相当，使人们看了竟不知道那是什么东西。因为油店，布店和盐店，他们都没有什么广告，也不过是盐店门前写个"盐"字，布店门前挂了两张怕是自古亦有之的两张布幌子。其余的如药店的招牌也不过是把那戴着花镜的伸出手去在小枕头上号着妇女们的脉管的医生的名字挂在门外就是了。比方那医生的名字叫李永春，那药店也就叫"李永春"。人们凭着记忆，那怕就是李永春摘掉了他的招牌，人们也都知李永春是在那里。不但城里的人这样，就是从乡下来的人也多半都把这城里的街道，和街道上尽是些什么都记熟了。用不着什么广告，用不着什么招引的方式，要买的比如油盐、布匹之类，自己走进去就会买。不需要的，你就是挂了多大的牌子。人们也是不去买。那牙医生就是一个例子，那从乡下来的人们看了这么大的牙齿，真是觉得希奇古怪，所以那大牌子前边，停了许多人在看，看也看不出是什么道理来。假若他是正在牙痛，他也绝对的不去让那用洋法子的医生给他拔掉，也还是走到李永春药店去，买二两黄连，回家去含着算了吧！因为那牌子上的牙齿太大了，有点莫名其妙，怪害怕的。

所以那牙医生，挂了两三年招牌，到那里去拔牙的却是寥寥无几。

后来那女医生没有办法，大概是生活没法维持，她兼做了收生婆。

城里除了十字街之外，还有两条街，一个叫做东二道街，一个叫做西二道街，这两条街是从南到北的，大概五六里长。这两条街上没有什么好记载的，有几座庙，有几家烧饼铺，有几家粮栈。

东二道街上有一家火磨，那火磨的院子很大，用红色的好砖砌起来的大烟筒是非常高的，听说那火磨里边进去不得，那里边的消信可多了，是碰不得的。一碰就会把人用火烧死，不然为什么叫火磨呢？就是因为有火，听说那里边不用马，或是毛驴拉磨，用的是火。一般人以为尽是用火，岂不把火磨烧着了吗？想来想去，想不明白，越想也就越糊涂。偏偏那火磨又是不准参观的。听说门口站着守卫。

东二道街上还有两家学堂，一个在南头，一个在北头。都是在庙里边，一个在龙王庙里，一个在祖师庙里。两个都是小学。

龙王庙里的那个学的是养蚕，叫做农业学校。祖师庙里的那个，是个普通的小学，还有高级班，所以又叫做高等小学。

这两个学校，名目上虽然不同，实际上是没有什么分别的。也不过那叫做农业学校的，到了秋天把蚕用油炒起来，教员们大吃几顿就是了。

那叫做高等小学的，没有蚕吃，那里边的学生的确比农业学校的学生长的高，农业学生开头是念"人、手、足、刀、尺"，顶大的也不过十六七岁。那高等小学的学生却不同了，吹着洋号，竟有二十四岁的，在乡下私学馆里已经教了四五年的书了，现在才来上高等小学。也有的在粮栈里当了二年的管帐先生的现在也来上学了。

这小学的学生写起家信来，竟有写到："小秃子闹眼睛好了没有？"小秃子就是他的八岁的长公子的小名。次公子，女公子还都没有写上，若都写上怕是把信写得太长了。因为他已经子女成群，已经是一家之主了，写起信来总是多谈一些个家政，姓王的地户的地租送来没有？大豆卖了没有？行情如何之类。

这样的学生，在课堂里边也是极有地位的，教师也得尊敬他，一不留心，他这样的学生就站起来了，手里拿着《康熙字典》，常常把先生会指问住的。万里乾坤的"乾"和乾菜的"乾"，据这学生说是不同的。乾菜的"乾"应该这样写："乾"，而不是那样写："乾"。

西二道街上不但没有火磨，学堂也就只有一个。是个清真学校，设在城隍庙里边。

其余的也和东二道街一样，灰秃秃的，若有车马走过，则烟尘滚滚，下了雨满地是泥。而且东二道街上有大泥坑一个，五六尺深。不下雨那泥浆好像粥一样，下了雨，这泥坑就便成河了，附近的人家，就要吃它的苦头，冲了人家里满满了是泥，等坑水一落了去，天一晴了，被太阳一晒出来很多蚊子飞到附近的人家去。同时那泥坑也就越晒越纯净，好像在提炼什么似的，好像要从那泥坑里边提炼出点什么来似的。若是一个月以上不下雨，那大泥坑的质度更纯了，水份完全被蒸发走了，那里边的泥，又黏又黑，比粥锅潋糊，比浆糊还黏。好像炼胶的大锅似的，黑糊糊的，油亮亮的，那怕苍蝇蚊子从那里一飞也要黏住的。

小燕子是很喜欢水的，有时误飞到这泥坑上来，用翅子点着水，看起来很危险，差一点没有被泥坑陷害了它，差一点没有被粘住，赶快的头也不回的飞跑了。

若是一匹马，那就不然了，非黏住不可。而不仅仅是黏住，而且把它陷进去，马在那里边滚着，挣扎着，挣扎了一会，没有了力气那马就躺下了，一躺下那就很危险，很有致命的可能。但是这种时候不很多，很少有人牵着马或是拉着车子来冒这种险。

这大泥坑出乱子的时候，多半是在旱年，若两三个月不下雨这泥坑子才到了真正危险的时候。在表面上看来，似乎是越下雨越坏,一下了雨好像小河似的了,该多么危险,有一丈来深,人掉下去也要没顶的。其实不然,呼兰河这城里的人没有这么傻,他们都晓得这个坑是很厉害的,没有一个人敢有这样大的胆子牵着马从这泥坑上过。

可是若三个月不下雨,这泥坑子就一天一天的干下去,到后来也不过是二三尺深,有些勇敢者就试探着冒险的赶着车从上边过去了,还有些次勇敢者,看着别人过去,也就跟着过去了。一来二去的,这坑子的两岸,就压成车轮经过的车辙了。那再后来者,一看,前边已经有人走在先了,这懦怯者比之勇敢的人更勇敢,赶着车子走上去了。

谁知这泥坑子的底是高低不平的,人家过去了,可是他却翻了车了。

车夫从泥坑爬出来,弄得和个小鬼似的,满脸泥污,而后再从泥中往外挖掘他的马,不料那马已经倒在泥污之中了,这时候有些过路的人,也就走上前来,帮忙施救。

这过路的人分成两种,一种是穿着长袍短褂的,非常清洁。看那样子也伸不出手来,因为他的手也是很洁净的。不用说那就是绅士一流的人物了,他们是站在一旁参观的。

看那马要站起来了,他们就喝彩,"噢!噢!"的喊叫着,看那马又站不起来,又倒下去了,这时他们又是喝彩,"噢噢"的又叫了几声。不过这喝的是倒彩。

就这样的马要站起来,而又站不起来的闹了一阵之后,仍然没有站起来,仍是照原样可怜的躺在那里。这时候,那些看热闹的觉得也不过如此,也没有什么新花样了。于是星散开去,各自回家去了。

现在再来说那马还是在那里躺着,那些帮忙救马的过路人,都是些普通的老百姓,是这城里的担葱的,卖菜的,瓦匠,车夫之流。他们卷卷裤脚,脱了鞋子,看看没有什么办法,走下泥坑去,想用几个人的力量把那马抬起来。

结果抬不起来了,那马的呼吸不大多了。于是人们着了慌,赶快解了马套。从车子把马解下来,以为这回那马毫无担负的就可以站起来了。

不料那马还是站不起来。马的脑袋露在泥浆的外边,两个耳朵哆嗦着,眼睛闭着,鼻子往外喷着秃秃的气。

看了这样可怜的景象,附近的人们跑回家去,取了绳索,拿了绞锥。用绳子把马捆了起来,用绞锥从下边掘着。人们喊着号令,好像造房子或是架桥梁似的,把马抬出来了。

马是没有死,躺在道旁。人们给马浇了一些水,还给马洗了一个脸。

看热闹的也有来的,也有去的。

第二天大家都说:

"那大水泡子又淹死了一匹马。"

虽然马没有死,一哄起来就说马死了。若不这样说,觉得那大泥坑也太没有什么威严了。

在这大泥坑上翻车的事情不知有多少。一年除了被冬天冻住的季节之外,其余的时候,这大泥坑子像它被赋给生命了似的,它是活的。水涨了,水落了,过些日子大了,过些日子又小了。大家对它都起着无限的关切。

水大的时候,不但阻碍了车马,且也阻碍了行人。老头走在泥坑子的沿上,两条腿打颤,小孩走在泥坑子的沿上吓得狼哭鬼叫。

一下起雨来这大泥坑子白亮亮的涨得溜溜的满，涨到两边的人家的墙根上去了，把人家的墙根给淹没了。来往过路的人，一走到这里，就像在人生的路上碰到了打击。是要奋斗的，卷起袖子来，咬紧了牙根，全身的精力集中起来，手抓着人家的板墙，心脏扑通扑通的跳，头不要晕，眼睛不要花，要沉着迎战。

偏偏那人家的板墙造得又非常的平滑整齐，好像有意在危难的时候不帮人家的忙似的，使那行路人无管怎样巧妙的伸出手来，也得不到那板墙的怜悯，东抓抓不着什么，西摸也摸不到什么，平滑得连一个疤拉节子也没有，这可不知道是什么山上长的木头，长得这样完好无缺。

挣扎了五六分钟之后，总算是过去了。弄得满头流汗，满身发烧，那都不说。再说那后来的人，依法炮制，那花样也不多，也只是东抓抓，西摸摸。弄了五六分钟之后，又过去了。

一过去了可就精神饱满，哈哈大笑着，回头向那后来的人，向那正在艰苦阶段上奋斗着的人说：

"这算什么，一辈子不走几回险路那不算英雄。"

可也不然，也不一定都是精神饱满的，而大半是被吓得脸色发白。有的虽然已经过去了，还是不能够很快的抬起腿来走路，因为那腿还在打颤。

这一类胆小的人，虽然是险路已经过去了，但是心里边无由的生起来一种感伤的情绪，心里颤抖抖的，好像被这大泥坑子所感动了似的，总要回过头来望了一望，打量一会，似乎要有些话说。终于也没有说什么，还是走了。

有一天，下大雨的时候，一个小孩掉下去了，让一个卖豆腐的救了上来。

救上来一看，那孩子是农业学校校长的儿子。

于是议论纷纷了，有的说是因为农业学堂设在庙里边，冲了龙王爷了，龙王爷要降大雨淹死这孩子。

有的说不然，完全不是这样，都是因为这孩子的父亲的关系，他父亲在讲堂上指手画脚的讲，讲给学生们说，说这天下雨不是在天的龙王爷下的雨，他说没有龙王爷。你看这不把龙王爷活活的气死，他这口气那能不出呢？所以就抓住了他的儿子来实行因果报应了。

有的说，那学堂里的学生也太不像样了，有的爬上了老龙王的头顶，给老龙王去戴了一个草帽。这是什么年头，一个毛孩子就敢惹这么大的祸，老龙王怎么会不报应呢？看着吧，这还不能算了事，你想龙王爷并不是白人呵！你若惹了他，他可能够饶了你？那不像对付一个拉车的，卖菜的，随便的踢他们一脚就让他们去。那是龙王爷呀！龙王爷还是惹得的吗？

有的说，那学堂的学生都太不像样了，他说他亲眼看见过，学生们拿了蚕放在大殿上老龙王的手上。你想老龙王那能够受得了。

有的说，现在的学堂太不好了，有孩子是千万上不得学堂的。一上了学堂就天地人鬼神不分了。

有的说他要到学堂把他的儿子领回来，不让他念书了。

有的说孩子在学堂里念书，是越念越坏，比方吓掉了魂，他娘给他叫魂的时候，你听他说什么？他说这叫迷信。你说再念下去那还了得吗？

说来说去，越说越远了。

过了几天，大泥坑子又落下去了，泥坑两岸的行人通行无阻。

再过些日子不下雨，泥坑子就又有点像要干了。这时候，又有车马开始在上面走，又有车子翻在上面，又有马倒在泥中打滚，又是绳索棍棒之类的，往外抬马，被抬出去的赶着车子走了。后来的，陷进去，再抬。

一年之中抬车抬马，在这泥坑子上不知抬了多少次，可没有一个人说把泥坑子用土填起来不就好了吗？没有一个。

有一次一个老绅士在泥坑涨水时掉在里边了。他一爬出来，他就说：

"这街道太窄了，去了这水泡子连走路的地方都没有了。这两边的院子，怎么不把院墙拆了让出一块来？"

他正说着，板墙里边，就是那院中的老太太搭了言。她说院墙是拆不得的，她说最好种树，若是沿着墙根种上一排树，下起雨来人就可以攀着树过去了。

说拆墙的有，说种树的有，若说用土把泥坑来填平的，一个人也没有。

这泥坑子里边淹死过小猪，用泥浆闷死过狗，闷死过猫，鸡和鸭也常常死在这泥坑里边。

原因是这泥坑上边结了一层硬壳，动物们不认识那硬壳下面就是陷阱，等晓得了可也就晚了。它们跑着或是飞着，等往那硬壳上一落可就再也站不起来了。白天还好，或者有人又要来施救。夜晚可就没有办法了。它们自己挣扎，挣扎到没有力量的时候就很自然的沉下去了，其实也或者越挣扎越沉下去的快。有时至死也还不沉下去的事也有。若是那泥浆的密度过高的时候，就有这样的事。

比方肉上市。忽然卖便宜猪肉了,于是大家就想起那泥坑子来了,说:

"可不是那泥坑子里边又淹死了猪了?"

说着若是腿快的,就赶快跑到邻人的家去,告诉邻居:

"快去买便宜肉吧,快去吧,快去吧,一会没有了。"

等买回家来才细看一番,似乎有点不大对,怎么这肉又紫又青的!可不要是瘟猪肉。

但是又一想,那能是瘟猪肉呢,一定是那泥坑子淹死的。

于是煎,炒,蒸,煮,家家吃起便宜猪肉来。虽然吃起来了,但就总觉得不大香,怕还是瘟猪肉。

可是又一想,瘟猪肉怎么可以吃得,那么还是泥坑子淹死的吧!

本来这泥坑子一年只淹死一两只猪,或两三口猪,有几年还连一个猪也没有淹死。至于居民们常吃淹死的猪肉,这可不知是怎么一回事,真是龙王爷晓得。

虽然吃的自己说是泥坑子淹死的猪肉,但也有吃病了的,那吃病了的就大发议论说:

"就是淹死的猪肉也不应该抬到市上去卖,死猪肉终究是不新鲜的,税局子是干什么的,让大街上,在光天化日之下就卖起死猪肉来?"

那也是吃了死猪肉的,但是尚且没有病的人说:

"话可也不能是那么说,一定是你疑心,你三心二意的吃下去还会好。你看我们也一样是吃了,可怎么没病?"

间或也有小孩子太不知时务,他说他妈不让他吃,说那是瘟猪肉。

这样的孩子,大家都不喜欢。大家都用眼睛瞪着他,说他:

"瞎说,瞎说!"

有一次一个孩子说那猪肉一定是瘟猪肉,并且是当着母亲的面向邻人说的。

那邻人听了倒并没有坚绝的表示什么,可是他的母亲的脸立刻就红了。伸出手去就打了那孩子。

那孩子很固执,仍是说:

"是瘟猪肉吗!是瘟猪肉吗!"

母亲实在难为情起来,就拾起门旁的烧火的叉子,向着那孩子的肩膀就打了过去。

于是孩子一边哭着一边跑回家里去了。

一进门,炕沿上坐着外祖母,那孩子一边哭着一边扑到外祖母的怀里说:

"姥姥,你吃的不是瘟猪肉吗?我妈打我。"

外祖母对这打得可怜的孩子本想安慰一番,但是一抬头看见了同院的老李家的奶奶站在门口往里看。

于是外祖母就掀起孩子后衣襟来,用力的在孩子的屁股上咔咔的打起来,嘴里还说着:

"谁让你这么一点你就胡说八道!"

一直打到李家的奶奶抱着孩子走了才算完事。

那孩子哭得一塌糊涂,什么"瘟猪肉"不"瘟猪肉"的,哭得也说不清了。

总共这泥坑子施给当地居民的福利有两条:

第一条:常常抬车抬马,淹鸡,淹鸭,闹得非常热闹,可使居民说长道短，得以消遣。

第二条就是这猪肉的问题了，若没有这泥坑子，可怎么吃瘟猪肉呢？吃是可以吃的，但是可怎么说法呢？真正说是吃的瘟猪肉，岂不太不讲卫生了吗？有这泥坑子可就好办，可以使瘟猪变成淹猪，居民们买起肉来，第一经济，第二也不算什么不卫生。

二

东二道街除了大泥坑子这番盛举之外，再就没有什么了。

也不过是几家碾磨房，几家豆腐店，也有一两家机房，也许有一两家染布匹的染缸房，这个也不过是自己默默的在那里做着自己的工作，没有什么可以使别人开心的，也不能招来什么议论。那里边的人都是天黑了就睡觉，天亮了就起来工作。一年四季，春暖花开，秋雨，冬雪，也不过是随着季节穿起棉衣来，脱下单衣去的过着。生老病死也都是一声不响的默默的办理。

比方就是东二道街南头，卖豆芽菜的王寡妇吧：她在房脊上插了一个很高的杆子，杆子头上挑着一个破筐。因为那杆子很高，差不多和龙王庙的铁马铃子一般高了。来了风，庙上的铃子格仍格仍的响。王寡妇的破筐子虽是它不会响，但是它也会东摇西摆的作着态。

就这样一年一年的过去，王寡妇一年一年的卖着豆芽菜，平静无事，过着安详的日子，忽然有一年夏天，她的独子到河里边去洗澡，掉河淹了。

这事情似乎轰动了一时，家传户晓，可是不久也就平静下去了。不但邻人，街坊，就是她的亲戚朋友也都把这回事情忘记了。

再说那王寡妇,虽然她从此以后就疯了,但她到底还晓得卖豆芽菜,她仍还是静静的活着,虽然偶尔她的疯性发了,在大街上或是在庙台上狂哭一场,但一哭过了之后,她还是平平静静的活着。

至于邻人街坊们,或是过路的人看见了她在庙台上哭,也会引起一点恻隐之心来的,不过为时甚短罢了。

还有人们常常喜欢把一些不幸者归划在一起,比如疯子傻子之类,都一律去看待。

那个乡,那个县,那个村都有些个不幸者,瘸子啦,瞎子啦,疯子或是傻子。

呼兰河这城里,就有许多这一类的人。人们关于他们都似乎听得多,看得多,也就不以为奇了。偶尔在庙台上或是大门洞里不幸遇到了一个,刚想多少加一点恻隐之心在那人身上,但是一转念,人间这样的人多着哩!于是转过眼睛去,三步两步的就走过去了。即或有人停下来,也不过是和那些毫没有记性的小孩子似的向那疯子投一个石子,或是做着把瞎子故意领到水沟里边去的事情。

一切不幸者,就都是叫化子,至少在呼兰河这城里边是这样。

人们对待叫化子们是很平凡的。

门前聚了一群狗在咬,主人问:

"咬什么?"

仆人答:

"咬一个讨饭的。"

说完了也就完了。

可见这讨饭人的活着是一钱不值了。

卖豆芽菜的女疯子,虽然她疯了还忘不了自己的悲哀,隔三差五的还到庙台上去哭一场,但是一哭完了,仍是得回家去吃饭,睡觉,卖豆芽菜。

她仍是平平静静的活着。

三

再说那染缸房里边,也发生过不幸。两个年青的学徒,为了争一个街头上的妇人,其中的一个把另一个按进染缸子给淹死了。死了的不说,就说那活着的也下了监狱,判了个无期徒刑。

但这也是不声不响的把事就解决了,过了三年二载,若有人提起那件事来,差不多就像人们讲着岳飞、秦桧似的,久远得不知多少年前的事情似的。

同时发生这件事情的染缸房,仍旧是在原址,甚或连那淹死人的大缸也许至今还在那儿使用着。从那染缸房发卖出来的布匹,仍旧是远近的乡镇都流通着。蓝色的布匹男人们做起棉裤棉袄,冬天穿它来抵御严寒。红色的布匹,则做成大红袍子,给十八九岁的姑娘穿上,让她去做新娘子。

总之,除了染缸房子在某年某月某日死了一个人外,其余的世界,并没有因此而改动了一点。

再说那豆腐房里边也发生过不幸:两个伙计打仗,竟把拉磨的小驴的腿打断了。

因为它是驴子,不谈它也就罢了。只因为这驴子哭瞎了一个妇人的眼睛(即打了驴子那人的母亲)所以不能不记上。

再说那造纸的纸房里边,把一个私生子活活饿死了。因为他是一个初生的孩子,算不了什么。也就不说他了。

四

其余的东二道街上,还有几家扎彩铺。这是为死人而预备的。

人死了,魂灵就要到地狱里边去,地狱里边怕是他没有房子住,没有衣裳穿,没有马骑。活着的人就为他做了这么一套,用火烧了,据说是到阴间就样样都有了。

大至喷钱兽,聚宝盆,大金山,大银山,小至丫环使女,厨房里的厨子,喂猪的猪倌,再小至花盆,茶壶茶杯,鸡鸭鹅犬,以至窗前的鹦鹉。

看起来真是万分的好看,大院子也有院墙,墙头上是金色的琉璃瓦。一进了院,正房五间,厢房三间,一律是青红砖瓦房,窗明几净,空气特别新鲜,花盆一盆一盆的摆在花架子上,石柱子,金百合,马蛇菜,九月菊都一齐的开了。看起使人不知道是什么季节,是夏天还是秋天,居然间马蛇菜也和菊花同时站在一起。也许阴间是不分什么春夏秋冬的。这且不说。

再说那厨房里的厨子,真是活神活现,比真的厨子真是干净到一千倍,头戴白帽子,身扎白围裙。手里边在做拉面条。似乎午饭的时候就要到了,煮了面就要开饭了似的。

院子里的牵马童,站在一匹大白马的旁边,那马好像是阿拉伯马,特别高大,英姿挺立,假若有人骑上,看样子一定比火车跑得更快。就是呼兰河这城里的将军,相信他也没有骑过这样的马。

小车子,大骡子,都排在一边。骡子是油黑的,闪亮的,用鸡蛋壳做的眼睛。所以眼珠是不会转的。

大骡子旁边还站着一匹小骡子,那小骡子是特别好看,眼珠是和大骡子一般的大。

小车子装潢得特别漂亮,车轮子都是银色的,车前边的帘子是半卷半掩的,使人得以看到里边去。车里边是红堂堂的铺着大红的褥子。赶车的坐在车沿上,满脸是笑,得意洋洋,装饰得特别漂亮,扎着紫色的腰带,穿着蓝色花丝葛的大袍,黑缎鞋,雪白的鞋底。大概穿起这鞋来还没有走路就赶过车来了。他头上戴着黑帽头,红帽顶,把脸扬着,他蔑视着一切,越看他越不像一个车夫,好像一位新郎。

公鸡三两只,母鸡七八只,都是在院子里边静静的啄食,一声不响。鸭子也并不呱呱的乱叫,叫得烦人。狗蹲在上房的门旁,非常的守职,一动不动。

看热闹的人,人人说好,个个称赞。穷人们看了这个竟觉得活着还没有死了好。

正房里,窗帘,被格,桌椅板凳,一切齐全。

还有一个管家的,手里拿着一个算盘在打着。旁边还摆着一个帐本,上边写着:

"北烧锅欠酒二十二巾

东乡老王家昨借米二十担

白旗屯泥人子昨送地租四百卅吊

白旗屯二傻子共欠地租两千吊"

这以下写了个:

四月廿八日

以上的是四月廿七日的流水帐,大概廿八日的还没有写吧!

看这帐目也就知道阴间欠了帐也是马虎不得的，也设了专门人才，即管帐先生一流的人物来管。同时也可以看出来，这大宅子的主人不用说就是个地主了。

这院子里边，一切齐全，一切都好，就是看不见这院子的主人在什么地方，未免的使人疑心这么好的院子而没有主人了。这一点似乎使人感到空虚，无着无落的。

再一回头看，就觉得这院子终归是有点两样，怎么丫环使女，车夫，马童的胸前都挂着一张纸条，那纸条上写着他们每个人的名字：

那漂亮得和新郎似的车夫的名字叫：

"长鞭"

马童的名字叫：

"快腿"

左手拿着水烟袋，右手抡着花手巾的小丫环叫：

"德顺"

另外一个叫：

"顺手"

管帐的先生叫：

"妙算"

提着喷壶在浇花的使女叫：

"花姐"

再一细看才知道那匹大白马也是有名字的，那名字是贴在马屁股上的，叫：

"千里驹"

其余的，如骡子，狗，鸡，鸭之类没有名字。

那在厨房里拉着面条的"老王",他身上写着他名字的纸条,来风一吹,还忽咧忽咧的跳着。

这可真有点奇怪,自家的仆人,自己都不认识了,还要挂上个名签。

这一点未免的使人迷离恍惚,似乎阴间究竟没有阳间好。

虽然这么说,羡慕这座宅子的人还是不知多少。因为的确这座宅子是好,清悠,闲静,鸦雀无声,一切规整,绝不紊乱。丫环,使女,照着阳间的一样,鸡犬猪马,也都和阳间一样,阳间有什么,到了阴间也有,阳间吃面条,到了阴间也吃面条,阳间有车子坐,到了阴间也一样的有车子坐,阴间是完全和阳间一样,一模一样的。

只不过没有东二道街上那大泥坑子就是了。是凡好的一律都有,坏的不必有。

五

东二道街上的扎彩铺,就扎的是这一些。一摆起来又威风,又好看,但那作坊里边是乱七八糟的,满地碎纸,秫杆棍子一大堆,破盒子,乱罐子,颜料瓶子,浆糊盆,细麻绳,粗麻绳……走起路来,会使人跌倒。那里边砍的砍,绑的绑,苍蝇也来回的飞着。

要做人,先做一个脸孔,糊好了,挂在墙上,男的女的,到用的时候,摘下一个来就用。给一个用秫杆捆好的人架子,穿上衣服,装上一个头就像人了。把一个瘦骨伶仃的用纸糊好的马架子,上边贴上用纸剪成的白毛,那就是一匹很漂亮的马了。

做这样的活计的,也不过是几个极粗糙极丑陋的人,他们虽懂得怎样打扮一个马童或是打扮一个车夫，怎样打扮一个妇人女子。但他们对他们自己是毫不加修饰的，长头发的，毛头发的，歪嘴的，斜眼的，赤足裸膝的，似乎使人不能相信，这么漂亮炫眼耀目，好像要活了的人似的，是出于他们之手。

他们吃的是粗菜，粗饭，穿的是破乱的衣服，睡觉则睡在车马、人、头之中。

他们这种生活，似乎也很苦的。但是一天一天的，也就糊里糊涂的过去了，也就随着春夏秋冬，脱下单衣去，穿起棉衣来的过去了。

生，老，病，死，都没有什么表示。生了就任其自然的长去，长大就长大，长不大也就算了。

老，老了也没有什么关系。眼花了，就不看；耳聋了，就不听；牙掉了，就整吞；走不动了，就瘫着。这有什么办法，谁老谁活该。

病，人吃五谷杂粮，谁不生病呢？

死，这回可是悲哀的事情了，父亲死了，儿子哭。儿子死了母亲哭。哥哥死了一家全哭。嫂子死了，她的娘家人来哭。

哭了一朝或是三日，就总得到城外去，挖一个坑把这人埋起来。

埋了之后，那活着的仍旧得回家照旧的过着日子，该吃饭，吃饭。该睡觉，睡觉。外人绝对看不出来是他家已经没有了父亲或是失掉了哥哥，就连他们自己也不是关起门来，每天哭上一场。他们心中的悲哀，也不过是随着当地的风俗的大流逢年遇节的到坟上去观望一回。二月过清明，家家户户都提着香火去上坟茔，有的坟头上塌了一块土，有的坟头上陷了几个洞，相观之下,感慨唏嘘,烧香点酒。若有近亲的人如子女父母之类,往往且哭上一场;那哭的语句,数数落落,无异是在做一篇文章或者是在诵一篇长诗。歌诵完了之后,站起来拍拍屁股上的土,也就随着上坟的人们回城的大流,回城去了。

回到城中的家里,又得照旧的过着日子,一年柴米油盐,浆洗缝补。从早晨到晚上忙了个不休。夜里疲乏之极,躺在炕上就睡了。在夜梦中并梦不到什么悲哀的或是欣喜的景况,只不过咬着牙,打着哼,一夜一夜的就都这样的过去了。

假若有人问他们,人生是为了什么?他们并不会茫然无所对答的,他们会直截了当的不假思索的说了出来:"人活着是为吃饭穿衣。"

再问他,人死了呢?他们会说:"人死了就完了。"

所以没有人看见过做扎彩匠的活着的时候为他自己糊一座阴宅,大概他不怎么相信阴间。假如有了阴间,到那时候他再开扎彩铺,怕又要租人家的房子了。

六

呼兰河城里,除了东二道街,西二道街,十字街之外,再就都是些个小胡同了。

小胡同里边更没有什么了,就连打烧饼麻花的店铺也不大有,就连卖红绿糖球的小床子,也都是摆在街口上去,很少有摆在小胡同里边的。那些住在小街上的人家,一天到晚看不见多少闲散杂人。耳听的眼看的,都比较的少,所以整天寂寂寞寞的,关起门来在过着生活。破草房有上半间,买上二斗豆子,煮一点盐豆下饭吃,就是一年。

在小街上住着，又冷清，又寂寞。

一个提篮子卖烧饼的，从胡同的东头喊，胡同向西头都听到了。虽然不买，若走谁家的门口，谁家的人都是把头探出来看看，间或有问一问价钱的，问一问糖麻花和油麻花现在是不是还卖着前些日子的价钱。

间或有人走过去掀开了筐子上盖着的那张布，好像要买似的，拿起一个来摸一摸是否还是热的。

摸完了也就放下了，卖麻花的也绝对的不生气。

于是又提到第二家的门口去。

第二家的老太婆也是在闲着，于是就又伸出手来，打开筐子，摸了一回。

摸完了也是没有买。

等到了第三家，这第三家可要买了。

一个三十多岁的女人，刚刚睡午觉起来，她的头顶上梳着一个卷，大概头发不怎样整齐，发卷上罩着一个用大黑珠线织的网子，网子上还插了不少的疙瘩针。可是因为这一睡觉，不但头发乱了，就是那些疙瘩针也都跳出来了，好像这女人的发卷上被射了不少的小箭头。

她一开门就很爽快，把门扇刮打的往两边一分，她就从门里闪出来了。随后就跟出来五个孩子。这五个孩子也都个个爽快。像一个小连队似的，一排就排好了。

第一个是女孩子，十二三岁，伸出手来就拿了一个五吊钱一只的一竹筷子长的大麻花。她的眼光很迅捷，这麻花在这筐子里的确是最大的，而且就只有这一个。

第二个是男孩子，拿了一个两吊钱一只的。

第三个也是拿了个两吊钱一只的。也是个男孩子。

第四个看了看,没有办法,也只得拿了一个两吊钱的。也是个男孩子。

轮到第五个了,这个可分不出来是男孩子,还是女孩子。头是秃的,一只耳朵上挂着钳子,瘦得好像个干柳条,肚子可特别大。看样子也不过五岁。

一伸手,他的手就比其余的四个的都黑得更厉害,其余的四个,虽然他们的手也黑得够厉害的,但总还认得出来那是手,而不是别的什么,唯有他的手是连认也认不出来了,说是手呢!说是什么呢,说什么都行。完全起着黑的灰的,深的浅的,各种的云层。看上去,好像看隔山照似的,有无穷的趣味。

他就用这手在筐子里边挑选,几乎是每个都让他摸过了,不一会工夫,全个的筐子都让他翻遍了。本来这筐子虽大,麻花也并没有几只,除了一个顶大的之外,其余小的也不过十来只,经了他这一翻,可就完全遍了。弄了他满手是油,把那小黑手染得油亮油亮的,黑亮黑亮的。

而后他说:

"我要大的。"

于是就在门口打了起来。

他跑得非常之快,他去追着他的姐姐。他的第二个哥哥,他的第三个哥哥,也都跑了上去,都比他跑得更快。再说他的大姐,那个拿着大麻花的女孩,她跑得更快到不能想像了。已经找到一块墙的缺口的地方,跳了出去,后边的也就跟着一溜烟的跳过去。等他们刚一追着跳过去,那大孩子又跳回来了。在院子里跑成了一阵旋风。

那个最小的，不知是男孩子还是女孩子的，早已追不上了。落在后边，在号啕大哭。间或也想捡一点便宜，那就是当他的两个哥哥，把他的姐姐已经扭住的时候，他就趁机会想要从中抢他姐姐手里的麻花。可是几次都没有做到，于是又落在后边号啕大哭。

他们的母亲，虽然是很有威风的样子，但是不动手是招呼不住他们的。母亲看了这样子也还没有个完了，就进屋去，拿起烧火的铁叉子来，向着她的孩子就奔去了。不料院子里有一个小泥坑，是猪在里打腻的地方。她恰好就跌在泥坑那儿了，把叉子跌出去五尺多远。

于是这场戏才算达到了高潮，看热闹的人没有不笑的，没有不称心愉快的。

就连那卖麻花的人也看出神了，当那女人坐到泥坑中把泥花四边溅起来的时候，那卖麻花的差一点没把筐子掉了地下。他高兴极了，他早已经忘了他手里的筐子了。

至于那几个孩子，则早就不见了。

等母亲起来去把他们追回来的时候，那做母亲的这回可发了威风，让他们一个一个的向着太阳跪下，在院子里排起一小队来，把麻花一律的解除。

顶大的孩子的麻花没有多少了，完全被撞碎了。

第三个孩子的已经吃完了。

第二个的还剩了一点点。

只有第四个的还拿在手上没有动。

第五个，不用说，根本没有拿在手里。

闹到结果，卖麻花的和那女人吵了一阵之后提着筐子又到另一家去叫卖去了。他和那女人所吵的是关于那第四个孩子手上拿了半天的麻花又退回了的问题,卖麻花的坚持着不让退,那女人又非退回不可。结果是付了三个麻花的钱,就把那提篮子的人赶了出来了。

为着麻花而下跪的五个孩子不提了。再说那一进胡同口就被挨家摸索过来的麻花,被提到另外的胡同里去,到底也卖掉了。

一个已经脱完了牙齿的老太太买了其中的一个,用纸裹着拿到屋子去了。她一边走着一边说:

"这麻花真干净,油亮亮的。"

而后招呼了她的小孩子,快来吧。

那卖麻花的人看了老太太很喜欢这麻花,于是就又说:

"是刚出锅的,还热忽着哩!"

七

过去了卖麻花的,后半天,也许又来了卖凉粉的,也是一在胡同口的这头喊,那头就听到了。

要买的拿着小瓦盆出去了。不买的坐在屋子一听这卖凉粉的一招呼,就知道是应烧晚饭的时候了。因为这凉粉一个整个的夏天都是在太阳偏西,他就来的,来得那么准,就像时钟一样,到了四五点钟他必来的。就像他卖凉粉专门到这一条胡同来卖似的。似乎在别的胡同里就没有为着多卖几家而耽误了这一定的时间。

卖凉粉的一过去了,一天也就快黑了。

打着搏楞鼓的货郎,一到太阳偏西,就再不进到小巷子里来,就连僻静的街他也不去了,他担着担子从大街口走回家去。

卖瓦盆的,也早都收市了。

拣绳头的,换破烂的也都回家去了。

只有卖豆腐的则又出来了。

晚饭时节,吃了小葱蘸大酱就已经很可口了,若外加上一块豆腐,那真是锦上添花,一定要多浪费两碗苞米大云豆粥的。一吃就吃多了,那是很自然的,豆腐加上点辣椒油,再拌上点大酱,那是多么可口的东西,用筷子触了一点点豆腐,就能够吃下去半碗饭,再到豆腐上去触了一下,一碗饭就完了。因为豆腐而多吃两碗饭,并不算多吃得多,没有吃过的人,不能够晓得其中的滋味的。

所以卖豆腐的人一来了,男女老幼,全都欢迎。打开门来,笑盈盈的,虽然不说什么,但是彼此有一种融洽的感情,默默生了起来。

似乎卖豆腐的在说:

"我的豆腐真好!"

似乎买豆腐的回答:

"你的豆腐果然不错。"

买不起豆腐的人对那卖豆腐的,就非常的羡慕,一听了那从街口越招呼越近的声音,就特别的感到诱惑,假若能吃一块豆腐可不错,切上一点青辣椒,拌上一点小葱子。

但是天天这样想,天天就没有买成,卖豆腐的一来,就把这等人白白的引诱一场。于是那被诱惑的人,仍然逗不起决心,就多吃几口辣椒,辣得满头是汗。他想假若一个人开了一个豆腐房可不错,那就可以自由随便的吃豆腐了。

果然,他的儿子长到五岁的时候,问他:

"你长大了干什么?"

五岁的孩子说:

"开豆腐房。"

这显然要继承他父亲未遂的志愿。

关于豆腐这美妙的一盘菜的爱好,竟有还甚于此的,竟有想要倾家荡产的。传说上,有这样的一个家长,他下了决心,他说:

"不过了,买一块豆腐吃去!"这"不过了"的三个字,用旧的语言来翻译,就是毁家纾难的意思,用现代的话来说,就是:"我破产了!"

八

卖豆腐的一收了市,一天的事情都完了。

家家户户都把晚饭吃过了。吃过了晚饭,看晚霞的看晚霞,不看晚霞的躺到炕上去睡觉的也有。

这地方的晚霞是很好看的,有一个土名,叫火烧云。说"晚霞"人们不懂,若一说"火烧云"就连三岁的孩子也会呀呀的往西天空里指给你看。

晚饭一过,火烧云就上来了。照得小孩子的脸是红的。把大白狗变成红色的狗了。红公鸡就变成金的了。黑母鸡变成紫檀色的了。喂猪的老头子,往墙根上靠,他笑盈盈的看着他的两匹小白猪,变成小金猪了,他刚想说:

"他妈的,你们也变了……"

他的旁边走来了一个乘凉的人,那人说:

"你老人家必要高寿,你老是金胡子了。"

天空的云，从西边一直烧到东边，红堂堂的，好像是天着了火。

这地方的火烧云变化极多，一会红堂堂的了，一会金洞洞的了，一会半紫半黄的，一会半灰半百合色。葡萄灰，大黄梨，紫茄子，这些颜色天空上边都有。还有些说也说不出来的，见也未曾见过的，诸多种的颜色。

五秒钟之内，天空里有一匹马，马头向南，马尾向西，那马是跪着的，像是在等着有人骑到它的背上，它才站起来。再过一秒钟，没有什么变化。再过两三秒钟，那匹马加大了，马腿也伸开了，马脖子也长了，但是一条马尾巴却不见了。

看的人，正在寻找马尾巴的时候，那马就变靡了。

忽然又来了一条大狗，这条狗十分凶猛，它在前边跑着，它的后边似乎还跟了好几条小狗仔。跑着跑着，小狗就不知跑到哪里去了，大狗也不见了。

又找到了一个大狮子，和娘娘庙门前的大石头狮子一模一样的，也是那么大，也是那样的蹲着，很威武的，很镇静的蹲着，它表示着抹视一切的样子，似乎眼睛连什么也不睬，看着看着的，一不谨慎，同时又看到了别一个什么。这时候，可就麻烦了，人的眼睛不能同时又看东，又看西。这样子会活活把那个大狮子糟蹋了。一转眼，一低头，那天空的东西就变了。若是再找，怕是看瞎了眼睛也找不到了。

大狮子既然找不到，另外的那什么，比方就是一个猴子吧，猴子虽不如大狮子，可同时也没有了。

一时恍恍惚惚的，满天空里又像这个，又像那个，其实是什么也不像，什么也没有了。

必须是低下头去,把眼睛揉一揉,或者是沉静一会再来看。

可是天空偏偏又不常常等待着那些爱好它的孩子。一会工夫火烧云下去了。

于是孩子们困倦了,回屋去睡觉了。竟有还没能来得及进屋的,就靠在姐姐的腿上,或者是依在祖母的怀里就睡着了。

祖母的手里,拿着白马鬃的蝇甩子,就用蝇甩子给他驱逐着蚊虫。

祖母还不知道这孩子是已经睡了,还以为他在那里玩着呢!

"下去玩一会去吧!把奶奶的腿压麻了。"

用手一推,那孩子已经睡得摇摇晃晃的了。

这时候,火烧云已经完全下去了。

于是家家户户都进屋去睡觉,关起窗门来。

呼兰河这地方,就是在六月里也是不十分热的,夜里总要盖着薄棉被睡觉。

等黄昏之后的乌鸦飞过时,只能够隔着窗子听到那很少的尚未睡的孩子在嚷叫:

"乌鸦,乌鸦你打场,

给你二斗粮……"

那铺天盖地的一群黑乌鸦,啊啊的大叫着在整个的县城的头顶上飞过去了。

据说飞过了呼兰河的南岸,就在一个大树林子里边住下了。明天早晨起来再飞。

夏秋之间每夜要过乌鸦,究竟这些成百成千的乌鸦过到哪里去,孩子们是不大晓得的,大人们也不大讲给他们听。

只晓得念这套歌,"乌鸦乌鸦你打场,给你二斗粮。"

究竟给乌鸦二斗粮做什么,似乎不大有道理。

九

乌鸦一飞过,这一天才真正的过去了。

因为大卯星升起来了,大卯星好像铜球似的亮咚咚的了。

天河和月亮也都上来了。

蝙蝠也飞起来了。

是凡跟着太阳一起来的,现在都回去了。人睡了,猪、马、牛、羊也都睡了,燕子和蝴蝶也都不飞了。就连房根底下的牵牛花,也一朵没有开的。含苞的含苞,卷缩的卷缩。含苞的准备着欢迎那早晨又要来的太阳,那卷缩的,因为它已经在昨天欢迎过了,它要落去了。

随着月亮上来的星夜,大卯星也不过是月亮的一个马前卒,让它先跑到一步就是了。

夜一来蛤蟆就叫,在河沟里叫,在洼地里叫。虫子也叫,在院心草棵子里,在城外的大田上,有的叫在人家的花盆里,有的叫在人家的坟头上。

夏夜若无风无雨就这样的过去了,一夜又一夜。

很快的夏天就过完了,秋天就来了。秋天和夏天的分别不太大,也不过天凉了,夜里非盖着被子睡觉不可。种田的人白天忙着收割,夜里多做几个割高粱的梦就是了。

女人一到了八月也不过就是浆衣裳,拆被子,捶棒硾,捶得街街巷巷早晚的叮叮当当的乱响。

"棒硾"一捶完,做起被子来,就是冬天。

冬天下雪了。

人们四季里,风、霜、雨、雪的过着,霜打了,雨淋了。

大风来时是飞沙走石。似乎是很了不起的样子。冬天,大地被冻裂了,江河被冻住了。再冷起来,江河也被冻得咔咔的,响着裂开了纹。冬天,冻掉了人的耳朵,冻破了人的鼻子,冻裂了人的手和脚。

但这是大自然的威风,与小民们无关。

呼兰河的人们就是这样,冬天来了就穿棉衣裳,夏天来了就穿单衣裳。就好像太阳出来了就起来,太阳落了就睡觉似的。

被冬天冻裂了手指的,到了夏天也自然就好了。好不了的,到"李永春"药铺,去买二两红花,泡一点红花酒来擦一擦,擦得手指通红也不见消,也许就越来越肿起来。那么再到"李永春"药铺去,这回可不买红花了,是买了一贴膏药来。回到家里,用火一烤,黏黏糊糊的就贴在冻疮上了。这膏药是真好,贴上了一点也不碍事。该赶车的去赶车,该切菜的去切菜。黏黏糊糊的是真好,见了水也不掉,该洗衣裳的去洗衣裳去好了。就是掉了,拿在火上再一烤,就还贴得上的。一贴,贴了半个月。

呼兰河这地方的人,什么都讲结实,耐用,这膏药这样的耐用,实在是合乎这地方的人情。虽然是贴了半个月,手也还没有见好,但这膏药总算是耐用,没有白花钱。

于是再买一贴去,贴来贴去,这手可就越肿越大了。还有些买不起膏药的,就拣人家贴乏了的来贴。

到后来,那结果,谁晓得都怎样呢,反正一塌糊涂去了吧。

春夏秋冬,一年四季来回循环的走,那是自古也就这样的了。风霜雨雪,受得住的就过去了,受不住的,就寻求着自然的结果。那自然的结果不大好,把一个人默默的一声不响的就拉着离开了这人间的世界了。

至于那还没有被拉去的,就风霜雨雪,仍旧在人间被吹打着。

第二章

一

呼兰河除了这些卑琐平凡的实际生活之外,在精神上,也还有不少的盛举:

跳大神;

唱秧歌;

放河灯;

野台子戏;

四月十八娘娘庙大会……

先说大神。大神是会治病的,她穿着奇怪的衣裳,那衣裳平常的人不穿。红的,是一张裙子,那裙子一围在她的腰上,她的人就变样了。开初,她并不打鼓,只是一围起那红花裙子就哆嗦。从头到脚,无处不哆嗦,哆嗦了一阵之后,又开始打颤。她闭着眼睛,嘴里边卟卟的。每一打颤,就装出来要倒的样子。把四边的人都吓得一跳,可是她又坐住了。

大神坐的是凳子,她的对面摆着一块牌位,牌位上贴着红纸,写着黑字。那牌位越旧越好,好显得她一年之中跳神的次数不少,越跳多了就越好,她的信用就远近皆知。她的生意就会兴隆起来。那牌前,点着香,香烟慢慢的旋着。

那女大神多半在香点了一半的时候神就下来了。那神一下来，可就威风不同，好像有万马千军让她领导似的，她全身是劲，她站起来乱跳。

大神的旁边，还有一个二神，当二神的都是男人。他并不昏乱，他是清晰如常的，他赶快把一张圆鼓交到大神的手里，大神拿了这鼓，站起来就乱跳，先诉说那附在她身上的神灵的下山的经历，是乘着云，是随着风，或者是驾雾而来，说得非常之雄壮。二神站在一边，大神问他什么，他回答什么。好的二神是对答如流的，坏的二神，一不加小心说冲着了大神的一字，大神就要闹起来的。大神一闹起来的时候，她也没有别的办法，只是打着鼓，乱骂一阵，说这的病人，不出今夜就必得死的，死了之后，还会游魂不散，家族，亲戚乡里都要招灾的。这时吓得那请神的人家赶快烧香点酒，烧香点酒之后，若再不行，就得赶送上红布来，把红布挂在牌位上，若再不行，就得杀鸡，若闹到了杀鸡这个阶段，就多半不能再闹了。因为再闹就没有什么想头了。

这鸡，这布，一律都归大神所有，跳过了神之后，她把鸡拿回家去自己煮上吃了。把红布用蓝靛染了之后，做起裤子来穿了。

有的大神，一上手就百般的下不来神。请神的人家就得赶快的杀鸡来，若一杀慢了，等一会跳到半道就要骂的，谁家请神都是为了治病，让大神骂，是非常不吉利的。所以对大神是非常尊敬的，又非常怕。

跳大神，大半是天黑跳起，只要一打起鼓来，就男女老幼，都往这跳神的人家跑，若是夏天，就屋里屋外都挤满了人。还有些女人，拉着孩子，抱着孩子，哭天叫地的从墙头上跳过来，跳过来看跳神的。

跳到半夜时分,要送神归山了,那时候,那鼓打得分外的响,大神唱得也分外的好听,邻居左右,十家二十家的人家都听得到,使人听了起着一种悲凉的情绪,二神嘴里唱:

"大仙家回山了,要慢慢的走,要慢慢的行。"

大神说:

"我的二仙家,青龙山,白虎山……夜行三千里,乘着风儿不算难……"

这唱着的词调,混合着鼓声,从几十丈远的地方传来,实在是冷森森的,越听就越悲凉。听了这种鼓声,往往终夜而不能眠的人也有。

请神的人家为了治病,可不知那家的病人好了没有?却使邻居街坊感慨兴叹,终夜而不能已的也常常有。

满天星光,满屋月亮,人生何似,为什么这么悲凉。

过了十天半月的,又是跳神的鼓,当当的响。于是人们又都招了慌,爬墙的爬墙,登门的登门,看看这一家的大神,显的是什么本领,穿的是什么衣裳。听听她唱的是什么腔调,看看她的衣裳漂亮不漂亮。

跳到了夜静时分,又是送神回山。送神回山的鼓,个个都打得漂亮。

若赶上一个下雨的夜,就特别凄凉,寡妇可以落泪,鳏夫就要起来彷徨。

那鼓声就好像故意招惹那般不幸的人,打得有急有慢,好像一个迷路的人在夜里诉说着他的迷惘,又好像不幸的老人在回想着他幸福的短短的幼年。又好像慈爱的母亲送着她的儿子远行。

又好像是生离死别，万分的难舍。

人生为了什么，才有这样凄凉的夜。

似乎下回再有打鼓的连听也不要听了。其实不然，鼓一响就又是上墙头的上墙头，侧着耳朵听的侧着耳朵在听，比西洋人赴音乐会更热心。

二

七月十五盂兰会，呼兰河上放河灯了。

河灯有白菜灯，西瓜灯，还有莲花灯。

和尚，道士吹着笙、管、笛、箫，穿着拼金大红缎子的褊衫。在河沿上打起场子来在做道场。那乐器的声音离开河沿二里路就听到了。

一到了黄昏，天还没有完全黑下来，奔着去看河灯的人就络绎不绝了。小街大巷，哪怕终年不出门的人，也要随着人群奔到河沿去。先到了河沿的就蹲在那里。沿着河岸蹲满了人，可是从大街小巷往外出发的人仍是不绝，瞎子，瘸子都来看河灯（这里说错了，唯独瞎子是不来看河灯的），把街道跑得冒了烟了。

姑娘，媳妇，三个一群，两个一伙，一出了大门，不用问，到那里去。就都是看河灯去。

黄昏时候的七月，火烧云刚刚落下去，街道上发着微微的白光，喊喊喳喳，把往日的寂静都冲散了，个个街道都活了起来，好像这城里发生了大火，人们都赶去救火的样子。非常忙迫，踢踢踏踏的向前跑。

先跑到了河沿的就蹲在那里，后跑到的，也就挤上去蹲在那里。

大家一齐等候着，等候着月亮高起来，河灯就要从水上放下来了。

七月十五是个鬼节，死了的冤魂怨鬼，不得脱生，缠绵在地狱里边是非常苦的，想脱生，又找不着路。这一天若是每个鬼托着一个河灯，就可得以脱生。大概从阴间到阳间的这一条路，非常之黑，若没有灯是看不见路的。所以放河灯这件事情是件善举。可见活着的正人君子们，对着那些已死的冤魂冤鬼还没有完全忘记。

但是这其间也有一个矛盾，就是七月十五这夜生的孩子，怕是都不大好，多半都是野鬼托着个莲花灯投生而来的。这个孩子长大了将不被父母所喜欢，长到结婚的年龄，男女两家必要先对过生日时辰，才能够结亲。若是女家生在七月十五，这女子就很难出嫁，必须改了生日，欺骗了男家。若是男家七月十五的生日，也不大好，不过若是财产丰富的，也就没有多大关系，嫁是可以嫁过去的，虽然就是一个恶鬼，有了钱大概怕也不怎样恶了。但在女子这方面可就万万不可，绝对的不可以。若是有钱的寡妇的独养女，又当别论，因为娶了这姑娘可以有一份财产在那里晃来晃去，就是娶了而带不过财产，先说那一份妆奁也是少不了的。假说女子就是一个恶鬼的化身，但那也不要紧。

平常的人说："有钱能使鬼推磨。"似乎人们相信鬼是假的，有点不十分真。

但是当河灯一放下来的时候，和尚为着庆祝鬼们更生，打着鼓，叮咚的响。念着经，好像紧急符咒似的，表示着，这一工夫可是千金一刻，且莫匆匆的让过，诸位男鬼女鬼，赶快托着灯去投生吧。

念完了经，就吹笙管笛箫，那声音实在好听，远近皆闻。

同时那河灯从上流拥拥挤挤，往下浮来了。浮得很慢，又镇静，又稳当，绝对的看不出来水里边会有鬼们来捉了它们去。

这灯一下来的时候，金忽忽的，亮通通的，又加上有千万人的观众，这举动实在是不小的。河灯之多，有数不过来的数目，大概是几千百只。两岸上的孩子们，拍手叫绝，跳脚欢迎。大人则都看出了神了，一声不响，陶醉在灯光河水之中。灯光照得河水幽幽的发亮。水上跳跃着天空的月亮。真是人生何世，会有这样好的景况。

一直闹到月亮来到了中天，大卯星，二卯星，三卯星都出齐了的时候，才算渐渐的从繁华的景况，走向了冷静的路去。

河灯从几里路长的上流，流了很久很久才流过来了。再流了很久很久才流过去了。在这过程中，有的流到半路就灭了。有的被冲到了岸边，在岸边生了野草的地方就被挂住了。还有每当河灯一流到了下流，就有些孩子拿着杆子去抓它，有些渔船也顺手取了一两只。到后来河灯越来越稀疏了。

再往下流去，就显出荒凉，孤寂的样子来了。因为越流越少了。

流到极远处去的，似乎那里的河水也发了黑。而且是流着流着的就少了一个。

河灯从上流过来的时候，虽然路上也有许多落伍的，也有许多淹灭了的，但始终没有觉得河灯是被鬼们托着走了的感觉。

可是当这河灯，从上流的远处流来，人们是满心欢喜的，等流过了自己，也还没有什么，唯独到了最后，那河灯流到了极远的下流去的时候，使看河灯的人们，内心里无由的来了空虚。

"那河灯,到底是要漂到那里去呢?"

多半的人们,看到了这样的景况,就抬起身来离开了河沿回家去了。

于是不但河里冷落,岸上也冷落了起来。

这时再往远处的下流看去,看着,看着,那灯就灭了一个。再看着看着,又灭了一个,还有两个一块灭的。于是就真像被鬼一个一个的托着走了。

打过了三更,河沿上一个人也没有了,河里边一个灯也没有了。

河水是寂静如常的,小风把河水皱着极细的波浪。月光在河水上边并不像在海水上边闪着一片一片的金光,而是月亮落到河底里去了。似乎那渔船上的人,伸手可以把月亮拿到船上来似的。

河的南岸,尽是柳条丛,河的北岸就是呼兰河城。

那看河灯回去的人们,也许都睡着了。不过月亮还是在河上照着。

三

野台子戏也是在河边上唱的。也是秋天,比方这一年秋收好,就要唱一台子戏,感谢天地。若是夏天大旱,人们戴起柳条圈来求雨,在街上几十人,跑了几天,唱着,打着鼓。求雨的人不准穿鞋,龙王爷可怜他们在太阳下边把脚烫得很痛,就因此下了雨了。一下了雨,到秋天就得唱戏的,因为求雨的时候许下了愿。许愿就得还愿,若是还愿的戏就更非唱不可了。

一唱就是三天。

在河岸的沙滩上搭起了台子来。这台子是用杆子绑起来的，上边搭上了席棚，下了一点小雨也不要紧，太阳则完全可以遮住的。

戏台搭好了之后，两边就搭看台。看台还有楼座。坐在那楼座上是很好的，又风凉，又可以远眺。不过，楼座是不大容易坐得到的，除非当地的官、绅，别人是不大坐得到的。既不卖票，那怕你就有钱，也没有办法。

只搭戏台，就搭三五天。

台子的架一竖起来，城里的人就说：

"戏台竖起架子来了。"

一上了棚，人就说：

"戏台上棚了。"

戏台搭完了就搭看台，看台是顺着戏台的左边搭一排，右边搭一排，所以是两排平行而相对的。一搭要搭出十几丈远去。

眼看台子就要搭好了，这时候，接亲戚的接亲戚，唤朋友的唤朋友。

比方嫁了的女儿，回来住娘家，临走（回婆家）的时候，做母亲的送到大门外，摆着手还说：

"秋天唱戏的时候，接你回来看戏。"

坐着女儿的车子远了，母亲含着眼泪还说：

"看戏的时候接你回来。"

所以一到了唱戏的时候，可并不是简单的看戏，而是接姑娘唤女婿，热闹得很。

东家的女儿长大了，西家的男孩子也该成亲了，说媒的这个时候，就走上门来。约定两家的父母在戏台底下，第一天或是第二天，彼此相看。也有只通知男家而不通知女家的，这叫做"偷看"，这样的看法，成与不成，没有关系，比较的自由，反正那家的姑娘也不知道。

所以看戏去的姑娘，个个都打扮得漂亮。都穿了新衣裳，擦了胭脂涂了粉，刘海剪得并排齐。头辫梳得一丝不乱，扎了红辫根，绿辫梢。也有扎了水红的，也有扎了蛋青的。走起路来像客人，吃起瓜子来，头不歪眼不斜的，温文尔雅，都变成了大家闺秀。有的着蛋青市布长衫，有的穿了藕荷色的，有的银灰的。有的还把衣服的边上压了条，有的蛋青色的衣裳压了黑条，有的水红洋纱的衣裳压了蓝条，脚上穿了蓝缎鞋，或是黑缎绣花鞋。

鞋上有的绣着蝴蝶，有的绣着蜻蜓，绣着莲花的，绣着牡丹的各样的都有。

手里边拿着花手巾，耳朵上戴了长钳子，土名叫做"带穗钳子"。这带穗钳子有两种，一种是金的，翠的；一种是铜的，琉璃的。有钱一点的戴金的，少微差一点的带琉璃的。反正都很好看，在耳朵上摇来晃去。黄忽忽，绿森森的。再加上满脸矜持的微笑，真不知这都是谁家的闺秀。

那些已嫁的妇女，也是照样的打扮起来，在戏台下边，东邻西舍的姊妹们相遇了，好互相的品评。

谁的模样俊，谁的鬓角黑。谁的手镯是福泰银楼的新花样，谁的压头簪又小巧又玲珑。谁的一双绛紫缎鞋，真是绣得漂亮。

老太太虽然不穿什么带颜色的衣裳，但也个个整齐，人人利落，手拿长烟袋，头上撇着大扁方。慈祥，温静。

戏还没有开台，呼兰河城就热闹不得了了，接姑娘的，唤女婿的，有一个很好的童谣：

"拉大锯,扯大锯,老爷(外公)门口唱大戏。接姑娘,唤女婿,小外孙也要去。……"

于是乎不但小外甥,三姨二姑也都聚在了一起。

每家如此,杀鸡买酒,笑语迎门,彼此谈着家常,说着趣事,每夜必到三更,灯油不知浪费了多少。

某村某村,婆婆虐待媳妇。那家那家的公公喝了酒就耍酒疯。又是谁家的姑娘出嫁了刚过一年就生了一对双生。又是谁的儿子十三岁就定了一家十八岁的姑娘做妻子。

烛火灯光之下,一谈谈了个半夜,真是非常的温暖而亲切。

一家若有几个女儿,这几个女儿都出嫁了,亲姊妹,两三年不能相遇的也有。平常是一个住东,一个住西,不是隔水的就是离山,而且每人有一大群孩子,也各自有自己的家务,若想彼此过访,那是不可能的事情。

若是做母亲的同时把几个女儿都接来了,那她们的相遇,真仿佛已经隔了三十年了。相见之下,真是不知从何说起,羞羞惭惭,欲言又止,刚一开口又觉得不好意思,过了一刻工夫,耳脸都发起烧来,于是相对无语,心中又喜又悲。过了一袋烟的工夫,等那往上冲的血流落了下去,彼此都逃出了那种昏昏恍恍的境界,这才来找几句不相干的话来开头;或是:

"你多暂来的?"

或是:

"孩子们都带来了?"

关于别离了几年的事情,连一个字也不敢提。

从表面上看来,她们并不像是姊妹,丝毫没有亲热的表现。面面相对的,不知道她们两个人是什么关系,似乎连认识也不认识，似乎从前她们两个并没有见过，而今天是第一次的相见，所以异常的冷落。

但是这只是外表，她们的心里，就早已沟通着了。甚至于在十天或半月之前，她们的心里就早已开始很远的牵动起来，那就是当着她们彼此都接到了母亲的信的时候。

那信上写着要接她们姊妹回来看戏的。

从那时候起，她们就把要送给姐姐或妹妹的礼物规定好了。

一双黑大绒的云子卷，是亲手做的。或者就在她们的本城和本乡里，有一个出名的染缸房，那染缸房会染出来很好的麻花布来。于是送了两匹白布去，嘱咐他好好的加细的染着。一匹是白地染蓝花，一匹是蓝地染白花。蓝地的染的是刘海戏金蟾，白地的染的是蝴蝶闹莲花。

一匹送给大姐姐，一匹送给三妹妹。

现在这东西，就都带在箱子里边。等过了一天二日的，寻个夜深人静的时候，轻轻的从自己的箱底把这等东西取出来，摆在姐姐的面前，说：

"这麻花布被面，你带回去吧！"

只说了这么一句，看样子并不像是送礼物，并不像今人似的，送一点礼物很怕邻居左右看不见，是大嚷大吵着的，说这东西是从什么山上，或是什么海里得来的，那怕是小河沟子的出品，也必要连那小河沟子的身份也提高，说河沟子是怎样的不凡，是怎样的与众不同，可不同别的河沟子。

这等乡下人，糊里糊涂的，要表现的，无法表现，什么也说不出来，只能把东西递过去就算了事。

至于那受了东西的，也是不会说什么，连声道谢也不说，就收下了。也有的稍微推辞了一下，也就收下了。

"留着你自己用吧！"

当然那送礼物的是加以拒绝。一拒绝，也就收下了。

每个回娘家看戏的姑娘，都零零碎碎的带来一大批东西。送父母的，送兄嫂的，送侄女的，送三亲六故的。带了东西最多的，是凡见了长辈或晚辈都多少有点东西拿得出来，那就是谁的人情最周到。

这一类的事情，等野台子唱完，拆了台子的时候，家家户户才慢慢的传诵。

每个从娘家回婆家的姑娘，也都带着很丰富的东西，这些都是人家送给她的礼品。东西丰富得很，不但有用的，也有吃的，母亲亲手制的咸肉，姐姐亲手晒的干鱼，哥哥上山打猎，打了一只雁来腌上，至今还有一只雁大腿，这个也给看戏的姑娘带回去，带回去给公公去喝酒吧。

于是乌三八四的，离走的前一天晚上，真是忙了个不休，就要分散的姊妹们连说个话儿的工夫都没有了。大包小包的包了一大堆。

再说在这看戏的时间，除了看亲戚，会朋友，还成了许多好事，那就是谁家的女儿和谁家公子订婚了，说是明年二月，或是三月就要娶亲，订婚酒，已经吃过了，眼前就要过"小礼"的，所谓"小礼"就是在法律上的订婚形式，一经过了这番手续，东家的女儿，终归就要成了西家的媳妇了。

也有男女两家都是外乡赶来看戏的，男家的公子也并不在，女家的小姐也并不在。只是两家的双亲有媒人从中媾通着，就把亲事给定了。也有的喝酒作乐的随便的把自己的女儿许给了人家。也有的男女两家的公子、小姐都还没有生出来,就给定下亲了。这叫做"指腹为亲"。这指腹为亲的,多半都是相当有点资财的人家才有这样的事。

两家都很有钱,一家是本地的烧锅掌柜的,一家是白旗屯的大窝堡,两家是一家种高粱,是一家压烧酒。压烧酒的需要高粱,种高粱的需要烧锅买他的高粱,烧锅非高粱不可,高粱非烧锅不行。恰巧又赶上这两家的妇人,都要将近生产,所以就"指腹为亲"了。

无管是谁家生了男孩子,谁家生了女孩子,只要是一男一女就规定他们是夫妇。假若两家都生了男孩,都就不能勉强规定了。两家都生了女孩也是不能够规定的。

但是这指腹为亲,好处不太多,坏处是很多的。半路上当中的一家穷了,不开烧锅了,或者没有窝堡了,其余的一家,就不愿意娶他家的媳妇,或是把女儿嫁给一家穷人。假若女家穷了,那还好办,若实在不娶,他也没有什么办法。若是男家穷了,男家就一定要娶,若一定不让娶,那姑娘的名誉就很坏,说她把谁家谁给"妨"穷了,又不嫁了。"妨"字在迷信上说就是因为她命硬,因为她某家某家穷了。她的婆家就不大容易找了,会给她起一个名叫做"望门妨"。无法,只得嫁过去,嫁过去之后,妯娌之间又要说她嫌贫爱富,百般的侮辱她。丈夫因此也不喜欢她了,公公婆婆也虐待她,她一个年青的未出过家门的女子,受不住这许多攻击,回到娘家去,娘家也无甚办法,就是那当年指腹为亲的母亲说:

"这都是你的命(命运),你好好的耐着吧!"

年青的女子,莫名其妙的,不知道自己为什么要有这样的命，于是往往演出悲剧来，跳井的跳井，上吊的上吊。

古语说，"女子上不了战场。"

其实不对的，这井多么深，平白的你问一个男子，问他这井敢跳不敢跳，怕他也不敢的。而一个年青的女子竟敢了，上战场不一定死，也许回来闹个一官半职的。可是跳井就很难不死，一跳就多半跳死了。

那么节妇坊上为什么没写着赞美女子跳井跳得勇敢的赞词？那是修节妇坊的人故意给删去的。因为修节妇坊的，多半是男人。他家里也有一个女人。他怕是写上了，将来他打他女人的时候，他的女人也去跳井。女人也跳了井，留下来一大群孩子可怎么办？于是一律不写。只写，温文尔雅，孝顺公婆……

大戏还没有开台，就来了这许多事情。等大戏一开了台，那戏台下边，真是人山人海，拥挤不堪。搭戏台的人，也真是会搭，正选了一块平平坦坦的大沙滩，又光滑，又干净，使人就是倒在上边，也不会把衣裳沾一丝儿的土星。这沙滩有半里路长。

人们笑语连天，那里是在看戏，闹得比锣鼓好像更响，那戏台上出来一个穿红的，进去一个穿绿的，只看见摇摇摆摆的走出走进，别的什么也不知道了，不用说唱得好不好，就连听也听不到。离着近的还看得见不挂胡子的戏子在张嘴，离得远的就连戏台那个穿红衣裳的究竟是一个坤角，还是一个男角也都不大看得清楚。简直是还不如看木偶戏。

但是若有一个唱木偶戏的这时候来在台下，唱起来，问他们看不看，那他们一定不看的，那怕就连戏台子的边也看不见了，那怕是站在二里路之外，他们也不看那木偶戏的。因为在大戏台底下，那怕就是睡了一觉回去，也总算是从大戏台子底下回来的，而不是从什么别的地方回来的。

一年没有什么别的好看，就这一场大戏还能够轻易的放过吗？所以无论看不看，戏台底下是不能不来。

所以一些乡下的人也都来了，赶着几套马的大车，赶着老牛车，赶着花轮子，赶着小车子，小车子上边驾着大骡子。总之家里有什么车就驾了什么车来。也有的似乎他们家里并不养马，也不养别的牲口，就只用了一匹小毛驴，拉着一个花轮子也就来了。

来了之后，这些车马，就一齐停在沙滩上，马匹在草包上吃着草，骡子到河里去喝水。车子上都搭席棚，好像小看台似的，排列在戏台的远处。那车子带来了他们的全家，从祖母到孙子媳，老少三辈，他们离着戏台二三十丈远，听是什么也听不见的，看也很难看到什么，也不过是五红大绿的，在戏台上跑着圈子，头上戴着奇怪的帽子，身上穿着奇怪的衣裳。谁知道那些人都是干什么的，有的看了三天野台子戏，而连一场的戏名字也都叫不出来。回到乡下去，他也跟着人家说长道短的，偶尔人家问了他说的是哪出戏，他竟瞪了眼睛，说不出来了。

至于一些孩子们在戏台底下，就更什么也不知道了，只记住一个大胡子，一个花脸的，谁知道那些都是在做什么，比比划划，刀枪棍棒的乱闹一阵。

反正戏台底下有些卖凉粉的，有些卖糖球的，随便吃去好了。什么黏糕，油炸馒头，豆腐脑都有，这些东西吃了又不饱，吃了这样再去吃那样。卖西瓜的，卖香瓜的，戏台底下都有，招得苍蝇一大堆，嗡嗡地飞。

戏台下敲锣打鼓震天的响。

那唱戏的人，也似乎怕远处的人听不见，也在拼命的喊，喊破了喉咙也压不住台的。那在台下的早已忘记了是在看戏，都在那里说长道短，男男女女的谈起家常来。还有些个远亲，平常一年也看不到，今天在这里看到了，那能不打招呼。所以三姨二婶子的，就在人多的地方大叫起来，假若是在看台的凉棚里坐着，忽然有一个老太太站了起来，大叫着说：

"他二舅母，你可多暂来的？"

于是那一方面也就应声而起。原来坐在看台的楼座上的，离着戏比较近，听唱是听得到的，所以那看台上比较安静。姑娘媳妇都吃着瓜子，喝着茶。对这大嚷大叫的人，别人虽然讨厌，但也不敢去禁止，你若让她小一点声讲话，她会骂了出来：

"这野台子戏，也不是你家的，你愿听戏，你请一台子到你家里去唱……"

另外的一个也说：

"哟哟，我没见过，看起戏来，都六亲不认了，说个话儿也不让……"

这还是比较好的，还有更不客气的，一开口就说：

"小养汉老婆……你奶奶，一辈子家里外头糜受过谁的大声小气，今天来到戏台底下受你的管教来啦，你娘的……"

被骂的人若是不搭言，过一回也就了事了，若一搭言，自然也没有好听的。于是两边就打了起来啦，西瓜皮之类就飞了过去。

这来在戏台下看戏的，不料自己竟演起戏来，于是人们一窝蜂似的，都聚在这个真打真骂的活戏的方面来了。也有一些流氓混子之类，故意的叫着好，惹得全场的人哄哄大笑。假若打仗的还是个年轻轻的女子,那些讨厌的流氓们还会说着各样的俏皮话,使她火上加油越骂就越凶猛。

自然那老太太无理,她一开口就骂了人。但是一闹到后来,谁是谁非也就看不出来了。

幸而戏台上的戏子总算沉着,不为所动,还在那里阿拉阿拉的唱。过了一个时候,那打得热闹的也究竟平静了。

再说戏台下边也有一些个调情的,那都是南街豆腐房里的嫂嫂,或是碾磨房的碾倌磨倌的老婆。碾倌的老婆看上了一个赶马车的车夫。或是豆腐匠看上了开粮米铺那家的小姑娘。有的是两方面都眉来眼去,有的是一方面殷勤,他一方面则表示要拒之千里之外。这样的多半是一边低,一边高,两方面的资财不对。

绅士之流,也有调情的,彼此都坐在看台之上,东张张,西望望。三亲六故,姐夫小姨之间,未免的就要多看几眼,何况又都打扮得漂亮,非常好看。

绅士们平常到别人家的客厅去拜访的时候,绝不能够看上了人家的小姐就不住的看,那该多么不绅士,那该多么不讲道德。那小姐若一告诉了她的父母,她的父母立刻就和这样的朋友绝交。绝交了,倒不要紧,要紧的是一传出去名誉该多坏。绅士是高雅的,那能够不清不白的,那能够不分长幼的去存心朋友的女儿,像那般下等人似的。

绅士彼此一拜访的时候,都是先让到客厅里去,端端庄庄的坐在那里,而后倒茶装烟。规矩礼法,彼此都尊为是上等人。朋友的妻子儿女,也都出来拜见,尊为长者。在这种时候,只能问问大少爷的书读了多少,或是又写了多少字了。连朋友的太太也不可以过多的谈话,何况朋友的女儿呢?那就连头也不能够抬的，那里还敢细看。

现在在戏台上看看怕不要紧，假设有人问道，就说是东看西看，瞧一瞧是否有朋友在别的看台上。何况这地方又人多眼杂，也许没有人留意。

三看两看的，朋友的小姐到没有看上，可看上了一个不知道在什么地方见到过的一位妇人，那妇人拿着小小的鹅翎扇子，从扇子梢上往这边转着眼珠，虽说是一位妇人，可是又年青，又漂亮。

这时候，这绅士就应该站起来打着口哨，好表示他是开心的，可是我们中国上一辈的老绅士不会这一套。他另外也有一套，就是他的眼睛似睁非睁的迷离恍惚的望了出去，表示他对她有无限的情意。可惜离得太远，怕不会看得清楚，也许枉费了心思了。

也有的在戏台下边，不听父母之命，不听媒妁之言，自己就结了终生不解之缘。这多半是表哥表妹等等，稍有点出身来历的公子小姐的行为。他们一言为定，终生合好。间或也有被父母所阻拦，生出来许多波折。但那波折都是非常美丽的，使人一讲起来，真是比看《红楼梦》更有趣味。来年再唱大戏的时候，姊妹们一讲起这佳话来，真是增添了不少的回想……

赶着车进城来看戏的乡下人，他们就在河边沙滩上，扎了营了。夜里大戏散了，人们都回家了，只有这等连车带马的，他们就在沙滩上过夜。好像出征的军人似的，露天为营。有的住了一夜，第二夜就回去了。有的住了三夜，一直到大戏唱完，才赶着车子回乡。不用说这沙滩上是很雄壮的，夜里，他们每家燃了火，煮茶的煮茶，谈天的谈天，但终归是人数太少，也不过二三十辆车子。所燃起来的火，也不会火光冲天，所以多少有一些凄凉之感。夜深了，住在河边上，被河水吸着又特别的凉，人家睡起觉来都觉得冷森森的。尤其是车夫马倌之类，他们不能够睡觉，怕是有土匪来抢劫他们马匹，所以就坐以待旦。

于是在纸灯笼下边，三个两个的赌钱。赌到天色发白了，该牵着马到河边去饮水去了。在河上，遇到了捉蟹的蟹船。蟹船上的老头说：

"昨天的《打渔杀家》① 唱得不错，听说今天还有《汾河湾》②。"

那牵着牲口饮水的人，是一点大戏常识也没有的。他只听到牲口喝水的声音呵呵的，其他的则不知所答了。

四

四月十八娘娘庙大会，这也是为着神鬼，而不是为着人的。

这庙会的土名叫做"逛庙"，也是无分男女老幼都来逛的，但其中以女子最多。

女子们早晨起来，吃了早饭，就开始梳洗打扮。打扮好了，就约了东家姐姐，西家妹妹的去逛庙去了。竟有一起来就先梳洗打扮的，打扮好了，才吃饭，一吃了饭就走了。总之一到逛庙这天，各不后人，到不了半晌午，就车水马龙，拥挤得气息不通了。

挤丢了孩子的站在那儿喊，找不到妈的孩子在人丛里边哭，

---

① 《打渔杀家》：京剧传统剧目，取《水浒后传》中李俊事改编而成。
② 《汾河湾》：京剧传统剧目，又名《打雁进窑》。

三岁的,五岁的,还有两岁的刚刚会走,竟也被挤丢了。

所以每年庙会上必得有几个警察在收这些孩子。收了站在庙台上,等着他的家人来领。偏偏这些孩子都很胆小,张着嘴大哭,哭得实在可怜,满头满脸是汗。有的十二三岁了,也被丢了,问他家住在那里?他竟说不出所以然来,东指指,西划划,说是他家门口有一条小河沟,那河沟里边出虾米,就叫做"虾沟子",也许他家那地名就叫"虾沟子",听了使人莫名其妙。再问他这虾沟子离城多远,他便说:骑马要一顿饭的工夫可到,坐车要三顿饭的工夫可到。究竟离城多远,他没有说。问他姓什么,他说他祖父叫史二,他父亲叫史成……这样你就再也不敢问他了。要问他吃饭没有?他就说:"睡觉了。"这是没有办法的,任他去吧。于是就都连大带小的一齐站在庙门口,他们哭的哭,叫的叫,好像小兽似的,警察在看守他们。

娘娘庙是在北大街上,老爷庙和娘娘庙离不了好远。那些烧香的人,虽然说是求子求孙,是先该向娘娘来烧香的,但是人们都以为阴间也是一样的重男轻女,所以不敢倒反天干。所以都是先到老爷庙去,打过钟,磕过头,好像跪到那里报个到似的,而后才上娘娘庙去。

老爷庙有大泥像十多尊,不知道那个是老爷,都是威风凛凛,气概盖世的样子。有的泥像的手指尖都被攀了去,举着没有手指的手在那里站着,有的眼睛被挖了,像是个瞎子似的。有的泥像的脚趾是被写了一大堆的字,那字不太高雅,不怎么合乎神的身份。似乎是说泥像也该娶个老婆,不然他看了和尚去找小尼姑,他是要忌妒的。这字现在没有了,传说是这样。

为了这个,县官下了手令,不到初一十五,一律的把庙门锁起来，不准闲人进去。

当地的县官是很讲仁义道德的。传说他第五个姨太太，就是从尼姑庵接来的。所以他始终相信，尼姑绝不会找和尚。自古就把尼姑列在和尚一起，其实是世人不查，人云亦云。好比县官的第五房姨太太，就是个尼姑。难道她也被和尚找过了吗？这是不可能的。

所以下令一律的把庙门关了。

娘娘庙里比较的清静，泥像也有一些个，以女子为多，多半都没有横眉竖眼，近乎普通人，使人走进了大殿不必害怕。不用说是娘娘了，那自然是很好的温顺的女性。就说女鬼吧，也都不怎样恶，至多也不过披头散发的就完了，也决没有像老爷庙里那般泥像似的，眼睛冒了火，或像老虎似的张着嘴。

不但孩子进了老爷庙有的吓得大哭，就连壮年的男人进去也要肃然起敬，好像说虽然他在壮年，那泥像若走过来和他打打，他也决打不过那泥像的。

所以在老爷庙上磕头的人，心里比较虔诚，因为那泥像，身子高，力气大。

到了娘娘庙，虽然也磕头，但就总觉得那娘娘没有什么出奇之处。

塑泥像的人是男人，他把女人塑得很温顺，似乎对女人很尊敬。他把男人塑得很凶猛，似乎男性很不好。其实不对的，世界上的男人，无论多凶猛，眼睛冒火的似乎还未曾见过。就说西洋人吧，虽然与中国人的眼睛不同，但也不过是蓝瓦瓦的有点类似猫的眼睛而已，居然间冒了火的也没有。眼睛会冒火的民族，目前的世界还未发现。那么塑泥像的人为什么把他塑成那个样子呢？那就是让你一见生畏，不但磕头，而且要心服。就是磕完了头站起再看着，也绝不会后悔，不会后悔这头是向一个平庸无奇的人白白磕了。至于塑像的人塑起女子来为什么要那么温顺，那就告诉人，温顺的就是老实的，老实的就是好欺侮的，告诉人快来欺侮她们吧。

人若老实了，不但异类要来欺侮，就是同类也不同情。

比方女子去拜过了娘娘庙，也不过向娘娘讨子讨孙。讨完了就出来了，其余的并没有什么尊敬的意思。觉得子孙娘娘也不过是个普通的女子而已，只是她的孩子多了一些。

所以男人打老婆的时候便说：

"娘娘还得怕老爷打呢？何况你一个长舌妇！"

可见男人打女人是天理应该，神鬼齐一。怪不得那娘娘庙里的娘娘特别温顺，原来是常常挨打的缘故。可见温顺也不是怎么优良的天性，而是被打的结果。甚或是招打的原由。

两个庙都拜过了的人，就出来了，拥挤在街上。街上卖什么玩具的都有，多半玩具都是适于几岁的小孩子玩的。泥做的泥公鸡，鸡尾巴上插着两根红鸡毛，一点也不像，可是使人看去，就比活的更好看。家里有小孩子的不能不买。何况拿在嘴上一吹又会呜呜的响。买了泥公鸡，又看见了小泥人，小泥人的背上也有一个洞，这洞里边插着一根芦苇，一吹就响。那声音好像是诉怨似的，不太好听，但是孩子们都喜欢，做母亲的也一定要买。其余的如卖哨子的，卖小笛子的，卖线蝴蝶的，卖不倒翁的，其中尤以不倒翁最著名，也最为讲究，家家都买，有钱的买大的，没有钱的，买个小的。大的有一尺多高，二尺来高。小的有小得像个鸭蛋似的。无论大小，都非常灵活，按倒了就起来，起得很快，是随手就起来的。买不倒翁要当场试验，间或有生手的工匠所做出来的不倒翁，因屁股太大了，他不愿意倒下，也有的倒下了他就不起来。所以买不倒翁的人就把手伸出去，一律把他们按倒，看那个先站起来就买那个，当那一倒一起的时候真是可笑，摊子旁边围了些孩子，专在那里笑。不倒翁长得很好看，又白又胖。并不是老翁的样子，也不过他的名叫不倒翁就是了。其实他是一个胖孩子。做得讲究一点的，头顶上还贴了一撮毛，算是头发。有头发的比没有头发的要贵二百钱。有的孩子买的时候力争要戴头发的，做母亲的舍不得那二百钱，就说到家给他剪点狗毛贴。孩子非要戴毛的不可，选了一个戴毛的抱在怀里不放。没有法只得买了。这孩子抱着欢喜了一路，等到家一看，那撮毛不知什么时候已经飞了。于是孩子大哭。虽然母亲已经给剪了撮狗毛贴上了，但那孩子就总觉得这狗毛不是真的，不如原来的好看。也许那原来也贴的是狗毛，或许还不如现在的这个好看。但那孩子就总不开心，忧愁了一个下半天。

庙会到下半天就散了。虽然庙会是散了，可是庙门还开着，烧香的人、拜佛的人陆续的还有。有些没有儿子的妇女，仍旧在娘娘庙上捉弄着娘娘。给子孙娘娘的背后钉一个钮扣，给她的脚上绑一条带子，耳朵上挂一只耳环，给她带一副眼镜，把她旁边的泥娃娃给偷着抱走了一个。据说这样做，来年就都会生儿子的。

娘娘庙的门口，卖带子的特别多，妇人们都争着去买，她们相信买了带子，就会把儿子给带来了。

若是未出嫁的女儿，也误买了这东西，那就将成为大家的笑柄了。

庙会一过，家家户户就都有一个不倒翁，离城远至十八里路的，也都买了一个回去。回到家里，摆在迎门的向口，使别人一开眼就看见了，他家的确有一个不倒翁不差，这证明逛庙会的时节他家并没有落伍，的确是去逛过了。

歌谣上说：

"小大姐，去逛庙，扭扭搭搭走的俏，回来买个搬不倒。"

五

这些盛举，都是为鬼而做的，并非为人而做的。至于人去看戏，逛庙，也不过是揩油借光的意思。

跳大神有鬼，唱大戏是唱给龙王爷看的。七月十五放河灯，是把灯放给鬼，让他顶着个灯去脱生。四月十八也是烧香磕头的祭鬼。

只是跳秧歌，是为活人而不是为鬼预备的。跳秧歌是在正月十五，正是农闲的时候，趁着新年而化起装来，男人装女人，装得滑稽可笑。

狮子，龙灯，旱船……等等。似乎也跟祭鬼似的，花样复杂，一时说不清楚。

第三章

一

呼兰河这小城里边住着我的祖父。

我生的时候，祖父已经六十多岁了，我长到四五岁，祖父就快七十了。

我家有一个大花园,这花园里蜂子,蝴蝶,蜻蜓,蚂蚱,样样都有。蝴蝶有白蝴蝶,黄蝴蝶。这种蝴蝶极小,不太好看。好看的是大红蝴蝶,满身带着金粉。

蜻蜓是金的,蚂蚱是绿的,蜂子则嗡嗡的飞着,满身绒毛,落到一朵花上,胖圆圆的就和一个小毛球似的不动了。

花园里边明晃晃的,红的红,绿的绿,新鲜漂亮。

据说这花园,从前是一个果园。祖母喜欢吃果子就种了果园。祖母又喜欢养羊,羊就把果树给啃了。果树于是都死了。到我有记忆的时候,园子里就只有一棵樱桃树,一棵李子树,因为樱桃和李子都不大结果子,所以觉得他们是并不存在的。小的时候,只觉得园子里边就有一棵大榆树。

这榆树,在园子的西北角上,来了风,这榆树先啸,来了雨,大榆树先就冒烟了。太阳一出来,大榆树的叶子就发光了,它们闪烁得和沙滩上的蚌壳一样了。

祖父一天都在后园里边,我也跟着祖父在后园里边。祖父戴一个大草帽,我戴一个小草帽,祖父栽花,我就栽花,祖父拔草,我就拔草。当祖父下种种小白菜的时候,我就跟在后边,把那下了种的土窝,用脚一个一个的溜平,那里会溜得准,东一脚的,西一脚的瞎闹。有的把菜种不单没被土盖上,反而把菜子踢飞了。

小白菜长得非常之快,没有几天就冒了芽了,一转眼就可以拔下来吃了。

祖父铲地,我也铲地,因为我太小,拿不动那锄头杆,祖父就把锄头杆拔下来,让我单拿着那锄头的"头"来铲。其实那里是铲,也不过爬在地上,用锄头乱勾一阵就是了。也认不得那个是苗,那个是草。往往把韭菜当做野草一起的割掉,把狗尾草当做谷穗留着。

等祖父发现我铲的那块满留着狗尾草的一片,他就问我:"这是什么?"

我说:

"谷子。"

祖父大笑起来,笑得热了,把草摘下来问我:

"你每天吃的就是这个吗?"

我说:

"是的。"

我看着祖父还在笑,我就说:

"你不信,我到屋里拿来你看。"

我跑到屋里,拿了鸟笼上的一头谷穗,远远的就抛给祖父了。说:

"这不是一样的吗?"

祖父慢慢的把我叫过去,讲给我听,说谷子是有芒针的。狗尾草则没有,只是毛嘟嘟的真像狗尾巴。

祖父虽然教我,我看了也并不细看,也不过马马虎虎承认下来就是了。一抬头看见了一个黄瓜长大了,跑过去摘下来,我又去吃黄瓜去了。

黄瓜也许没有吃完,又看见了一个大蜻蜓从旁飞过,于是丢了黄瓜又去追蜻蜓去了。蜻蜓飞得多么快,那里会追得上。好则一开初也没有存心一定追上。所以站起来,跟了蜻蜓跑了几步就又去做别的去了。

采一个倭瓜花心，捉一个大绿豆青蚂蚱，把蚂蚱腿用线绑上，绑了一会，也许把蚂蚱腿就绑掉了，线头上只拴了一只腿，而不见蚂蚱了。

玩腻了，又跑到祖父那里去乱闹一阵，祖父浇菜，我也抢过来浇，奇怪的就是并不往菜上浇，而是拿着水瓢，拼尽了力气，把水往天空里一扬，大喊着：

"下雨了，下雨了。"

太阳在园子里是特大的，天空是特别高的，太阳的光芒四射，亮得使人睁不开眼睛，亮得蚯蚓不敢钻出地面来，蝙蝠不敢从什么黑暗的地方飞出来。是凡在太阳下的，都是健康的、漂亮的，拍一拍连大树都会发响的，叫一叫就是站在对面的土墙都会回答似的。

花开了，就像花睡醒了似的。鸟飞了，就像鸟上天了似的。虫子叫了，就像虫子在说话似的。一切都活了。都有无限的本领，要做什么，就做什么。要怎么样，就怎么样。都是自由的。倭瓜愿意爬上架就爬上架，愿意爬上房就爬上房。黄瓜愿意开一个谎花，就开一个谎花，愿意结一个黄瓜就结一个黄瓜。若都不愿意，就是一个黄瓜也不结，一朵花也不开，也没有人问它似的。玉米愿意长多高就长多高，它若愿意长上天去，也没有人管。蝴蝶随意的飞，一会从墙头上飞来一对黄蝴蝶，一会又从墙头上飞走了一个白蝴蝶。它们是从谁家来的，又飞到谁家去？太阳也不知道这个。

只是天空蓝悠悠的，又高又远。

可是白云一来了的时候，那大团的白云，好像翻了花的白银似的，从祖父的头上经过，好像要压到了祖父的草帽那么低。

我玩累了，就在房檐底下找个阴凉的地方睡着了。不用枕头，不用席子，就把草帽扣在脸上就睡了。

二

祖父的眼睛是笑盈盈的，祖父的笑，常常笑成和孩子似的。

祖父是个长得很高的人，身体很健康，手里喜欢拿着个手杖。嘴上则不住的抽着旱烟管，遇到了小孩子，每每喜欢开个玩笑，说：

"你看天空飞个家雀。"

趁那孩子往天空一看，就伸出手去把那孩子的帽给取下来了。有的时候放在长衫的下边，有的时候放在袖口里头。他说：

"家雀叼走了你的帽啦。"

孩子们都知道了祖父的这一手了，并不以为奇，就抱住他的大腿，向他要帽子，摸着他的袖管，撕着他的衣襟，一直到找出帽子来为止。

祖父常常这样做，也总是把帽放在同一的地方，总是放在袖口和衣襟下。那些搜索他的孩子没有一次不是在他衣襟下把帽子拿出来的，好像他和孩子们约定了似的："我就放在这块，你来找吧！"

这样的不知做过了多少次，就像老太太永久讲着："上山打老虎"这一个故事给孩子们听似的，那怕是已经听过了五百遍，也还是在那里回回拍手，回回叫好。

每当祖父这样做一次的时候，祖父和孩子们都一齐的笑得不得了。好像这戏还像第一次演似的。

别人看了祖父这样做，也有笑的，可不是笑祖父的手法好，而是笑他天天使用一种方法抓掉了孩子的帽子，这未免可笑。

祖父不怎样会理财，一切家务都由祖母管理。祖父只是自由自在的一天闲着。我想，幸好我长大了，我三岁了。不然祖父该多寂寞。我会走了，我会跑了。我走不动的时候，祖父就抱着我，我走动了，祖父就拉着我。一天到晚，门里门外，寸步不离，而祖父多半是在后园里，于是我也在后园里。

我小的时候，没有什么同伴，我是我母亲的第一个孩子。

我记事很早，在我三岁的时候，我记得我的祖母用针刺过我的手指，所以我很不喜欢她。我家的窗子，都是四边糊纸，当中嵌着玻璃。祖母是有洁癖的，以她屋的窗纸最白净。别人抱着把我一放在祖母的炕边上，我不加思索的就要往炕里边跑，跑到窗子那里，就伸出手去，把那白白透着花窗棂的纸窗给捅了几个洞，若不加阻止，就必得挨着排给捅破，若有人招呼着我，我也得加速的抢着多捅几个才能停止。手指一触到窗上，那纸窗像小鼓似的，嘭嘭的就破了。破得越多，自己越得意。祖母若来追我的时候，我就越得意了，笑得拍着手，跳着脚的。

有一天祖母看我来了，她拿了一个大针就到窗子外边去等我去了。我刚一伸出手去，手指就痛得厉害。我就叫起来了，那就是祖母用针刺了我。

从此，我就记住了，我不喜她。

虽然她也给我糖吃，她咳嗽时吃猪腰烧川贝母，也分给我猪腰，但是我吃了猪腰还是不喜她。

在她临死之前，病重的时候，我还会吓了她一跳。有一次她自己一个人坐在炕上熬药，药壶是坐在炭火盆上，因为屋里特别的寂静，听得见那药壶骨碌骨碌的响。祖母住着两间房子，是里外屋，恰巧外屋也没有人，里屋也没人，就是她自己。我把门一开，祖母并没有看见我，于是我就用拳头在板隔壁上，咚咚的打了两拳。我听到祖母"哟"的一声，铁火剪子就掉了地上了。

我再探头一望，祖母就骂起我来。她好像就要下地来追我似的，我就一边笑着，一边跑了。

我这样的吓唬祖母，也并不是向她报仇，那时我才五岁，是不晓得什么的，也许觉得这样好玩。

祖父一天到晚是闲着的，祖母什么工作也不分配给他。只有一件事，就是祖母的地檩上的摆设，有一套锡器，却总是祖父擦的。这可不知道是祖母派给他的，还是他自动的愿意工作，每当祖父一擦的时候，我就不高兴，一方面是不能领着我到后园里去玩了，另一方面祖父因此常常挨骂。祖母骂他懒，骂他擦的不干净。祖母一骂祖父的时候，就常常不知为什么连我也骂上。

祖母一骂祖父，我就拉着祖父的手往外边走，一边说：

"我们后园里去吧。"

也许因此祖母也骂了我。

她骂祖父是"死脑瓜骨"，骂我是"小死脑瓜骨"。

我拉着祖父就到后园里去了，一到了后园里，立刻就另是一个世界了。决不是那房子里的狭窄的世界，而是宽广的，人和天地在一起，天地是多么大，多么远，用手摸不到天空。而土地上所长的又是那么繁华，一眼看上去，是看不完的，只觉得眼前鲜绿的一片。

一到后园里，我就没有对象的奔了出去，好像我是看准了什么而奔去了似的，好像有什么在那儿等着我似的。其实我是什么目的也没有。只觉得这园子里边无论什么东西都是活的，好像我的腿也非跳不可了。

若不是把全身的力量跳尽了,祖父怕我累了想招呼住我,那是不可能的,反而他越招呼,我越不听话。

等到自己实在跑不动了,才坐下来休息,那休息也是很快的,也不过随便在秧子上摘下一个黄瓜来,吃了也就好了。

休息好了又是跑。

樱桃树,明是没有结樱桃,就偏跑到树上去找樱桃。李子树是半死的样子了,本不结李子的,就偏去找李子。一边在找还一边大声的喊,在问着祖父:

"爷爷,樱桃树为什么不结樱桃?"

祖父老远的回答着:

"因为没有开花,就不结樱桃。"

再问:

"为什么樱桃树不开花?"

祖父说:

"因为你嘴馋,它就不开花。"

我一听了这话,明明是嘲笑我的话,于是就飞奔着跑到祖父那里,似乎是很生气的样子。等祖父把眼睛一抬,他用了完全没有恶意的眼睛一看我,我立刻就笑了。而且是笑了半天的工夫才能够止住,不知那里来了那许多高兴。把后园一时都让我搅乱了,我笑的声音不知有多大,自己都感到震耳了。

后园中有一棵玫瑰。一到五月就开花的。一直开到六月。花朵和酱油碟那么大。开得很茂盛,满树都是,因为花香,招来了很多的蜂子,嗡嗡的在玫瑰树那儿闹着。

别的一切都玩厌了的时候,我就想起来去摘玫瑰花,摘了一大堆把草帽脱下来用帽兜子盛着。在摘那花的时候，有两种恐惧，一种是怕蜂子的勾刺人，另一种是怕玫瑰的刺刺手。好不容易摘了一大堆，摘完了可又不知道做什么了。忽然异想天开，这花若给祖父戴起来该多好看。

祖父蹲在地上拔草，我就给他戴花。祖父只知道我是在捉弄他的帽子，而不知道我到底是在干什么。我把他的草帽给他插了一圈的花，红通通的二三十朵。我一边插着一边笑，当我听到祖父说：

"今年春天雨水大，咱们这棵玫瑰开得这么香。二里路也怕闻得到的。"

就把我笑得哆嗦起来。我几乎没有支持的能力再插上去。等我插完了，祖父还是安然的不晓得。他还照样的拔着垅上的草。我跑到很远的站着，我不敢往祖父那边看，一看就想笑。所以我借机进屋去找一点吃的来，还没有等我回到园中，祖父也屋来了。

那满头红通通的花朵，一进来祖母就看见了。她看见什么也没说，就大笑了起来。父亲母亲也笑了起来，而以我笑得最厉害，我在炕上打着滚笑。

祖父把帽子摘下来一看，原来那玫瑰的香并不是因为今年春天雨水大的缘故，而是那花就顶在他的头上。

他把帽子放下，他笑了十多分钟还停不住，过一会一想起来，又笑了。

祖父刚有点忘记了，我就在旁边提着说：

"爷爷……今年春天雨水大呀……"

一提祖父的笑就来了。于是我也在炕上打起滚来。

就这样一天一天的，祖父，后园，我，这三样是一样也不可缺少的了。

刮了风，下了雨，祖父不知怎样，在我却是非常寂寞的了。去没有去处，玩没有玩的，觉得这一天不知有多少日子那么长。

三

偏偏这后园每年都要封闭一次的。秋雨之后这花园就开始凋零了，黄的黄，败的败，好像很快似的一切花朵都灭了，好像有人把它们摧残了似的。它们一齐都没有从前那么健康了，好像它们都很疲倦了，而要休息了似的，好像要收拾收拾回家去了似的。

大榆树也是落着叶子，当我和祖父偶尔在树下坐坐，树叶竟落在我的脸上来了。树叶飞满了后园。

没有多少时候，大雪又落下来了，后园就被埋住了。

通到园去的后门，也用泥封起来了，封得很厚，整个的冬天挂着白霜。

我家住着五间房子，祖母和祖父共住两间，母亲和父亲共住两间。祖母住的是西屋，母亲住的是东屋。

是五间一排的正房，厨房在中间，一齐是玻璃窗子，青砖墙，瓦房顶。

祖母的屋子，一个是外间，一个是内间。外间里摆着大躺箱，地长桌，太师椅。椅子上铺着红椅垫，躺箱上摆着硃砂瓶，长桌上列着座钟。钟的两旁站着帽筒。帽筒上并不挂着帽子，而插着几个孔雀翎。

我小的时候，就喜欢这个孔雀翎，我说它有金色的眼睛，总想用手摸一摸，祖母就一定不让摸，祖母是有洁癖的。

还有祖母的躺箱上摆着一个座钟，那座钟是非常稀奇的，画着一个穿着古装的大姑娘，好像活了似的，每当我到祖母屋去，若是屋子里没有人，她就总用眼睛瞪我，我几次的告诉过祖父，祖父说：

"那是画的，她不会瞪人。"

我一定说她是会瞪人的，因为我看得出来，她的眼珠像是会转。

还有祖母的大躺箱上也尽雕着小人，尽是穿古装衣裳的，宽衣大袖，还戴顶子，带着翎子。满箱子都刻着，大概有二三十个人，还有吃酒的，吃饭的，还有作揖的……

我总想要细看一看，可是祖母不让我沾边，我还离得很远的，她就说：

"可不许用手摸，你的手脏。"

祖母的内间里边，在墙上挂着一个很古怪很古怪的挂钟，挂钟的下边用铁链子垂着两穗铁苞米。铁苞米比真的苞米大了很多，看起来非常重，似乎可以打死一个人。再往那挂钟里边看就更希奇古怪了，有一个小人，长着蓝眼珠，钟摆一秒钟就响一下，钟摆一响，那眼珠就同时一转。

那小人是黄头发，蓝眼珠，跟我相差太远，虽然祖父告诉我，说那是毛子人，但我不承认她，我看她不像什么人。

所以我每次看这挂钟，就半天半天的看，都看得有点发呆了。我想：这毛子人就总在钟里边呆着吗？永久也不下来玩吗？

外国人在呼兰河的土语叫做"毛子人"。我四五岁的时候，还没有见过一个毛子人，以为毛子人就是因为她的头发毛烘烘的卷着的缘故。

祖母的屋子除了这些东西，还有很多别的，因为那时候，别的我都不发生什么趣味，所以只记住了这三五样。

母亲的屋里，就连这一类的古怪玩艺也没有了，都是些普通的描金柜，也是些帽筒，花瓶之类，没有什么好看的，我没有记住。

这五间房子的组织，除了四间住房一间厨房之外，还有极小的，极黑的两个小后房。祖母一个，母亲一个。

那里边装着各种样的东西，因为是储藏室的缘故。

坛子罐子，箱子柜子，筐子篓子。除了自己家的东西，还有别人寄存的。

那里边是黑的，要端着灯进去才能看见。那里边的耗子很多，蜘蛛网也很多。空气不大好，永久有一种扑鼻的和药的气味似的。

我觉得这储藏室很好玩，随便打开那一只箱子，里边一定有一些好看的东西，花丝线，各种色的绸条，香荷包，搭腰，裤腿，马蹄袖，绣花的领子。古香古色，颜色都配得特别的好看。箱子里边也常常有蓝翠的耳环，或戒指被我看见了，我一看见就非要一个玩不可，母亲常常就随手抛给我一个。

还有些桌子带着抽屉的，一打开那里边更有些好玩的东西，铜环、木刀、竹尺、观音粉。这些个都是我在别的地方没有看过的。而且这抽屉始终也不锁的。所以我常常随意的开，开了就把样样，似乎是不加选择的都搜了出去，左手拿着木头刀，右手拿着观音粉，这里砍一下，那里画一下。后来我又得到了一个小锯，用这小锯，我开始毁坏起东西来，在椅子腿上锯一锯，在炕沿上锯一锯。我自己竟把我自己的小木刀也锯坏了。

无论吃饭和睡觉，我这些东西都带在身边，吃饭的时候，我就用这小锯，锯着馒头。睡觉做起梦来还喊着：

"我的小锯那里去了？"

储藏室好像变成我探险的地方了。我常常趁着母亲不在屋我就打开门进去了。这储藏室也有一个后窗，下半天也有一点亮光，我就趁着这亮光打开了抽屉，这抽屉已经被我翻得差不多的了，没有什么新鲜的了。翻了一会，觉得没有什么趣味了，就出来了。到后来连一块水胶，一段绳头都让我拿出来了，把五个抽屉通通拿空了。

除了抽屉还有筐子笼子，但那个我不敢动，似乎每一样都是黑洞洞的，灰尘不知有多厚，蛛网蛛丝的不知有多少，因此我连想也不想动那东西。

记得有一次我走到这黑屋子的极深极远的地方去，一个发响的东西撞在我的脚上，我摸起来抱到光亮的地方一看，原来是一个小灯笼，用手指把灰尘一划，露出来是个红玻璃的。

我在一两岁的时候，大概我是见过灯笼的，可是长到四五岁，反而不认识了。我不知道这是个什么。我抱着去问祖父去了。

祖父给我擦干净了，里边点上个洋蜡烛，于是我欢喜得就打着灯笼满屋跑，跑了好几天，一直到把这灯笼打碎了才算完了。

我在黑屋子里边又碰到了一块木头，这块木头是上边刻着花的，用手一摸，很不光滑，我拿出来用小锯锯着。祖父看见了，说：

"这是印帖子的帖板。"

我不知道什么叫帖子,祖父刷上一片墨刷一张给我看,我只看见印出来几个小人。还有一些乱七八糟的花,还有字。祖父说:

"咱们家开烧锅的时候,发帖子就是用这个印的,这是一百吊的……还有伍十吊的十吊的……"

祖父给我印了许多,还用鬼子红给我印了些红的。

还有戴缨子的清朝的帽子,我也拿了出来戴上。多少年前的老大的鹅翎扇子,我也拿了出来吹着风。翻了一瓶莎仁出来,那是治胃病的药,母亲吃着,我也跟着吃。

不久,这些八百年前的东西,都被我弄出来了。有些是祖母保存着的,有些是已经出了嫁的姑母的遗物。已经在那黑洞洞的地方放了多少年了,连动也没有动过,有些个快要腐烂了,有些个生了虫子,因为那些东西早被人们忘记了,好像世界上已经没有那么一回事了。而今天忽然又来到了他们的眼前,他们受了惊似的又恢复了他们的记忆。

每当我拿出一件新的东西的时候,祖母看见了,祖母说:

"这是多少年前的了!这是你大姑在家里边玩的……"

祖父看见了,祖父说:

"这是你二姑在家时用的……"

这是你大姑的扇子,那是你三姑的花鞋……都有了来历。但我不知道谁是我的三姑,谁是我的大姑。也许我一两岁的时候,我见过她们,可是我到四五岁时,我就不记得了。

我祖母有三个女儿,到我长起来时,她们都早已出嫁了。可见二三十年内就没有小孩子了。而今也只有我一个。实在的还有一个小弟弟,不过那时他才一岁半岁的,所以不算他。

家里边多少年前放的东西，没有动过，他们过的是既不向前，也不回头的生活，是凡过去的，都算是忘记了，未来的他们也不怎样积极的希望着，只是一天一天的平板的，无怨无尤的在他们祖先给他们准备好的口粮之中生活着。

等我生来了，第一给了祖父的无限的欢喜，等我长大了，祖父非常的爱我。使我觉得在这世界上，有了祖父就够了，还怕什么呢？虽然父亲的冷淡，母亲的恶言恶色，和祖母的用针刺我手指的这些事，都觉得算不了什么。何况又有后花园！后园虽然让冰雪给封闭了，但是又发现了这储藏室。这里边是无穷无尽的什么都有，这里边宝藏着的都是我所想象不到的东西，使我感到这世界上的东西怎么这样多！而且样样好玩，样样新奇。

比方我得到了一包颜料，是中国的大绿，看那颜料闪着金光，可是往指甲上一染，指甲就变绿了，往胳臂上一染，胳臂立刻飞来了一张树叶似的。实在是好看，也实在是莫名其妙，所以心里边就暗暗的欢喜，莫非是我得了宝贝吗？

得了一块观音粉，这观音粉往门上一划，门就白了一道，往窗上一划，窗就白了一道。这可真有点奇怪，大概祖父写字的墨是黑墨，而这是白墨吧！

得了一块圆玻璃，祖父说是"显微镜"。他在太阳底下一照，竟把祖父装好的一袋烟照着了。

这该多么使人欢喜，什么什么都会变的。你看他是一块废铁，说不定他就有用，比方我捡到一块四方的铁块，上边有一个小窝。祖父把榛子放在小窝里边，打着榛子给我吃。在这小窝里打，不知道比用牙咬要快了多少倍。何况祖父老了，他的牙又多半不大好。

我天天从那黑屋子往外搬着,而天天有新的。搬出来一批,玩厌了,弄坏了,就再去搬。

因此使我的祖父,祖母常常的慨叹。

他们说这是多少年前的了,连我的第三个姑母还没有生的时候就有这东西。那是多少年前的了,还是分家的时候,从我曾祖那里得来的呢。又那样那样是什么人送的,而那家人家到今天也都家败人亡了,而这东西还存在着。

又是我在玩着的那葡蔓藤的手镯,祖母说她就戴着这个手镯,有一年夏天坐着小车子,抱着我大姑去回娘家,路上遇了土匪,把金耳环给摘去了,而没有要这手镯,若也是金的银的,那该多危险,也一定要被抢去的。

我听了问她:

"我大姑在哪儿?"

祖父笑了。祖母说:

"你大姑的孩子比你都大了。"

原来是四十年前的事情,我那里知道。可是藤手镯却戴在我的手上,我举起手来,摇了一阵,那手镯好像风车似的,滴溜滴溜的转,手镯太大了,我的手太细了。

祖母看见我把从前的东西都搬出来了,她常常骂我:

"你这孩子,没有东西不拿着玩的,这小不成器的……"

她嘴里虽然是这样说,但她又在光天化日之下得以重看到这东西,也似乎给了她一些回忆的满足。所以她说我是并不十分严刻的,我当然也不听她,该拿还是照旧的拿。

于是我家里久不见天日的东西,经我这一搬弄,才得以见了天日。于是坏的坏,扔的扔,也就都从此消灭了。

我有记忆的第一个冬天,就这样过去了。没有感到十分的寂寞,但总不如在后园里那样玩着好。但孩子是容易忘记的,也就随遇而安了。

四

第二年夏天,后园里种了不少的韭菜,是因为祖母喜欢吃韭菜馅的饺子而种的。

可是当韭菜长起来时,祖母就病重了,而不能吃这韭菜了,家里别的人也没有吃这韭菜,韭菜就在园子里荒着。

因为祖母病重,家里非常热闹,来了我的大姑母,又来了我的二姑母。

二姑母是坐着她自家的小车子来的。那拉车的骡子挂着铃铛,哗哗啷啷的就停在窗前了。

从那车上第一个就跳下来一个小孩,那小孩比我高了一点,是二姑母的儿子。

他的小名叫"小兰",祖父让我向他叫兰哥。

别的我都不记得了,只记得不大一会工夫我就把他领到后园里去了。

告诉他这个是玫瑰树,这个是狗尾草,这个是樱桃树。樱桃树是不结樱桃的,我也告诉了他。

不知道在这之前他见过我没有,我可并没有见过他。

我带他到东南角上去看那棵李子树时,还没有走到眼前,他就说:

"这树前年就死了。"

他说了这样的话,是使我很吃惊的。这树死了,他可怎么知道的?心中立刻来了一种忌妒的情感,觉得这花园是属于我的,和属于祖父的,其余的人连晓得也不该晓得才对的。

我问他:

"那么你来过我们家吗?"

他说他来过。

这个我更生气了,怎么他来我不晓得呢?

我又问他:

"你什么时候来过的?"

他说前年来的,他还带给我一个毛猴子。他问着我:

"你忘了吗?你抱着那毛猴子就跑,跌倒了你还哭了哩!"

我无论怎样想,也想不起来了。不过总算他送给我过一个毛猴子,可见对我是很好的,于是我就不生他的气了。

从此天天就在一块玩。

他比我大三岁,已经八岁了,他说他在学堂里边念了书的,他还带来了几本书,晚上在煤油灯下他还把书拿出来给我看。书上有小人,有剪刀,有房子。因为都是带着图,我一看就连那字似乎也认识了,我说:

"这念剪刀,这念房子。"

他说不对:

"这念剪,这念房。"

我拿过来一细看,果然都是一个字,而不是两个字,我是照着图念的,所以错了。

我也有一盒方字块,这边是图,那边是字,我也拿出来给他看了。

从此整天的玩。祖母病重与否,我不知道。不过在她临死的前几天就穿上了满身的新衣裳,好像要出门做客似的。说是怕死了来不及穿衣裳。

因为祖母病重家里热闹得很,来了很多亲戚。忙忙碌碌不知忙些个什么。有的拿了些白布撕着,撕得一条一块的,撕得非常的响亮,旁边就有人拿着针在缝那白布。还有的把一个小罐,里边装了米,罐口蒙上了红布。还有的在后园门口拢起火来,在铁大勺里边炸着面饼子。问她:

"这是什么?"

"这是打狗饽饽。"

她说阴间有十八关,过到狗关的时候,狗就上来咬人,用这饽饽一打,狗吃了饽饽就不咬人了。

似乎是姑妄言之姑妄听之,我没有听进去。

家里边的人越繁华,我就越寂寞,走到屋里,问问这个,问问那个,一切都不理解。祖父也似乎把我忘记了。我从后园里捉了一个特别大的蚂蚱送给他去看,他连看也没有看,就说:

"真好,真好,上后园去玩去吧!"

新来的兰哥也不陪我时,我就在后园里一个人玩。

五

祖母已经死了,人们都到龙王庙上去报过庙回来了。而我还在后园里边玩着。

后园里边下了点雨,我想要进屋去拿草帽去,走到酱缸旁边(我家的酱缸是放在后园的),一看,有雨点拍拍的落到缸帽子上。我想这缸帽子该多大,遮起雨来,比草帽一定更好。

于是我就从缸上把它翻下来了,到了地上它还乱滚一阵,这时候，雨就大了。我好不容易才设法钻进这缸帽子去。因为这缸帽子太大了，差不多和我一般高。

我顶着它，走了几步，觉得天昏地暗。而且重也是很重的，非常吃力。而且自己已经走到哪里了，自己也不晓，只晓得头顶上拍拍拉拉的打着雨点，往脚下看着，脚下只是些狗尾草和韭菜。找了一个韭菜很厚的地方，我就坐下了，一坐下这缸帽子就和个小房似的扣着我。这比站着好得多，头顶不必顶着，缸帽子就扣在韭菜地上。但是里边可是黑极了，什么也看不见。

同时听什么声音，也觉得都远了。大树在风雨里边被吹得呜呜的，好像大树已经被搬到别人家的院子去了似的。

韭菜是种在北墙根上，我是坐在韭菜上。北墙根离家里的房子很远的，家里边那闹嚷嚷的声音，也像是来在远方。

我细听了一会，听不出什么来，还是在我自己的小屋里边坐着。这小屋这么好，不怕风，不怕雨。站起来走的时候，顶着屋盖就走了，有多么轻快。

其实是很重的了，顶起来非常吃力。

我顶着缸帽子，一路摸索着，来到了后门口，我是要顶给爷爷看看的。

我家的后门坎特别高，迈也迈不过去，因为缸帽子太大，使我抬不起腿来。好不容易用手把腿拉着，弄了半天，总算是过去了。虽然进了屋，仍是不知道祖父在什么方向，于是我就大喊，正在这喊之间，父亲一脚把我踢翻了，差点没把我踢到灶口的火堆上去。缸帽子也在地上滚着。

等人家把我抱了起来，我一看，屋子里的人，完全不对了，都穿了白衣裳。

再一看，祖母不是睡在炕上，而是睡在一张长板上。

从这以后祖母就死了。

六

祖母一死，家里继续着来了许多亲戚，有的拿着香、纸，到灵前哭了一阵就回去了。有的就带着大包小包的来了就住下了。

大门前边吹着喇叭，院子里搭了灵棚，哭声终日，一闹闹了不知多少日子。

请了和尚道士来，一闹闹到半夜，所来的都是吃、喝、说、笑。

我也觉得好玩，所以就特别高兴起来。又加上从前我没有小同伴，而现在有了。比我大的，比我小的，共有四五个。我们上树爬墙，几乎连房顶也要上去了。

他们带我到大门洞子顶上去捉鸽子。搬了梯子到房檐头上去捉家雀。后花园虽然大，已经装不下我了。

我跟着他们到井口边去往井里边看，那井是多么深，我从未见过。在上边喊一声，里边有人回答。用一个小石子投下去，那响声是很深远的。

他们带我到粮食房子去，到碾磨房去，有时候竟把我带到街上，是已经离开家了，不跟着家人在一起，我是从来没有走过这样远。

不料除了后园之外，还有更大的地方，我站在街上，不是看什么热闹，不是看那街上的行人车马，而是心里边想：是不是我将来一个人也可以走得很远？

有一天，他们把我带到南河沿上去了，南河沿离我家本不算远,也不过半里多地。可是因为我是第一次走,觉得实在是远,走出汗来了。走过一个黄土坑,又过一个南大营,南大营的门口,有兵把守门。那营房的院子大得在我看来太大了,实在是不应该。我们的院子就够大的了,怎么能比我们家的院子更大呢?大得有点不大好看了,我走过了,我还回过头来看。

路上有一家人家,把花盆摆到墙头上来了,我觉得这也不大好,若是看不见人家偷去呢!

还看见了一座小洋房,比我们家的房不知好了多少倍。若问我,哪里好?我也说不出来,就觉得那房子是一色新,不像我家的房子那么陈旧。

我仅仅走了半里多路,我所看见的可太多了。所以觉得这南河沿实在远。问他们:

"到了没有?"

他们说:

"就到的,就到的。"

果然,转过了大营房的墙角,就看见河水了。

我第一次看见河水,我不能晓得这河水是从什么地方来的?走了几年了。

那河太大了,等我走到河边上,抓了一把沙子抛下去,那河水简直没有因此而脏了一点点。河上有船,但是不很多,有的往东去了,有的往西去了。也有的划到河的对岸去的,河的对岸似乎没有人家,而是一片柳条林。再往远看,就不能知道那是什么地方了,因为也没有人家,也没有房子,也看不见道路,也听不见一点音响。

我想将来是不是我也可以到那没有人的地方去看一看。

除了我家的后园，还有街道。除了街道，还有大河。除了大河，还有柳条林。除了柳条林，还有更远的，什么也没有的地方，什么也看不见的地方，什么声音也听不见的地方。

究竟除了这些，还有什么，我越想越不知道了。

就不用说这些我未曾见过的。就说一个花盆吧，就说一座院子吧。院子和花盆，我家里都有。但说那营房的院子就比我家的大，我家的花盆是摆在后园里的，人家的花盆就摆到墙头上来了。

可见我不知道的一定还有。

所以祖母死了，我竟聪明了。

七

祖母死了，我就跟祖父学诗。因为祖父的屋子空着，我就闹着一定要睡在祖父那屋。

早晨念诗，晚上念诗，半夜醒了也是念诗。念了一阵，念困了再睡去。

祖父教我的有《千家诗》，并没有课本，全凭口头传诵，祖父念一句，我就念一句。

祖父说：

"少小离家老大回……"

我也说：

"少小离家老大回……"

都是些什么字，什么意思，我不知道，只觉得念起来那声音很好听。所以很高兴的跟着喊。我喊的声音，比祖父的声音更大。

我一念起诗来，我家的五间房都可以听见，祖父怕我喊坏了喉咙，常常警告着我说：

"房盖被你抬走了。"

听了这笑话，我略微的笑了一会工夫，过不了多久，就又喊起来了。

夜里也是照样的喊，母亲吓唬我，说再喊她要打我。

祖父也说：

"没有你这样念诗的，你这不叫念诗，你这叫乱叫。"

但我觉得这乱叫的习惯不能改，若不让我叫，我念它干什么。每当祖父教我一个新诗，一开头我若听了不好听，我就说：

"不学这个。"

祖父于是就换一个，换一个不好，我还是不要。

"春眠不觉晓，处处闻啼鸟，

夜来风雨声，花落知多少。"

这一首诗，我很喜欢，我一念到第二句，"处处闻啼鸟"那"处处"两字，我就高兴起来了。觉得这首诗，实在是好，真好听，"处处"该多好听。

还有一首我更喜欢的：

"重重叠叠上楼台，几度呼童扫不开。

刚被太阳收拾去，又为明月送将来。"

就这"几度呼童扫不开"，我根本不知道什么意思，就念成西沥忽通扫不开。

越念越觉得好听，越念越有趣味。

每当客人来了，祖父总是呼我念诗的，我就总喜念这一首。

那客人不知听懂了与否，只是点头说好。

八

就这样瞎念,到底不是久计。念了几十首之后,祖父开讲了。

"少小离家老大回,乡音无改鬓毛衰。"

祖父说:

"这是说小的时候离开了家到外边去,老了回来了。乡音无改鬓毛衰,这是说家乡的口音还没有改变,胡子可白了。"

我问祖父:

"为什么小的时候离家?离家到哪里去?"

祖父说:

"好比爷像你那么大离家,现在老了回来了,谁还认识呢?儿童相见不相识,笑问客从何处来。小孩子见了就招呼着说:你这个白胡老头,是从那里来的?"

我一听,觉得不大好,赶快就问祖父:

"我也要离家的吗?等我胡子白了回来,爷爷你也不认识我了吗?"

心里很恐惧。

祖父一听就笑了:

"等你老了还有爷爷吗?"

祖父说完了,看我还是不很高兴,他又赶快说:

"你不离家的,你那里能够离家……快再念一首诗吧!念'春眠不觉晓'……"

我一念起"春眠不觉晓"来,又是满口的大叫,得意极了。完全高兴,什么都忘了。

但从此再读新诗，一定要先讲的，没有讲过的也要重讲。似乎那大嚷大叫的习惯稍稍好了一点。

"两个黄鹂鸣翠柳，一行白鹭上青天。"

这句诗本来我也很喜欢的，黄梨是很好吃的。经祖父这一讲，说是两个鸟。于是不喜欢了。

"去年今日此门中，人面桃花相映红。

人面不知何处去，桃花依旧笑春风。"

这首诗祖父讲了我也不明白，但是我喜欢这首。因为其中有桃花。桃树一开了花不就结桃吗？桃子不是好吃吗？

所以每念完这首诗，我就接着问祖父：

"今年咱们的樱桃树开不开花？"

九

除了念诗之外，还很喜欢吃。

记得大门洞子东边那家房产是养猪的，一个大猪在前边走，一群小猪跟在后边。有一天一个小猪掉井了，人们用抬土的筐子把小猪从井吊了上来。吊上来，那小猪早已死了。井口旁边围了很多人看热闹，祖父和我也在旁边看热闹。

那小猪一被打上来，祖父就说他要那小猪。

祖父把那小猪抱到家里，用黄泥裹起来，放在灶坑里烧上了，烧好了给我吃。

我站在炕沿旁边，那整个的小猪，就摆在我的眼前，祖父把那小猪一撕开，立刻就冒了油，真香，我从来没有吃过那么香的东西，从来没有吃过那么好吃的东西。

第二次，又有一只鸭子掉井了，祖父也用黄泥包起来，烧上给我吃了。

在祖父烧的时候,我也帮着忙,帮着祖父搅黄泥,一边喊着,一边叫着,好像拉拉队似的给祖父助兴。

鸭子比小猪更好吃,那肉是不怎样肥的。所以我最喜欢吃鸭子。

我吃,祖父在旁边看着,祖父不吃。等我吃完了,祖父才吃。他说我的牙齿小,怕我咬不动,先让我选嫩的吃,我吃剩了的他才吃。

祖父看我每咽下去一口,他就点一下头,而且高兴的说:"这小东西真馋,"或是"这小东西吃得真快。"

我的手满是油,随吃随在大襟上擦着,祖父看了也并不生气,只是说:

"快蘸点盐吧,快蘸点韭菜花吧,空口吃不好,等会要反胃的……"

说着就捏几个盐粒放在我手上拿着的鸭子肉上。我一张嘴又进肚去了。

祖父越称赞我能吃,我越吃得多。祖父看看不好了,怕我吃多了。让我停下,我才停下来。我明明白白的是吃不下去了,可是我嘴里还说着:

"一个鸭子还不够呢!"

自此吃鸭子的印象非常之深,等了好久,鸭子不再掉到井里,我看井沿有一群鸭子,我拿了秫杆就往井里边赶,可是鸭子不进去,围着井口转,而呱呱的叫着。我就招呼了在旁边看热闹的小孩子,我说:

"帮我赶呢!"

正在吵吵叫叫的时候，祖父奔到了，祖父说：

"你在干什么？"

我说：

"赶鸭子，鸭子掉井，捞出来好烧吃。"

祖父说：

"不用赶了，爷爷抓个鸭子给你烧着吃。"

我不听他的话，我还是追在鸭子的后边跑着。

祖父上前来把我拦住了，抱在怀里，一面给我擦着汗一面说：

"跟爷爷回家，抓个鸭子烧上。"

我想：不掉井的鸭子，抓都抓不住，可怎么能规规矩矩贴起黄泥来让烧呢？于是我从祖父的身上往下挣扎着，喊着：

"我要掉井的，我要掉井的！"

祖父几乎抱不住我了。

第四章

一

一到了夏天，蒿草长没大人的腰了，长没我的头顶了，黄狗进去，连个影也看不见了。

夜里一刮起风来，蒿草就刷拉刷拉的响着，因为满院子都是蒿草，所以那响声就特别大，成群结队的就响起来了。

下了雨，那蒿草的梢上都冒着烟，雨本来下得不很大，若一看那蒿草，就像那雨下得特别大似的。

下了毛毛雨，那蒿草上就迷漫得朦朦胧胧的，像是已经来了大雾，或者像是要变天了，好像是下了霜的早晨，混混沌沌的，在蒸腾着白烟。

刮风和下雨，这院子是很荒凉的了。就是晴天，多大的太阳照在上空，这院子也一样是荒凉的。没有什么显眼睛耀目的装饰，没有用人工设置过的一点痕迹，什么都是任其自然，愿意东，就东，愿意西，就西。若是纯然能够做到这样，倒也保存了原始的风景。但不对的，这算什么风景呢？东边堆着一堆朽木头，西边扔着一片乱柴火。左门旁排着一大片旧砖头，右门边晒着一片沙泥土。

沙泥土是厨子拿来搭炉灶的，搭好了炉灶，泥土就扔在门边了。若问他还有什么用处吗？我想他也不知道。不过忘了就是了。

至于那砖头可不知道是干什么的，已经放了很久了，风吹日晒，下了雨被雨浇。反正砖头是不怕雨的，浇浇又碍什么事。那么就浇着去吧，没人管它。其实也正不必管它，凑巧炉灶或是炕洞子坏了，那就用得着它了。就在眼前，伸手就来，用着多么方便。但是炉灶就总不常坏，炕洞子修的也比较结实。不知那里找的这样好的工人，一修上炕洞子就是一年，头一年八月修上，不到第二年八月是不坏的，就是到了第二年八月，也得泥水匠来，砖瓦匠来用铁刀一块一块的把砖砍着搬下来。所以那门前的一堆砖头似乎是一年也没有多大的用处。三年两年的还是在那里摆着。大概总是越摆越少，东家拿去一块垫花盆，西家搬去一块又是做什么。不然若是越摆越多，那可就糟了，岂不是慢慢的会把房门封起来的吗？

其实门前的那砖头是越来越少的。不用人工，任其自然，过了三年两载也就没有了。

可是目前还是有的。就和那堆泥土同时在晒着太阳，它陪伴着它，它陪伴着它。

除了这个，还有打碎了的大缸扔在墙边上，大缸旁边还有一个破了口的坛子陪着它蹲在那里。坛子底上没有什么，只积了半坛雨水，用手攀着坛子边一摇动，那水里边有很多活物，会上下的跑，似鱼非鱼，似虫非虫，我不认识。再看那勉强站着的，几乎是站不住了的已经被打碎了的大缸，那缸里边可是什么也没有。其实不能够说那是"里边"，本来这缸已经破了肚子，谈不到什么"里边""外边"了。就简称"缸碴"吧！在这缸碴上什么也没有，光滑可爱，用手一拍还会发响。小的时就总喜欢到旁边去搬一搬，一搬就不得了了，在这缸碴的下边有无数的潮虫。吓得赶快就跑。跑得很远的站在那里回头看着，看了一回，那潮虫乱跑一阵又回到那缸碴的下边去了。

这缸碴为什么不扔掉呢？大概就是专养潮虫。

和这缸碴相对着，还扣着一个猪槽子，那猪槽子已经腐朽了，不知扣了多少年了。槽子底上长了不少的蘑菇，黑深深的，都是些小蘑，看样子，大概吃不得，不知长着做什么。

靠着槽子的旁边就睡着一柄生锈的铁犁头。

说也奇怪，我家里的东西都是成对的，成双的。没有单个的。

砖头晒太阳，就有泥土来陪着。有破坛子，就有破大缸。有猪槽子，就有铁犁头。像是它们都配了对，结了婚。而且各自都有新生命送到世界上来。比方缸子里的似鱼非鱼，大缸下边的潮虫，猪槽子上的蘑菇等等。

不知为什么，这铁犁头，却看不出什么新生命来，而是全体腐烂下去了。什么也不生，什么也不长，全体黄澄澄的。用手一触就往下掉沫，虽然他本质是铁的，但沦落到今天，就完全像黄泥做的了，就像要瘫了的样子。比起它的同伴那木槽子来，真是远差千里，惭愧惭愧。这犁头假若是人的话，一定要流泪大哭："我的体质比你们都好哇，怎么今天衰弱到这个样子？"

它不但它自己衰弱，发黄，一下了雨，它那满身的黄色的色素，还跟着雨水流到别人的身上去。那猪槽子的半边已经被染黄了。

那黄色的水流，还一直流得很远，是凡它所经过的那条土地，都被它染得焦黄。

二

我家是荒凉的。

一进大门，靠着大门洞子的东壁是三间破房子，靠着大门洞子的西壁仍是三间破房子。再加上一个大门洞，看起来是七间连着串，外表上似乎是很威武的，房子都很高大，架着很粗的木头的房架。大柁是很粗的，一个小孩抱不过来。都一律是瓦房盖，房脊上还有透隆的用瓦做的花，迎着太阳看去，是很好看的，房脊的两梢上，一边有一个鸽子，大概也是瓦做的。终年不动，停在那里。这房子的外表，似乎不坏。

但我看它内容空虚。

西边的三间，自家用为装粮食的，粮食没有多少，耗子可是成群了。

粮食仓子底下让耗子咬出洞来,耗子的全家在吃着粮食。耗子在下边吃,麻雀在上边吃。全屋都是土腥气。窗子坏了,用板钉起来,门也坏了,每一开就颤抖抖的。

靠着门洞子西壁的三间房,是租给一家养猪的。那屋里屋外没有别的,都是猪了。大猪小猪,猪槽子,猪粮食。来往的人也都是猪贩子,连房子带人,都弄得气味非常之坏。

说来那家也并没有养了多少猪,也不过十个八个的。每当黄昏的时候,那叫猪的声音远近得闻。打着猪槽子,敲着圈栅。叫了几声,停了一停。声音有高有低,在黄昏的庄严的空气里好像是说他家的生活是非常寂寞的。

除了这一连串的七间房子之外,还有六间破房子,三间破草房,三间碾磨房。

三间碾磨房一起租给那家养猪的了,因为它靠近那家养猪的。

三间破草房是在院子的西南角上,这房子它单独的跑得那么远,孤伶伶的,毛头毛脚的,歪歪斜斜的站在那里。

房顶的草上长着青苔,远看去,一片绿,很是好看。下了雨,房顶上就出蘑菇,人们就上房采蘑菇,就好像上山去采蘑菇一样,一采采了很多。这样出蘑菇的房顶实在是很少有,我家的房子共有三十来间,其余的都不会出蘑菇,所以住在那房里的人一提着筐子上房去采蘑菇,全院子的人没有不羡慕的,都说:

"这蘑菇是新鲜的,可不比那干蘑菇,若是杀一个小鸡炒上,那真好吃极了。"

"蘑菇炒豆腐,嗳,真鲜!"

"雨后的蘑菇嫩过了仔鸡。"

"蘑菇炒鸡，吃蘑菇而不吃鸡。"

"蘑菇下面，吃汤而忘了面。"

"吃了这蘑菇，不忘了姓才怪的。"

"清蒸蘑菇加姜丝，能吃八碗小米子干饭。"

"你不要小看了这蘑菇，这是意外之财！"

同院住的那些羡慕的人，都恨自己为什么不住在那草房里。若早知道租了房子连蘑菇都一起租来了，就非租那房子不可。天下那有这样的好事，租房子还带蘑菇的。于是感慨唏嘘，相叹不已。

再说那在房顶上正在采着的，在多少只眼目之中，真是一种光荣的工作。于是也就慢慢的采，本来一袋烟的工夫就可以采完，但是要延长到半顿饭的工夫。同时故意选了几个大的，从房顶上骄傲的抛下来，同时说：

"你们看吧，你们见过这样干净的蘑菇吗？除了是这个房顶，那个房顶能够长出这样的好蘑菇来。"

那在下面的，根本看不清房顶到底那蘑菇全都多大，以为一律是这样大的，于是就更增加了无限的惊异。赶快弯下腰去拾起来，拿到家里，晚饭的时候，卖豆腐的来，破费二百钱检点豆腐，把蘑菇烧上。

可是那在房顶上的因为骄傲，忘记了那房顶有许多地方是不结实的，已经露了洞了，一不加小心就把脚掉下去了，把脚往外一拔，脚上的鞋子不见了。

鞋子从房顶落下去，一直就落在锅里，锅里正是翻开的滚水，鞋子就在滚水里边煮上了。锅边漏粉的人越看越有意思，越觉得好玩，那一只鞋子在开水里滚着，翻着，还从鞋底上滚下一些泥浆来，弄得漏下去的粉条都黄忽忽的了。可是他们还不把鞋子从锅里拿出来，他们说，反正这粉条是卖的，也不是自己吃。

这房顶虽然产蘑菇，但是不能够避雨，一下起雨来，全屋就像小水罐似的。摸摸这个是湿的，摸摸那个是湿的。

好在这里边住的都是些个粗人。

有一个歪鼻瞪眼的名叫"铁子"的孩子。他整天手里拿着一柄铁锹，在一个长槽子里边往下切着，切些个什么呢？初到这屋子里来的人是看不清的，因为热气腾腾的这屋里不知都在做些个什么。细一看，才能看出来他切的是马铃薯。槽子里都是马铃薯。

这草房是租给一家开粉房的。漏粉的人都是些粗人，没有好鞋袜，没有好行李，一个一个的和小猪差不多，住在这房子里边是很相当的，好房子让他们一住也怕是住坏了。何况每一下雨还有蘑菇吃。

这粉房里的人吃蘑菇，总是蘑菇和粉配在一道，蘑菇炒粉，蘑菇炖粉，蘑菇煮粉。没有汤的叫做"炒"，有汤的叫做"煮"，汤少一点的叫做"炖"。

他们做好了，常常还端着一大碗来送给祖父。等那歪鼻瞪眼的孩子一走了，祖父就说：

"这吃不得，若吃到有毒的就吃死了。"

但那粉房里的人，从来没吃死过，天天里边唱着歌，漏着粉。

粉房的门前搭了几丈高的架子，亮晶晶的白粉，好像瀑布似的挂在上边。

他们一边挂着粉，也是一边唱着的。等粉条晒干了，他们一边收着粉,也是一边地唱着。那唱不是从工作所得到的愉快,好像含着眼泪在笑似的。

逆来顺受,你说我的生命可惜,我自己却不在乎。你看着很危险,我却自己以为得意。不得意怎么样?人生是苦多乐少。

那粉房里的歌声,就像一朵红花开在了墙头上。越鲜明,就越觉得荒凉。

"正月十五正月正,

家家户户挂红灯。

人家的丈夫团圆聚,

孟姜女的丈夫去修长城。"

只要是一个晴天,粉丝一挂起来了,这歌音就听得见的。因为那破草房是在西南角上,所以那声音比较的来得辽远。偶尔也有装腔女人的音调在唱《五更天》。

那草房实在是不行了,每下一次大雨,那草房北头就要多加一只支柱,那支柱已经有七八只之多了,但是房子还是天天的往北边歪。越歪越厉害,我一看了就害怕,怕从那旁边一过,恰好那房子倒了下来,压在我身上。那房子实在是不像样子了,窗子本来是四方的,都歪斜得变成菱形的了。门也歪斜得关不上了。墙上的大柁就像要掉下来似的,向一边跳出来了。房脊上的正梁一天一天的往北走,已经拔了铆,脱离别人的牵掣,而它自己单独行动起来了。那些钉在房脊上的椽杆子,能够跟着它跑的,就跟着它一顺水的往北边跑下去了。不能够跟着它跑的,就挣断了钉子,而垂下头来,向着粉房里的人们的头垂下来,因为另一头是压在檐外,所以不能够掉下来,只是滴里郎当的垂着。

我一次进粉房去,想要看一看漏粉到底是怎样漏法。但是不敢细看，我很怕那椽子头掉下来打了我。

一刮起风来这房子就喳喳的山响，大柁响，房梁响，门框、窗框响。

一下了雨又是喳喳的响。

不刮风，不下雨，夜里也是会响的，因为夜深人静了，万物齐鸣，何况这本来就会响的房子，哪能不响呢。

以它响得最厉害。别的东西的响，是因为倾心去听它，就是听得到的，也是极幽渺的，不十分可靠的。也许是因为一个人的耳鸣而引起来的错觉，比方猫、狗、虫子之类的响叫，那是因为他们是生物的缘故。

可曾有人听过夜里房子会叫的，谁家的房子会叫，叫得好像个活物似的，嚓嚓的，带着无限的重量。往往会把睡在这房子里的人叫醒。

被叫醒了的人，翻了一个身说：

"房子又走了。"

真是活神活现，听他说了这话，好像房子要搬了场似的。

房子都要搬场了，为什么睡在里边的人还不起来。他是不起来的，他翻了个身又睡了。

住在这里边的人，对于房子就要倒的这回事，毫不加戒心，好像他们已经有了血族的关系，是非常信靠的。

似乎这房一旦倒了，也不会压到他们，就算是压到了，也不会压死的，绝对的没有生命的危险。这些人的过度的自信，不知从那里来的，也许住在那房子里边的人都是用铁铸的，而不是肉长的。再不然就是他们都是敢死队，生命置之度外了。

若不然为什么这么勇敢？生死不怕。

若说他们是生死不怕,那也是不对的,比方那晒粉条的人,从杆子上往下摘粉条的时候,那杆子掉下来了,就吓他一哆嗦。粉条打碎了,他还没有被打着。他把粉条收起来,他还看着那杆子,他思索起来,他说:

"莫不是……"

他越想越奇怪,怎么粉打碎了,而人没打着呢。他把那杆子扶了上去,远远的站在那里看着,用眼睛捉摸着。越捉摸越觉得可怕。

"唉呀!这要是落到头上呢。"

那真是不堪想象了。于是他摸着自己的头顶,他觉得万幸万幸,下回该加小心。

本来那杆子还没有房椽子那么粗,可是他一看见,他就害怕,每次他再晒粉条的时候,他都是躲着那杆子,连在它旁边走也不敢走。总是用眼睛溜着它,过了很多日才算把这回事忘了。

若下雨打雷的时候,他就把灯灭了,他们说雷扑火,怕雷劈着。

他们过河的时候,抛两个铜板到河里去,传说河是馋的,常常淹死人的,把铜板一抛到河里,河神高兴了,就不会把他们淹死了。

这证明住在这嚓嚓响着的草房里的他们,也是很胆小的,也和一般人一样是颤颤惊惊的活在这世界上。

那么这房子既然要塌了,他们为什么不怕呢?

据卖馒头的老赵头说:

"他们要的就是这个要倒的么!"

据粉房里的那个歪鼻歪眼的孩子说:

"这是住房子啊,也不是娶媳妇要她周周正正。"

据同院住的周家的两位少年绅士说:

"这房子对于他们那等粗人,就再合适也没有了。"

据我家的有二伯说:

"是他们贪图便宜,好房子呼兰城里有的多,为啥他们不搬家呢?好房子人家要房钱的呀,不像是咱们家这房子,一年送来十斤二十斤的干粉就完事,等于白住,你二伯是没有家眷,若不我也找这样房子去住。"

有二伯说的也许有点对。

祖父早就想拆了那座房子的,是因为他们几次的全体挽留才留下来的。

至于这个房子将来倒与不倒,或是发生什么幸与不幸,大家都以为这太远了,不必想了。

三

我家的院子是很荒凉的。

那边住着几个漏粉的,那边住着几个养猪的。养猪的那厢房里还住着一个拉磨的。

那拉磨的,夜里打着梆子通夜的打。

养猪的那一家有几个闲散杂人,常常聚在一起唱着秦腔,拉着胡琴。

西南角上那漏粉的则欢喜在晴天里边唱一个《叹五更》①。

他们虽然是拉胡琴,打梆子,叹五更,但是并不是繁华的,

---

① 民间小调,流传很广。

并不是一往直前的,并不是他们看见了光明,或是希望着光明,这些都不是的。

他们看不见什么是光明的,甚至于根本也不知道,就像太阳照在了瞎子的头上了,瞎子也看不见太阳,但瞎子却感到实在是温暖了。

他们就是这类人,他们不知道光明在那里,可是他们实实在在的感得到寒凉就在他们的身上,他们想击退了寒凉,因此而来了悲哀。

他们被父母生下来,没有什么希望,只希望吃饱了,穿暖了。但也吃不饱,也穿不暖。

逆来的,顺受了。

顺来的事情,却一辈子也没有。

磨房里那打梆子的,夜里常常是越打越响,他越打得激烈,人们越说那声音凄凉。

因为他单单的响音,没有同调。

四

我家的院子是荒凉的。

粉房旁边的那小偏房里,还住着一家赶车的,那家喜欢跳大神,常常就打起鼓来,喝喝咧咧唱起来了。鼓声往往打到半夜才止,那说仙道鬼的,大神和二神的一对一答。苍凉,幽渺,真不知今世何世。

那家的老太太终年生病,跳大神都是为她跳的。

那家是这院子顶丰富的一家,老少三辈。家风是干净利落,为人谨慎,兄友弟恭,父慈子爱。家里绝对的没有闲散杂人。绝对不像那粉房和那磨房,说唱就唱,说哭就哭。他家永久是安安静静的。跳大神不算。

那终年生病的老太太的祖母,她有两个儿子,大儿子是赶车的,二儿子也是赶车的。一个儿子都有一个媳妇。大儿媳妇胖胖的,年已五十了。二儿媳妇瘦瘦的,年已四十了。

除了这些,老太太还有两个孙儿,大孙儿是二儿子的。二孙儿是大儿子的。

因此他家里稍稍有点不睦,那两个媳妇妯娌之间,稍稍有点不合适,不过也不很明朗化。只是你我之间各自晓得。做嫂子的总觉得兄弟媳妇对她有些不驯,或者就因为她的儿子大的缘故吧。兄弟媳妇就总觉得嫂子是想压她,凭什么想压人呢?自己的儿子小。没有媳妇指使着,看了别人还眼气。

老太太有了两个儿子,两个孙子,认为十分满意了。人手整齐,将来的家业,还不会兴旺的吗?就不用说别的,就说赶大车这把力气也是够用的。看看谁家的车上是爷四个,拿鞭子的,坐在车后尾巴上的都是姓胡,没有外姓。在家一盆火,出外父子兵。

所以老太太虽然是终年病着,但很乐观,也就是跳一跳大神什么的解一解心疑也就算了。她觉得就是死了,也是心安意得的了,何况还活着,还能够看得见儿子们的忙忙碌碌。

媳妇们对于她也很好的,总是隔长不短的张罗着给她花几个钱跳一跳大神。

每一次跳神的时候,老太太总是坐在炕里,靠着枕头,挣扎着坐了起来,向那些来看热闹的姑娘媳妇们讲:

"这回是我大媳妇给我张罗的。"或是"这回是我二媳妇给我张罗的。"

她说的时候非常得意，说着说着就坐不住了。她患的是瘫病，就赶快招了媳妇们来把她放下了。放下了还要喘一袋烟的工夫。

看热闹的人，没有一个不说老太太慈祥的，没有一个不说媳妇孝顺的。

所以每一跳大神，远远近近的人都来的，东院西院的，还有前街后街的也都来了。

只是不能够预先订座，来得早的就有凳子，炕沿坐。来得晚的，就得站着了。

不但妇女，就是男人也得说：

"老胡家人旺，将来财也必旺。"

"天时，地利，人和，最要紧的还是人和。人和了，天时不好也好了。地利，不利也利了。"

"将来看着吧，今天人家是赶大车的，再过五年看，不是二等户，也是三等户。"

我家的有二伯说：

"你看着吧，过不了几年人家就骡马成群了。别看如今人家就一辆车。"

他家的大儿媳妇和二儿媳妇的不睦，虽然没有新的发展，可也总没有消灭。

大孙子媳妇通红的脸，又能干，又温顺。人长得不肥不瘦，不高不矮，说起话来，声音不大不小。正合适配到他们这样的人家。

车回来了，牵着马就到井边去饮水。车马一出去了，就铡草。看她那长样可并不是做这类粗活人，可是做起事来并不弱于人，比起男人来，也差不了许多。

放下了外边的事情不说，再说屋里的，也样样拿得起来，剪、裁、缝、补，做那样像那样，他家里虽然没有什么绫、罗、绸、缎可做的，就说粗布衣也要做个四六见线，平平板板，一到过年的时候，无管怎样忙，也要偷空给奶奶婆婆，自己的婆婆，大娘婆婆，各人做一双花鞋。虽然没有什么好的鞋面，就说青水布的，也要做个精致。虽然没有丝线，就用棉花线，但那颜色却配得水灵灵的新鲜。

奶奶婆婆的那双绣的是桃红的大瓣莲花。大娘婆婆的那双绣的是牡丹花。婆婆的那双绣的是素素雅雅的绿叶兰。

这孙子媳妇回了娘家，娘家的人一问她婆家怎样，她说都好都好，将来非发财不可。大伯公是怎样的兢兢业业，公公是怎样的吃苦耐劳。奶奶婆婆也好，大娘婆婆也好。凡是婆家的无一不好。完全顺心，这样的婆家实在难找。

虽然她的丈夫也打过她，但她说，那个男人不打女人呢？于是也心满意足的并不以为那是缺陷了。

她把绣好的花鞋送给奶奶婆婆，她看她绣了那么一手好花，她感到了对这孙子媳妇有无限的惭愧，觉得这样一手好针线，每天让她喂猪打狗的，真是难为了她了，奶奶婆婆把手伸出来，把那鞋接过来，真是不知如何说好，只是轻轻的托着那鞋，苍白的脸孔，笑盈盈的点着头。

这是这样好的一个大孙子媳妇。二孙子媳妇也订好了，只是二孙子还太小，一时不能娶过来。

她家的两个妯娌之间的磨擦，都是为了这没有娶过来的媳妇，她自己的婆婆主张把她接过来，做团圆媳妇，婶婆婆就不主张接来，说她太小不能干活，只能白吃饭，有什么好处。

争执了许久,来与不来,还没有决定。等下回给老太太跳大神的时候,顺便问一问大仙家再说吧。

五

我家是荒凉的。

天还未明,鸡先叫了,后边磨房里那梆子声还没有停止,天就发白了。天一发白,乌鸦群就来了。

我睡在祖父旁边,祖父一醒,我就让祖父念诗,祖父就念:

"春眠不觉晓,处处闻啼鸟。

夜来风雨声,花落知多少。"

"春天睡觉不知不觉的就睡醒了,醒了一听,处处有鸟叫着,回想昨夜的风雨,可不知道今早花落了多少。"

是每念必讲的,这是我的约请。

祖父正在讲着诗,我家的老厨子就起来了。

他咳嗽着,听得出来,他担着水桶到井边去挑水去了。

井口离得我家的住房很远,他摇着井绳花拉拉的响,日里是听不见的,可是在清晨,就听得分外的清明。

老厨子挑完了水,家里还没有人起来。

听得见老厨子刷锅的声音刷拉拉的响。老厨子刷完了锅,烧了一锅洗脸水了,家里还没有人起来。

我和祖父念诗,一直念到太阳出来。

祖父说:

"起来吧。"

我说:

"再念一首。"

祖父说：

"再念一首可得起来了。"

于是再念一首，一念完了，我又赖起来不算了，说再念一首。

每天早晨都是这样纠缠不清的闹。等一开了门，到院子去。院子里边已经是万道金光了，大太阳晒在头上都滚热的了。太阳两丈高了。

祖父到鸡架那里去放鸡，我也跟在后边，祖父到鸭架那里去放鸭，我也跟在后边。

我跟着祖父，大黄狗在后边跟着我。我跳着，大黄狗摇着尾巴。

大黄狗的头像盆那么大，又胖又圆，我总想要当一匹小马来骑它。祖父说骑不得。

但是大黄狗是喜欢我的，我是爱大黄狗的。

鸡从架里出来了，鸭子从架里出来了，它们抖擞着毛，一出来就连跑带叫的，吵的声音很大。

祖父撒着通红的高粱粒在地上，又撒了金黄的谷粒子在地上。

于是鸡啄食的声音，咯咯地响成群了。

喂完了鸡，往天空一看，太阳已经三丈高了。

我和祖父回到屋里，摆上小桌，祖父吃一碗饭米汤，挠白糖，我则不吃，我要吃烧苞米。祖父领着我，到后园去，趟着露水去到苞米丛中为我擗一穗苞米来。

擗来了苞米，袜子，鞋，都湿了。

祖父让老厨子把苞米给我烧上，等苞米烧好了，我已经吃了两碗以上的饭米汤挠白糖了。苞米拿来,我吃了一两个粒,就说不好吃,因为我已吃饱了。

于是我手里拿烧苞米就到院子去喂大黄去了。

"大黄"就是大黄狗的名字。

街上,在墙头外面,各种叫卖的声音都有了,卖豆腐的,卖馒头的,卖青菜的。

卖青菜的喊着,茄子,黄瓜,豆荚和小葱子。

一挑喊着过去了,又来了一挑。这一挑不喊茄子,黄瓜,而喊着芹菜,韭菜,白菜……

街上虽然热闹起来了,而我家里则仍是静悄悄的。

满院子蒿草,草里面叫着虫子。破东西东一件西一样的扔着。

看起来似乎是因为清早,我家才冷静,其实不然的,是因为我家的房子多,院子大,人少的缘故。

那怕就是到了正午,也仍是静悄悄的。

每到秋天,在蒿草的当中,也往往开了蓼花,所以引来不少的蜻蜓和蝴蝶在那荒凉的一片蒿草上闹着。这样一来,不但不觉得繁华,反而更显得荒凉寂寞。

第五章

一

我玩的时候,除了在后花园里,有祖父陪着,其余的玩法,就只有我自己了。

我自己在房檐下搭了个小布棚,玩着玩着就睡在那布棚里了。

我家的窗子是可以摘下来的,摘下来直立着是立不住的,就靠着墙斜立着,正好立出一个小斜坡来,我称这小斜坡叫"小屋",我也常常睡到这小屋里边去了。

我家满院子是蒿草,蒿草上飞着许多蜻蜓,那蜻蜓是为着红蓼花而来的。可是我偏偏喜欢捉它,捉累了就躺在蒿草里边睡着了。

蒿草里边长着一丛一丛的天星星,好像山葡萄似的,是很好吃的。

我在蒿草里边搜索着吃,吃困了,就睡在天星星秧子的旁边了。

蒿草是很厚的,我躺在上边好像是我的褥子,蒿草是很高的,它给我遮着荫凉。

有一天,我就正在蒿草里边做着梦,那是下午晚饭之前,太阳偏西的时候。大概我睡得不太着实,我似乎是听到了什么地方有不少的人讲着话,说说笑笑,似乎是很热闹。但到底发生了什么事情,却听不清,只觉得在西南角上,或者是院里,或者是院外。到底是院里院外,那就不大清楚了。反正是有几个人在一起嚷嚷着。

我似睡非睡的听了一会就又听不见了。大概我已经睡着了。

等我睡醒了,回到屋里去,老厨子第一个就告诉我:

"老胡家的团圆媳妇来啦,你还不知道,快吃了饭去看吧!"

老厨子今天特别忙,手里端着一盘黄瓜菜往屋里走,因为跟我指手划脚的一讲话,差一点没把菜碟子掉在地上,只把黄瓜丝打翻了。

我一走进祖父的屋去，只有祖父一个人坐在饭桌前面，桌子上边的饭菜都摆好了，却没有人吃，母亲和父亲都没有来吃饭，有二伯也没有来吃饭。祖父一看见我，祖父就问我：

"那团圆媳妇好不好？"

大概祖父以为我是去看团圆媳妇回来的。我说我不知道，我在草棵里边吃天星星来的。

祖父说：

"你妈他们都去看团圆媳妇去了，就是那个跳大神的老胡家。"

祖父说着就招呼老厨子，让他把黄瓜菜快点拿来。

醋拌黄瓜丝，上边浇着辣椒油，红的红，绿的绿，一定是那老厨子又重切了一盘的，那盘我眼看着撒在地上了。

祖父一看黄瓜菜也来了，祖父说：

"快吃吧，吃了饭好看团圆媳妇去。"

老厨子站在旁边，用围裙在擦着他满脸的汗珠，他每一说话就乍巴眼睛，从嘴里往外喷着唾沫星。他说：

"那看团圆媳妇的人才多呢！粮米铺的二老婆，带着孩子也去了。后院的小麻子也去了，西院老杨家也来了不少的人，都是从墙头上跳过来的。"

他说他在井沿上打水看见的。

经他这一煊惑，我说：

"爷爷，我不吃饭了，我要看团圆媳妇去。"

祖父一定让我吃饭，他说吃了饭他带我去。我急得一顿饭也没有吃好。我从来没有看过团圆媳妇，我以为团圆媳妇不知道多么好看呢！越想越觉得一定是很好看的，越着急也越觉得是非特别好看不可。不然，为什么大家都去看呢。不然，为什么母亲也不回来吃饭呢。

越想越着急，一定是很好看的节目都看过。若现在就去，还多少看得见一点，若再去晚了，怕是就来不及了。我就催促着祖父。

"快吃，快吃，爷爷快吃吧。"

那老厨子还在旁边乱讲乱说，祖父间或问他一两句。

我看那老厨子打搅祖父吃饭，我就不让那老厨子说话。那老厨子不听，还是笑嬉嬉的说。我就下地把老厨子硬推出去了。

祖父还没有吃完，老周家的周三奶又来了，是她说她的公鸡总是往我这边跑，她是来捉公鸡的。公鸡已经捉到了，她还不走，她还扒着玻璃窗子跟祖父讲话，她说：

"老胡家那小团圆媳妇过来，你老爷子还没去看看吗？那看的人才多呢，我还没去呢，吃了饭就去。"

祖父也说吃了饭就去，可是祖父的饭总也吃不完。一会要点辣椒油，一会要点咸盐面的。我看不但我着急，就是那老厨子也急得不得了了。头上直冒着汗，眼睛直乍巴。

祖父一放下饭碗，连点一袋烟我也不让他点，拉着他就往西南墙角那边走。

一边走，一边心里后悔，眼看着一些看热闹的人都回来了。为什么一定要等祖父呢？不会一个人早就跑着来吗？何况又觉得我躺在草棵子里就已经听见这边有了动静了。真是越想越后悔，这事情都闹了一个下半天了，一定是好看的都过去了，一定是来晚了。白来了，什么也看不见了，在草棵子听到了这边说笑，为什么不就立刻跑来看呢？越想越后悔。自己和自己生气，等到了老胡家的窗前，一听，果然连一点声音也没有了。差一点没有气哭了。

等真的进屋一看，全然不是那么一回事，母亲，周三奶奶，还有些个不认识的人，都在那里，与我想像的完全不一样，没有什么好看的，团圆媳妇在那儿？我也看不见，经人家指指点点的，我才看见了。不是什么媳妇，而是一个小姑娘。

我一看就没有兴趣了，拉着爷爷就向外边走，说：

"爷爷回家吧。"

等第二天早晨她出来倒洗脸水的时候，我看见她了。

她的头发又黑又长，梳着很大的辫子，普通姑娘们的辫子都是到腰间那么长，而她的辫子竟快到膝间了。她脸长得黑忽忽的，笑呵呵的。

院子里的人，看过老胡家的团圆媳妇之后，没有什么不满意的地方。不过都说太大方了，不像个团圆媳妇了。

周三奶奶说：

"见人一点也不知道羞。"

隔院的杨老太太说：

"那才不怕羞呢！头一天来到婆家，吃饭就吃三碗。"

周三奶奶又说：

"哟哟！我可没见过，别说还是一个团圆媳妇，就说一进门就姓了人家的姓，也得头两天看看人家的脸色。哟哟！那么大的姑娘。她今年十几岁啦？"

"听说十四岁么！"

"十四岁会长得那么高，一定是瞒岁数。"

"可别说呀!也有早长的。"

"可是他们家可怎么睡呢?"

"可不是,老少三辈,就三铺小炕……"

这是杨老太太扒在墙头上和周三奶奶讲的。

至于我家里,母亲也说那团圆媳妇不像个团圆媳妇。

老厨子说:

"没见过,大模大样的,两个眼睛骨碌骨碌的转。"

有二伯说:

"介(这)年头是啥年头呢,团圆媳妇也不像个团圆媳妇了。"

只是祖父什么也不说,我问祖父:

"那团圆媳妇好不好?"

祖父说:

"怪好的。"

于是我也觉得怪好的。

她天天牵马到井边上去饮水,我看见她好几回,中间没有什么人介绍,她看看我就笑了,我看看她也笑了。我问她十几岁?她说:

"十二岁。"

我说不对。

"你十四岁的,人家都说你十四岁。"

她说:

"他们看我长得高,说十二岁怕人家笑话,让我说十四岁的。"

我不知道,为什么长得高还让人家笑话,我问她:

"你到我们草棵子里去玩好吧!"

她说:

"我不去,他们不让。"

二

过了没有几天,那家就打起团圆媳妇来了,打得特别厉害,那叫声无管多远都可以听得见的。

这全院子都是没有小孩子的人家,从没有听到过谁家在哭叫。

邻居左右因此又都议论起来,说早就该打的,那有那样的团圆媳妇一点也不害羞,坐到那儿坐得笔直,走起路来,走得风快。

她的婆婆在井边上饮马,和周三奶奶说:

"给她一个下马威。你听着吧,我回去我还得打她呢,这小团圆媳妇才厉害呢!没见过,你拧她大腿,她咬你;再不然,她就说她回家。"

从此以后,我家的院子里,天天有哭声,哭声很大,一边哭,一边叫。

祖父到老胡家去说了几回,让他们不要打她了。说小孩子,知道什么,有点差错教条教条也就行了。

后来越打越厉害了,不分昼夜,我睡到半夜醒来和祖父念诗的时候,念着念着就听西南角上哭叫起来了。

我问祖父:

"是不是那小团圆媳妇哭?"

祖父怕我害怕,说:

"不是,是院外的人家。"

我问祖父:

"半夜哭什么?"

祖父说:

"别管那个,念诗吧。"

清早醒了,正在念"春眠不觉晓"的时候,那西南角上的哭声又来了。

一直哭了很久,到了冬天,这哭声才算没有了。

三

虽然不哭了,那西南角上又夜夜跳起大神来,打着鼓,叮当叮当的响。大神唱一句,二神唱一句,因为是夜里,听得特别清晰,一句半句的我都记住了。

什么"小灵花呀",什么"胡家让她去出马呀"。

差不多每天大神都唱些个这个。

早晨起来,我就模拟着唱:

"小灵花呀,胡家让她去出马呀……"

而且叮叮当,叮叮当的,用声音模拟着打鼓。

"小灵花"就是小姑娘。"胡家"就是胡仙。"胡仙"就是狐狸精。"出马"就是当跳大神的。

大神差不多跳了一个冬天,把那小团圆媳妇就跳出毛病来了。

那小团圆媳妇,有点黄。没有夏天她刚一来的时候,那么黑了。不过还是笑呵呵的。

祖父带着我到那家去串门,那小团圆媳妇还过来给祖父装了一袋烟。

她看见我,也还偷着笑,大概她怕她婆婆看见,所以没和我说话。

她的辫子还是很大的。她的婆婆说她有病了,跳神给她赶鬼。

等祖父临出来的时候,她的婆婆跟出来了,小声跟祖父说:

"这团圆媳妇,怕是要不好,是个胡仙旁边的,胡仙要她去出马……"

祖父很想让他们搬家。但呼兰河这地方有个规矩,春天是二月搬家,秋天是八月搬家。一过了二八月就不是搬家的时候了。

我们每当半夜让跳神惊醒的时候,祖父就说:

"明年二月就让他们搬了。"

我听祖父说了好几次这样的话。

当我模拟着大神喝喝呼呼的唱着"小灵花"的时候,祖父也说那同样的话,明年二月让他们搬家。

四

可是在这期间,院子的西南角上就越闹越厉害。请一个大神,请好几个二神,鼓声连天地响。

说那小团圆媳妇若再去让她出马,她的命就难保了。所以请了不少的二神来,设法从大神那里把她要回来。

(于是有许多人给他家出了主意,人那能够见死不救呢?于是凡有善心的人都帮起忙来。他说他有一个偏方,她说她有一个邪令。

(有的主张给她扎一个谷草人,到南大坑去烧了。

（有的主张到扎彩铺去扎一个纸人，叫做"替身"，把它烧了或者可以替了她。

（有的主张给她画上花脸，把大神请到家里，让那大神看了，嫌她太丑，也许就不捉她当弟子了，就可以不必出马了。

（周三奶奶则主张给她吃一个全毛的鸡，连毛带腿的吃下去，选一个星星出全的夜，吃了用被子把人蒙起来，让她出一身大汗。蒙到第二天早晨鸡叫，再把她从被子放出来。她吃了鸡，她又出了汗，她的魂灵里边因此就永远有一个鸡存在着，神鬼和胡仙黄仙就都不敢上她的身了。传说鬼是怕鸡的。

（据周三奶奶说，她的曾祖母就是被胡仙抓住过的，闹了整整三年，差一点没死，最后就是用这个方法治好的。因此一生不再闹别的病了。她半夜里正做一个噩梦，她正吓得要命，她魂灵里边的那个鸡，就帮了她的忙，只叫了一声，噩梦就醒了。她一辈子没生过病。说也奇怪，就是到死，也死得不凡，她死那年已经是八十二岁了。八十二岁还能够拿着花线绣花，正给她小孙子绣花兜肚嘴。绣着绣着，就有点困了，她坐在木樽上，背靠着门扇就打一个盹。这一打盹就死了。

（别人就问周三奶奶：

"你看见了吗？"

（她说：

"可不是……你听我说呀，死了三天三夜按都按不倒。后来没有办法，给她打着一口棺材也是坐着的，把她放在棺材里，那脸色是红扑扑的，还和活着的一样……"

（别人问她：

"你看见了吗？"

（她说：

"哟哟！你这问的可怪，传话传话，一辈子谁能看见多少，不都是传话传的吗！"

（她有点不大高兴了。

（再说西院的杨老太太，她也有个偏方，她说黄连二两，猪肉半斤，把黄连和猪肉都切碎了，用瓦片来焙，焙好了，压成面，用红纸包分成五包包起来。每次吃一包，专治惊风，掉魂。

（这个方法，倒也简单。虽然团圆媳妇害的病可不是惊风，掉魂，似乎有点药不对症。但也无妨试一试，好在只是二两黄连，半斤猪肉。何况呼兰河这个地方，又常有卖便宜猪肉的。虽说那猪肉怕是瘟猪，有点靠不住。但那是治病，也不是吃，又有什么关系。

"去，买上半斤来，给她治一治。"

（旁边有着赞成的说：

"反正治不好也治不坏。"

（她的婆婆也说：

"反正死马当活马治吧！"

（于是团圆媳妇先吃了半斤猪肉加二两黄连。

（这药是婆婆亲手给她焙的。可是切猪肉是他家的大孙子媳妇给切的。那猪肉虽然是连紫带青的，但中间毕竟有一块是很红的，大孙子媳妇就偷着把这块给留下来了，因为她想，奶奶婆婆不是四五个月没有尝到一点荤腥了吗？于是她就给奶奶婆婆偷着下了一碗面疙瘩汤吃了。

（奶奶婆婆问：

"可那儿来的肉?"

(大孙子媳妇说:

"你老人家吃就吃吧,反正是孙子媳妇给你做的。"

(那团圆媳妇的婆婆是在灶坑里边搭起瓦来给她焙药。一边焙着,一边说:

"这可是半斤猪肉,一边,一条不缺……"

越焙,那猪肉的味越香,有一匹小猫嗅到了香味而来了,想要在那已经焙好了的肉干上攫一爪,它刚一伸爪,团圆媳妇的婆婆一边用手打着那猫,一边说:

"这也是你动得爪的吗!你这馋嘴巴,人家这是治病呵,是半斤猪肉,你也想要吃一口?你若吃了这口,人家的病可治不好了。一个人活活的要死在你身上,你这不知好歹的。这是整整半斤肉,不多不少。"

(药焙好了,压碎了就冲着水给团圆媳妇吃了。

(一天吃两包,才吃了一天,第二天早晨,药还没有再吃,还有三包压在灶王爷板上,那些传偏方的人就又来了。

(有的说,黄连可怎么能够吃得?黄连是大凉药,出虚汗像她这样的人,一吃黄连就要泄了元气,一个人要泄了元气那还得了吗?

(又一个人说:

"那可吃不得呀!吃了过不去两天就要一命归阴的。"

(团圆媳妇的婆婆说:

"那可怎么办呢?"

(那个人就慌忙的问:

"吃了没有呢?"

（团圆媳妇的婆婆刚一开口，就被他家的聪明的大孙子媳妇给遮过去了，说：

"没吃，没吃，还没吃。"

（那个人说："既然没吃就不要紧，真是你老胡家有天福，吉星高照，你家差点没有摊了人命。"

（于是他又给出了个偏方，这偏方，据他说已经不算是偏方了，就是东二道街上"李永春"药铺的先生也常常用这个方单，是一用就好的，百试，百灵。无管男、女、老、幼，一吃一个好。也无管什么病，头痛，脚痛，肚子痛，五脏六腑痛，跌、打、刀、伤、生疮，生疔，生疖子……

（无管什么病，药到病除。

（这究竟是什么药呢？人们越听这药的效力大，就越想知道究竟是怎样的一种药。

（他说：

"年老的人吃了，眼花缭乱，又恢复到了青春。"

"年青的人吃了，力气之大，可以搬动泰山。"

"妇女吃了，不用胭脂粉，就可以面如桃花。"

"小孩子吃了，八岁可以拉弓，九岁可以射箭，十二岁可以考状元。"

开初，老胡家的全家，都为之惊动，到后来怎么越听越远了。本来老胡家一向是赶车拴马的人家，一向没有过状元。

（大孙子媳妇，就让一些围观的闪开一点，她到梳头匣子里拿出一根画眉的柳条炭来。她说：

"快请把药方开给我们吧，好到药铺去赶早去抓药。"

（这个出药方的人，本是"李永春"药铺的厨子。三年前就离开了"李永春"那里了。三年前他和一个妇人吊膀子,那妇人背弃了他,还带走了他半生所积下的那点钱财,因此一气而成了个半疯。虽然是个半疯了,但他在"李永春"那里所记住的药名字还没有全然忘记。

(他是不会写字的,他就用嘴说:

"车前子二钱,当归二钱,生地二钱,藏红花二钱,川贝母二钱,白术二钱,远志二钱,紫河车二钱……"

(他说着说着似乎就想不起来了,急得头顶一冒汗,张口就说红糖二斤,就算完了。

(说完了,他就和人家讨酒喝。

"有酒没有,给两盅喝喝。"

(这半疯,全呼兰河的人都晓得,只有老胡家不知道。因为老胡家是外来户,所以受了他的骗了。家里没有酒,就给了他两吊钱的酒钱。那个药方是根本不能够用的,是他随意胡说了一阵的结果。)

团圆媳妇的病,一天比一天严重,据他家里的人说,夜里睡觉,她要忽然坐起来的。看了人她会害怕的。她的眼睛里边老是充满了眼泪。这团圆媳妇大概非出马不可了。若不让她出马,大概人要好不了的。

(这种传说,一传出来,东邻西邻的,又都去建了议,都说那能够见死不救呢?

(有的说,让她出马就算了。有的说,还是不出马的好。年轻轻的就出马,这一辈子可得什么才能够到个头。

(她的婆婆则是绝对不赞成出马的,她说:

"大家可不要错猜了,以为我订这媳妇的时候花了几个钱,我不让她出马,好像我舍不得这几个钱似的。我也是那么想,一个小小的人出了马,这一辈子可什么时候才到个头。"

(于是大家就都主张不出马的好,想偏方的,请大神的,各种人才齐聚,东说东的好,西说西的灵。于是来了一个"抽帖儿的"。

(他说他不远千里而来,他是从乡下赶到的。他听城里的老胡家有一个团圆媳妇新接来不久就病了。经过多少名医,经过多少仙家也治不好,他特地赶来看看,万一要用得着,救一个人命也是好的。

(这样一说,十分使人感激。于是让到屋里,坐在奶奶婆婆的炕沿上。给他倒一杯水,给他装一袋烟。

(大孙子媳妇先过来说:

"我家的弟妹,年本十二岁,因为她长得太高,就说她十四岁。又说又笑,百病皆无。自接到我们家里就一天一天的黄瘦。到近来就水不想喝,饭不想吃,睡觉的时候睁着眼睛,一惊一乍的。什么偏方都吃过了,什么香火也都烧过了。就是百般地不好……"

(大孙子媳妇还没有说完,大娘婆婆就接着说:

"她来到我家,我没给她气受,那家的团圆媳妇不受气,一天打八顿,骂三场。可是我也打过她,那是我要给她一个下马威。我只打了她一个多月,虽然说我打得狠了一点,可是不狠那能够规矩出一个好人来。我也是不愿意狠打她的,打得连喊带叫的,我是为她着想,不打得狠一点,她是不能够中用的。有几回,我是把她吊在大梁上,让她叔公公用皮鞭子狠狠的抽了她几回,打得是着点狠了,打昏过去了。可是只昏了一袋烟的工夫,就用冷水把她浇过来了。是打狠了一点,全身也都打青了,也还出了点血。可是立刻就打了鸡蛋青子给她擦上了。也没有肿得怎样高,也就是十天半月的就好了。这孩子,嘴也是特别硬,我一打她,她就说她要回家。我就问:"那儿是你的家?这儿不就是你的家吗?"她可就偏不这样说。她说回她的家。我一听就更生气。人在气头上还管得了这个那个,因此我也用烧红过的烙铁烙过她的脚心。谁知道来,也许是我把她打掉了魂啦?也许是我把她吓掉了魂啦,她一说她要回家,我不用打她,我就说看你回家,我用锁链子把你锁起来。她就吓得直叫。大仙家也看过了,说是她要出马。一个团圆媳妇的花费也不少呢,你看她八岁我订下她的,一订就是八两银子,年年又是头绳钱,鞋面钱的,到如今又用火车把她从辽阳接来,这一路的盘费。到了这儿,就是今天请神,明天看香火,后天吃偏方。若是越吃越好,那还罢了。可是百般的不见好,将来谁知道来……到结果……"

(不远千里而来的这位抽帖儿的,端庄严肃,风尘仆仆,穿的是蓝袍大衫,罩着棉袄。头上戴的是长耳四喜帽。使人一见了就要尊之为师。

(所以奶奶婆婆也说:
"快给我二孙子媳妇抽一个帖吧,看看她命理如何。"
(那抽帖儿的一看,这家人家真是诚心诚意,于是他就把皮耳帽子从头上摘下来了。

(一摘下帽子来,别人都看得见,这人头顶上梳着发卷,戴着道帽。一看就知道他可不是市井上一般的平凡人。别人正想要问,还不等开口,他就说他是某山上的道人,他下山来是为的奔向山东的泰山去,谁知路出波折,缺少盘程,就流落在这呼兰河的左右,已经不下半年之久了。

(人家问他,既是道人,为什么不穿道人的衣裳。他回答说:

"你们那里晓得,世间三百六十行,各有各的苦。这地方的警察特别厉害,他一看穿了道人的衣裳,他就说三问四,他们那些叛道的人,无理可讲,说抓就抓,说拿就拿。"

(他还有一个别号,叫云游真人,他说一提云游真人,远近皆知。无管什么病痛或是吉凶,若一抽了他的帖儿,则生死存亡就算定了。他说他的帖法,是张天师所传。

(他的帖儿并不多,只有四个,他从衣裳的口袋里一个一个的往外摸,摸出一帖来是用红纸包着,再一帖还是红纸包着,摸到第四帖也都是红纸包着。

(他说帖上也没有字,也没有影。里边只包着一包药面,一包红,一包绿,一包蓝,一包黄。抽着黄的就是黄金富贵,抽着红的就是红颜不老。抽到绿的就不大好了,绿色的是鬼火。抽到蓝的也不大好,蓝的就是铁脸蓝青,张天师说过,铁脸蓝青,不死也得见阎王。

(那抽帖的人念完了一套,就让病人的亲人伸出手来抽。

(团圆媳妇的婆婆想,这倒也简单,容易,她想赶快抽一帖出来看看,命定是死是活,多半也可以看出来个大概。不曾想,刚一伸出手去,那云游真人就说:

"每帖十吊钱,抽着蓝的,若嫌不好,还可以再抽,每帖十吊……"

(团圆媳妇的婆婆一听,这才恍然大悟,原来这可不是白抽的,十吊钱一张可不是玩的,一吊钱检豆腐可以检二十块。三天检一块豆腐，二十块，二三得六，六十天都有豆腐吃。若是隔十天检一块，一个月检三块，那就半年都不缺豆腐吃了。她又想，三天一块豆腐，那有这么浪费的人家。依着她一个月检一块大家尝尝也就是了，那么办，二十块豆腐，每月一块，可以吃二十个月，这二十个月，就是一年半还多两个月。

（若不是买豆腐，若养一口小肥猪，经心的喂着它，喂得胖胖的，喂到五六个月，那就是多少钱哪！喂到一年，那就是千八百吊了……

（再说就是不买猪，买鸡也好，十吊钱的鸡，就是十来个，一年的鸡，第二年就可以下蛋，一个蛋，多少钱！就说不卖鸡蛋，就说拿鸡蛋换青菜吧，一个鸡蛋换来的青菜，够老少三辈吃一天的了……何况鸡会生蛋，蛋还会生鸡，永远这样循环的生下去，岂不有无数的鸡，无数的蛋了吗？岂不发了财吗？

（但她可并不是这么想，她想够吃也就算了，够穿也就算了。一辈子俭俭朴朴，多多少少积储了一点也就够了。她虽然是爱钱，若说让她发财，她可绝对的不敢。

（那是多么多呀！数也数不过来了。记也记不住了。假若是鸡生了蛋，蛋生了鸡，来回的不断的生，这将成个什么局面，鸡岂不和蚂蚁一样多了吗？看了就要眼花，眼花就要头痛。

（这团圆媳妇的婆婆，从前也养过鸡，就是养了十吊钱的。她也不多养，她也不少养。十吊钱的就是她最理想的。十吊钱买了十二个小鸡仔，她想：这就正好了，再多怕丢了，再少又不够十吊钱的。

（在她一买这刚出蛋壳的小鸡仔的时候，她就挨着个看，这样的不要，那样的不要。黑爪的不要，花膀的不要，脑门上带点的又不要。她说她亲娘就是会看鸡，那真是养了一辈子鸡呀！年年养，可也不多养。可是一辈子针啦，线啦，没有缺过，一年到头靡花过钱，都是拿鸡蛋换的。人家那眼睛真是认货，什么样的鸡短命，什么样的鸡长寿，一看就跑不了她老人家的眼睛的。就说这样的鸡下蛋大，那样的鸡下蛋小，她都一看就在心里了。

（她一边买着鸡，她就一边怨恨着自己没有用，想当年为什么不跟母亲好好学学呢！唉！年轻的人那里会虑后事。她一边买着，就一边感叹。她虽然对这小鸡仔的选择上边，也下了万分的心思，可以说是选无可选了。那卖鸡仔的人一共有二百多小鸡，她通通的选过了，但究竟她所选了的，是否都是顶优秀的，这一点，她自己也始终把握不定。

（她养鸡，是养得很经心的，怕猫吃了，怕耗子咬了。她一看那小鸡，白天一打盹，她就给驱着苍蝇，怕苍蝇把小鸡咬醒了，她让它多睡一会，她怕小鸡睡眠不足，小鸡的腿上，若让蚊子咬了一块疤，她一发现了，她就立刻泡了艾蒿水来给小鸡来擦。她说若不及早的擦呀，那将来是公鸡，就要长不大，是母鸡就要下小蛋。小鸡蛋一个换两块豆腐，大鸡蛋换三块豆腐。

（这是母鸡。再说公鸡，公鸡是一刀菜，谁家杀鸡不想杀胖的。小公鸡是不好卖的。

（等她的小鸡，略微长大了一点，能够出了屋了，能够在院子里自己去找食吃去的时候，她就把它们给染了六匹红的，六匹绿的。都是在脑门上。

（至于把颜色染在什么地方，那就先得看邻居家的都染在什么地方,而后才能够决定。邻居家的小鸡把色染在膀梢上,那她就染在脑门上。邻居家的若染在了脑门上,那她就要染在肚囊上。大家切不要都染在一个地方,染在一个地方可怎么能够识别呢?你家的跑到我家来,我家的跑到你家去,那么岂不又要混乱了吗?

(小鸡仔染了颜色是十分好看的,红脑门的,绿脑门的,好像它们都戴了花帽子。好像不是养的小鸡,好像养的是小孩似的。

(这团圆媳妇的婆婆从前她养鸡的时候就说过:

"养鸡可比养小孩更娇贵,谁家的孩子还不就是扔在旁边他自己长大的,蚊子咬咬,臭虫咬咬,那怕什么的,那家的孩子的身上没有个疤拉疖子的。没有疤拉疖子的孩子都不好养活,都要短命的。"

(据她说,她一辈子的孩子并不多,就是这一个儿子,虽然说是稀少,可是也没有娇养过。到如今那身上的疤也有二十多块。

(她说:

"不信,脱了衣裳给大家伙看看……那孩子那身上的疤拉,真是多大的都有,碗口大的也有一块。真不是说,我对孩子真没有娇养过。除了他自个儿跌的摔的不说,就说我用劈柴棒子打的也落了好几个疤。养活孩子可不是养活鸡鸭的呀!养活小鸡,你不好好养它,它不下蛋。一个蛋,大的换三块豆腐,小的换两块豆腐,是闹着玩的吗?可不是闹着玩的。"

(有一次,她的儿子踏死了一个小鸡仔,她打了她儿子三天三夜,她说:

"我为什么不打他呢?一个鸡仔就是三块豆腐,鸡仔是鸡蛋变的呀!要想变一个鸡仔,就非一个鸡蛋不行,半个鸡蛋能行吗?不但半个鸡蛋不行,就是差一点也不行,坏鸡蛋不行,陈鸡蛋不行。一个鸡要一个鸡蛋,那么一个鸡不就是三块豆腐是什么呢?眼睁睁的把三块豆腐放在脚底踩了,这该多大的罪,不打他,那儿能够不打呢?我越想越生气,我想起来就打,无管黑夜白日,我打了他三天。后来打出一场病来,半夜三更的,睡得好好的说哭就哭。可是我也没有当他是一回子事,我就拿饭勺子敲着门框,给他叫了叫魂。没理他也就好了。"

(她这有多少年没养鸡了,自从订了这团圆媳妇,把积存下的那点针头线脑的钱都花上了。这还不说,还得每年头绳钱啦,腿带钱的托人捎去,一年一个空,这几年来就紧得不得了。想养几个鸡,都狠心没有养。

(现在这抽帖的云游真人坐在她的眼前,一帖又是十吊钱。若是先不提钱,先让她把帖抽了,那管抽完了再要钱呢,那也总算是没有花钱就抽了帖的。可是偏偏不先,那抽帖的人,帖还没让抽,就先提到了十吊钱。

(所以那团圆媳妇的婆婆觉得,一伸手,十吊钱。一张口,十吊钱。这不是眼看着钱往外飞吗?

(这不是飞,这是干什么,一点声响也没有,一点影子也看不见。还不比过河,往河里扔钱,还听一个响呢,还打起一个水泡呢。这是什么代价也没有的,好比自己发了昏,把钱丢了,好比遇了强盗,活活的把钱抢去了。

(团圆媳妇的婆婆,差一点没因为心内的激愤而流了眼泪。她一想十吊钱一帖,这那里是抽帖,这是抽钱。

(于是她把伸出去的手缩回来了。她赶快跑到脸盆那里去,把手洗了,这可不是闹笑话的,这是十吊钱呢!她洗完了手又跪在灶王爷那里祷告了一翻。祷告完了才能够抽帖的。

　　(她第一帖就抽了个绿的,绿的不大好,绿的就是鬼火。她再抽一帖,这一帖就更坏了,原来就是那最坏的不死也得见阎王的里边包着蓝色药粉的那张帖。

　　(团圆媳妇的婆婆一见两帖都坏,本该抱头大哭,但是她没有那么的。自从团圆媳妇病重了,说长的,道短的,说死的,说活的,样样都有。又加上已经左次右番的请胡仙,跳大神,闹神闹鬼,已经使她见过不少的世面了。说话虽然高兴,说去见阎王也不怎样悲哀,似乎一时也总像见不了的样子。

　　(于是她就问那云游真人,两帖抽的都不好。是否可以想一个方法可以破一破?云游真人就说了:

　　"拿笔拿墨来。"

　　(她家本也没有笔,大孙子媳妇就跑到大门洞子旁边那粮米铺去借去了。

　　(粮米铺的山东女老板,就用山东腔问她:

　　"你家做啥?"

　　(大孙子媳妇说:

　　"给弟妹画病。"

　　(女老板又说:

　　"你家的弟妹,这一病就可不浅,到如今好了点没?"

　　(大孙子媳妇本想端着砚台拿着笔就跑,可是人家关心,怎好不答,于是去了好几袋烟的工夫,还不见回来。

　　(等她抱了砚台回来的时候,那云游真人,已经把红纸都撕好了。于是拿起笔来,在他撕好的四块红纸上,一块上边写了一个大字,那红纸条也不过半寸宽,一寸长。他写的那字大得都要从红纸的四边飞出来了。

(这四个字,他家本没有识字的人,灶王爷上的对联还是求人写的。一模一样,好像一母所生,也许写的就是一个字。大孙子媳妇看看不认识,奶奶婆婆看看也不认识。虽然不认识,大概这个字一定也坏不了,不然就用这个字怎么能破开一个人不见阎王呢?于是都一齐点头称好。

(那云游真人又命拿浆糊来。她们家终年不用浆糊,浆糊多么贵,白面十多吊钱一斤。都是用黄米饭粒来黏鞋面的。

(大孙子媳妇到锅里去铲了一块黄黏米饭来。云游真人,就用饭粒贴在红纸上了。于是掀开团圆媳妇蒙在头上的破棉袄,让她拿出手来,一个手心上给她贴一张。又让她脱了袜子,一只脚心上给她贴上一张。

(云游真人一见,脚心上有一大片白色的疤痕,他一想就是方才她婆婆所说的用烙铁给她烙的。可是他假装不知,问说:

"这脚心可是生过什么病症吗?"

(团圆媳妇的婆婆连忙就接过来说:

"我方才不是说过吗,是我用烙铁给她烙的。那里会见过的呢?走道像飞似的,打她,她记不住,我就给她烙一烙。好在也没什么,小孩子肉皮活,也就是十天半月的下不来地,过后也就好了。"

(那云游真人想了一想,好像要吓唬她一下,就说这脚心的疤,虽然是贴了红帖,也怕贴不住,阎王爷是什么都看得见的,这疤怕是就给了阎王爷以特殊的记号,有点不大好办。

（云游真人说完了，看一看她们怕不怕，好像是不怎样怕。于是他就说得严重一些：

"这疤不掉，阎王爷在三天之内就能够找到她，一找到她，就要把她活捉了去的。刚才抽的那帖是再准也没有的了，这红帖也绝没有用处。"

（他如此的吓唬着她们，似乎她们从奶奶婆婆到孙子媳妇都不大怕。那云游真人，连想也没有想，于是开口就说：

"阎王爷不但要捉团圆媳妇去，还要捉了团圆媳妇的婆婆去，现世现报，拿烙铁烙脚心，这不是虐待，这是什么，婆婆虐待媳妇，做婆婆的死了下油锅，老胡家的婆婆虐待媳妇……"

（他就越说越声大，似乎要喊了起来，好像他是专打抱不平的好汉，而变了他原来的态度了。

（一说到这里，老胡家的老少三辈都害怕了，毛骨悚然，以为她家里又是撞进来了什么恶魔。而最害怕的是团圆媳妇的婆婆，吓得乱哆嗦，这是多么骇人听闻的事情，虐待媳妇，世界上能有这样的事情吗？

（于是团圆媳妇的婆婆赶快跪下了，面向着那云游真人，眼泪一对一双的往下落：

"这都是我一辈子没有积德，有孽遭到儿女的身上，我哀告真人，请真人诚心的给我化散化散，借了真人的灵法，让我的媳妇死里逃生吧。"

（那云游真人立刻就不说见阎王了，说她的媳妇一定见不了阎王，因为他还有一个办法一办就好的。说来这法子也简单得很，就是让团圆媳妇把袜子再脱下来，用笔在那疤痕上一画，阎王爷就看不见了。当场就脱下袜子来在脚心上画了。

一边画着还嘴里嘟嘟的念着咒语。这一画不知费了多大力气,旁边看着的人倒觉十分的容易,可是那云游真人却冒了满头的汗,他故意的咬牙切齿,皱面瞪眼。这一画也并不是容易的事情,好像他在上刀山似的。

（画完了,把钱一算,抽了两帖二十吊。写了四个红纸贴在脚心手心上,每帖五吊是半价出售的,一共是四五等于二十吊。外加这一画,这一画本来是十吊钱,现在就给打个对折吧,就算五吊钱一只脚心,一共画了两只脚心,又是十吊。

（二十吊加二十吊,再加十吊。一共是五十吊。

（云游真人拿了这五十吊钱乐乐呵呵的走了。

（团圆媳妇的婆婆,在她刚要抽帖的时候,一听每帖十吊钱,她就心痛得了不得,又要想用这钱养鸡,又要想用这钱养猪。等到现在五十吊钱拿出去了,她反而也不想养鸡了,也不想养猪了。因为她想,事到临头,不给也是不行的。帖也抽了,字也写了,要想不给人家钱也是不可能的了。事到临头,还有什么办法呢？别说五十吊,就是一百吊钱也得算着吗？不给还行吗？

（于是她心安理得的把五十吊钱给了人家了。这五十吊钱,是她秋天出城去在豆田里拾黄豆粒,一共拾了二升豆子卖了几十吊钱。在田上拾黄豆粒也不容易,一片大田,经过主人家的收割,还能够剩下多少豆粒呢？而况穷人聚了那么大的一群,孩子,女人,老太太……你抢我夺的,你争我打的。为了二升豆子就得在田上爬了半月二十天的,爬得腰酸腿疼。唉,为着这点豆子,那团圆媳妇的婆婆还到"李永春"药铺,去买过二两红花的。那就是因为在土上爬豆子的时候,有一棵豆秧刺了她的手指甲一下。她也没有在乎,把刺拔出来也就去他的了。该拾豆子还是拾豆子。就因此那指甲可就不知怎么样，睡了一夜那指甲就肿起来了，肿得和茄子似的。

（这肿一肿又算什么呢？又不是皇上娘娘，说起来可真娇惯了，那有一个人吃天靠天，而不生点天灾的？

（闹了好几天，夜里痛得火喇喇的不能睡觉了。这才去买了二两红花来。

（说起买红花来，是早就该买的，奶奶婆婆劝她买，她不买。大孙子媳妇劝她买，她也不买。她的儿子想用孝顺来征服他的母亲，他强硬的要去给她买，因此还挨了他妈的一烟袋锅子，这一烟袋锅子就把儿子的脑袋给打了鸡蛋大的一个包。

"你这小子，你不是败家吗？你妈还没死，你就作了主了。小兔崽子，我看着你再说买红花的！小兔崽子我看着你的。"

（就这一边骂着，一边烟袋锅子就打下来了。

（后来也到底还是买了，大概是惊动了东邻西舍，这家说说，那家讲讲的，若再不买点红花来，也太不好看了，让人家说老胡家的大儿媳妇，一年到头，就能够寻寻觅觅的积钱，钱一到她的手里，就好像掉了地缝了，一个豆也再不用想从她的手里拿出来。假若这样的说开去，也是不太好听，何况这拣来的豆子能卖好几十吊呢，花个三吊两吊的就花了吧。一咬牙，去买上二两红花来擦擦。

（想虽然是这样想过了，但到底还没有决定，延迟了好几天还没有"一咬牙"。

（最后也毕竟是买了，她选择了一个顶严重的日子，就是她的手，不但一个指头，而是整个的手都肿起来了。那原来肿得像茄子的指头，现在更大了，已经和一个小冬瓜似的了。而且连手掌也无限度的胖了起来,胖得和张小簸箕似的。她多少年来,就嫌自己太瘦,她总说,太瘦的人没有福分。尤其是瘦手瘦脚的,一看就不带福相。尤其是精瘦的两只手,一伸出来和鸡爪似的,真是轻薄的样子。

(现在她的手是胖了,但这样胖法,是不大舒服的。同时她也发了点热,她觉得眼睛和嘴都干,脸也发烧,身上也时冷时热,她就说:

"这手是要闹点事吗?这手……"

(一清早起,她就这样的念了好几遍。那胖得和小簸箕似的手,是一动也不能动了,好像一匹大猫或者一个小孩的头似的,她把它放在枕头上和她一齐的躺着。

"这手是要闹点事的吧!"

(当她的儿子来到她旁边的时候,她就这样说。

(她的儿子一听她母亲的口气,就有些了解了。大概这回她是要买红花的了。

(于是她的儿子跑到奶奶的面前,去商量着要给她母亲去买红花,她们家住的是南北对面的炕,那商量的话声,虽然不甚大,但是他的母亲是听到的了。听到了,也假装没有听到,好表示这买红花可到底不是她的意思,可并不是她的主使,她可没有让他们去买红花。

(在北炕上,祖孙二人商量了一会,孙子说向她妈去要钱去。祖母说:

"拿你奶奶的钱先去买吧,你妈好了再还我。"

(祖母故意把这句说得声音大一点,似乎故意让她的大儿媳妇听见。

（大儿媳妇是不但这句话，就是全部的话也都了然在心了，不过装着不动就是了。

（红花买回来了，儿子坐到母亲的旁边，儿子说：

"妈，你把红花酒擦上吧。"

（母亲从枕头上转过脸儿来，似乎买红花这件事情她事先一点也不晓得，说：

"哟！这小鬼羔子，到底买了红花来……"

（这回可并没有用烟袋锅子打，倒是安安静静的把手伸出来，让那浸了红花的酒，把一只胖手完全染上了。

（这红花到底是二吊钱的，还是三吊钱的，若是二吊钱的倒给的不算少，若是三吊钱的，那可贵了一点。若是让她自己去买，她可绝对的不能买这么多，也不就是红花吗！红花就是红的就是了，治病不治病，谁晓得？也不过就是解解心疑就是了。

（她想着想着，因为手上涂了酒觉得凉爽，就要睡一觉，又加上烧酒的气味香扑扑的，红花的气味药忽忽的。她觉得实在是舒服了不少。于是她一闭眼睛就做了一个梦。

（这梦做的是她买了两块豆腐，这豆腐又白又大。是用什么钱买的呢？就是用买红花剩来的钱买的。因为在梦里边她梦见是她自己去买的红花。她自己也不买三吊钱的，也不买两吊钱的，是买了一吊钱的。在梦里边她还算着，不但今天有两块豆腐吃，那天一高兴还有两块吃的！三吊钱才买了一吊钱的红花呀！

（现在她一遭就拿了五十吊钱给了云游真人。若照她的想法来说，这五十吊钱可该买多少豆腐了呢？

（但是她没有想，一方面因为团圆媳妇的病也实在病得缠绵，在她身上花钱也花得大手大脚的了。另一方面就是那云游真人的来势也过于猛了点，竟打起抱不平来，说她虐待团圆媳妇。还是赶快的给了他钱，让他滚蛋吧。

（真是家里有病人是什么气都受得呵。团圆媳妇的婆婆左思右想，越想越是自己遭了无妄之灾，满心的冤屈，想骂又没有对象，想哭又哭不出来，想打也无处下手了。

（那小团圆媳妇再打也就受不住了。

（若是那小团圆媳妇刚来的时候，那就非先抓过她来打一顿再说。做婆婆的打了一只饭碗，也抓过来把小团圆媳妇打一顿。她丢了一根针也抓过来把小团圆媳妇打一顿。她跌了一个筋斗，把单裤膝盖的地方跌了一个洞，她也抓过来把小团圆媳妇打一顿。总之，她一不顺心，她就觉得她的手就想要打人。她打谁呢！谁能够让她打呢？于是就轮到小团圆媳妇了。

（有娘的，她不能够打。她自己的儿子也舍不得打。打猫，她怕把猫打丢了。打狗，她怕把狗打跑了。打猪，怕猪掉了斤两。打鸡，怕鸡不下蛋。

（唯独打这小团圆媳妇是一点毛病没有，她又不能跑掉，她又不能丢了，她又不会下蛋。反正也不是猪，打掉了一些斤两也不要紧，反正也不过秤。

（可是这小团圆媳妇，一打也就吃不下饭去。吃不下饭去不要紧，多喝一点饭米汤好啦，反正饭米汤剩下也是要喂猪的。

（可是这都成了已往的她的光荣的日子了，那种自由的日子恐怕一时不会再来了。现在她不用说打，就连骂也不大骂她了。

（现在她别的都不怕，她就怕她死，她心里总有一个阴影，她的小团圆媳妇可不要死了呵。

（于是她碰到了多少的困难，她都克服了下去，她咬着牙根，她忍住眼泪,她要骂不能骂,她要打不能打。她要哭,她又止住了。无限的伤心,无限的悲哀,常常一齐会来到她的心中的。她想,也许是前生没有做了好事,此生找到她了。不然为什么连一个团圆媳妇的命都没有。她想一想,她一生没有做过恶事,面软,心慈,凡事都是自己吃亏,让着别人。虽然没有吃斋念佛,但是初一十五的素口也自幼就吃着。虽然不怎样拜庙烧香,但四月十八的庙会,也没有拉下过。娘娘庙前一把香,老爷庙前三个头。那一年也都是烧香磕头的没有拉过"过场"。虽然是自小没有读过诗文,不认识字,但是"金刚经""灶王经"也会念上两套。虽然说不曾做过舍善的事情,没有补过路,没有修过桥,但是逢年过节,对那些讨饭的人,也常常给过他们剩汤剩饭的。虽然过日子不怎样俭省,但也没有多吃过一块豆腐。拍拍良心对天对得起,对地也对得住。那为什么老天爷明明白白的却把祸根种在她身上?

(她越想,她越心烦意乱。

"都是前生没有做了好事,今生才找到了。"

(她一想到这里,她也就不再想了,反正事到临头,瞎想一阵又能怎样呢?于是她自己劝着自己就又忍着眼泪,咬着牙根,把她那兢兢业业的,养猪喂狗所积下来的那点钱,又一吊一吊的,一五一十的,往外拿着。

(东家说,看个香火,西家说吃个偏方。偏方,野药,大神,赶鬼,看香,扶乩,样样都已经试过。钱也不知花了多少,但是都不怎样见效。

(那小团圆媳妇夜里说梦话,白天发烧。一说起梦话来,总是说她要回家。

（"回家"这两个字，她的婆婆觉得最不祥，就怕她是阴间的花姐，阎王奶奶要把她叫了回去。于是就请了一个圆梦的。那圆梦的一圆，果然不错，"回家"就是回阴间地狱的意思。

（所以那小团圆媳妇，做梦的时候，一梦到她的婆婆打她，或者是用梢子绳把她吊在房梁上了，或是梦见婆婆用烙铁烙她的脚心，或是梦见婆婆用针刺她的手指尖。一梦到这些，她就大哭大叫，而且嚷着她要"回家"。

（婆婆一听她嚷回家，就伸出手去在大腿上拧着她。日子久了，拧来，拧去，那小团圆媳妇的大腿被拧得像一个梅花鹿似的青一块，紫一块的了。

（她是一份善心，怕是真的她回了阴间地狱，赶快的把她叫醒来。

（可是小团圆媳妇睡得朦里朦胧的，她以为她的婆婆可又真的在打她了，于是她大叫着，从炕上翻身起来，就跳下地去，拉也拉不住她，按也按不住她。

（她的力气大得惊人，她的声音喊得怕人。她的婆婆于是觉得更是见鬼了，着魔了。

（不但她的婆婆，全家的人也都相信这孩子的身上一定有鬼。

（谁听了能够不相信呢？半夜三更的喊着回家，一招呼醒了，她就跳下地去，瞪着眼睛，张着嘴，连哭带叫的，那力气比牛还大，那声音好像杀猪似的。

（谁能够不相信呢？又加上她婆婆的渲染，说她眼珠子是绿的，好像两点鬼火似的，说她的喊声，是直声拉气的，不是人声。

（所以一传出去，东邻西舍的，没有不相信的。

（于是一些善人们，就觉得这小女孩子也实在让鬼给捉弄得可怜了。那个孩儿是没有娘的，那个人不是肉生肉长的。谁家不都是养老育小……于是大动恻隐之心。东家二姨，西家三姑，她说她有奇方，她说她有妙法。

（于是就又跳神赶鬼，看香，扶乩，老胡家闹得非常热闹。

传为一时之盛。若有不去看跳神赶鬼的，竟被指为落伍。

（因为老胡家跳神跳得花样翻新，是自古也没有这样跳的，打破了跳神的纪录了，给跳神开了一个新纪元。若不去看看，耳目因此是会闭塞了的。

（当地没有报纸，不能记录这桩盛事。若是患了半身不遂的人，患了瘫病的人，或是大病卧床不起的人，那真是一生的不幸，大家也都为他惋惜，怕是他此生也要孤陋寡闻，因为这样的隆重的盛举，他究竟不能够参加。

（呼兰河这地方，到底是太闭塞，文化是不大有的。虽然当地的官、绅，认为已经满意了，而且请了一位满清的翰林，作了一首歌，歌曰：

溯呼兰天然森林，自古多奇材。
5 5 5 3 | 5 5 i i | 2　　i　　2 3 2

（这首歌还配上了从东洋流来的乐谱，使当地的小学都唱着。这歌不止这两句这么短，不过只唱这两句就已经够好的了。所好的是使人听了能够引起一种自负的感情来，尤其当清明植树节的时候，几个小学堂的学生都排起队来在大街上游行，并唱着这首歌。使老百姓听了，也觉得呼兰河是个了不起的地方，一开口说话就"我们呼兰河",那在街道上捡粪蛋的孩子,手里提着粪耙子,他还说"我们呼兰河!"可不知道呼兰河给了他什么好处。也许那粪耙子就是呼兰河给了他的。

(呼兰河这地方,尽管奇才很多,但到底太闭塞,竟不会办一张报纸。以至于把当地的奇闻妙事都没有记载,任其风散了。

(老胡家跳大神,就实在跳得出奇。用大缸给团圆媳妇洗澡,而且是当众就洗的。

(这种奇闻盛举一经传了出来,大家都想去开开眼界,就是那些患了半身不遂的,患了瘫病的人,人们觉得他们瘫了倒没有什么,只是不能够前来看老胡家团圆媳妇大规模的洗澡,真是一生的不幸。)

五

天一黄昏,老胡家就打起鼓来了。大缸,开水,公鸡,都预备好了。

公鸡抓来了,开水烧滚了,大缸摆好了。

看热闹的人,络绎不绝的来看。我和祖父也来了。

小团圆媳妇躺在炕上,黑忽忽的,笑呵呵的。我给她一个玻璃球,又给她一片碗碴,她说这碗碴很好看,她拿在眼睛前照一照。她说这玻璃球也很好玩,她用手指甲弹着。她看一看她的婆婆不在旁边,她就起来了,她想要坐起来在炕上弹这玻璃球。

还没有弹,她的婆婆就来了,就说:

"小不知好歹的,你又起来风什么?"

说着走近来,就用破棉袄把她蒙起来了,蒙得没头没脑的,连脸也露不出来。

我问祖父她为什么不让她玩？

祖父说：

"她有病。"

我说：

"她没有病，她好好的。"

我伸手去把棉袄给她掀开了。

掀开一看，她的眼睛早就睁着。她问我，她的婆婆走了没有，我说走了，于是她又起来了。

她一起来，她的婆婆又来了。又把她给蒙了起来说：

"也不怕人家笑话，病得跳神赶鬼的，那有的事情，说起来，就起来。"

这是她婆婆向她小声说的，等婆婆回过头去向着众人，就又那么说：

"她是一点也着不得凉的，一着凉就犯病。"

屋里屋外，越张罗越热闹了，小团圆媳妇跟我说：

"等一会你看吧，就要洗澡了。"

她说着的时候，好像说着别人的一样。

果然，不一会工夫就洗起澡来了，洗得吱哇乱叫。

大神打着鼓，命令她当众脱了衣裳。衣裳她是不肯脱的，她的婆婆抱住了她，还请了几个帮忙的人，就一齐上来，把她的衣裳撕掉了。

她本来是十二岁，却长得十五六岁那么高，所以一时看热闹的姑娘媳妇们，看了她，都难为情起来。

很快的小团圆媳妇就被抬进大缸里去。大缸里满是热水，是滚热的热水。

她在大缸里边,叫着,跳着,好像她要逃命似的狂喊。她的旁边站着三四个人从缸里搅起热水来往她的头上浇。不一会,浇得满脸通红,她再也不能够挣扎了,她安稳的在大缸里边站着,她再不往外边跳了,大概她觉得跳也跳不出来了。那大缸是很大的,她站在里边仅仅的露着一个头。

我看了半天,到后来她连动也不动,哭也不哭,笑也不笑。满脸的汗珠,满脸通红,红得像一张红纸。

我跟祖父说:

"小团圆媳妇不叫了。"

我再往大缸里一看,小团圆媳妇没有了。她昏倒在大缸里了。

这时候,看热闹的人们,一声狂喊,都以为小团圆媳妇是死了,大家都跑过去拯救她,竟有心慈的人,流下眼泪来。

(小团圆媳妇还活着的时候,她像要逃命似的。前一刻她还求救于人的时候,并没有一个人上前去帮忙她,把她从热水里解救出来。)

(现在她是什么也不知道了,什么也不要求了。可是一些人,偏要去救她。)

(把她从大缸里抬出来,给她浇一点冷水。这小团圆媳妇一昏过去,可把那些看热闹的人可怜得不得了,就是前一刻她还主张着"用热水浇哇!用热水浇哇!"的人,现在也心痛起来。怎能够不心痛呢,活蹦乱跳的孩子,一会工夫就死了。)

小团圆媳妇摆在炕上,浑身像火炭那般热,东家的婶子,伸出一只手来,到她身上去摸一摸,西家大娘也伸出手来到她身上去摸一摸。

都说：

"哟哟，热得和火炭似的。"

有的说，水太热了一点，有的说，不应该往头上浇，大热的水，一浇哪有不昏的。

大家正在谈说之间，她的婆婆过来，赶快拉了一张破棉袄给她盖上了，说：

"赤身裸体的羞不羞！"

（小团圆媳妇怕羞不肯脱下衣裳来，她婆婆喊着号令给她撕下来了。现在她什么也不知道了，她没有感觉了，婆婆反而替她着想了。）

（大神打了几阵鼓，二神向大神对了几阵话。看热闹的人，你望望他，他望望你。虽然不知道下文如何，这小团圆媳妇到底是死是活。但却没有白看一场热闹，到底是开了眼界，见了世面，总算是不无所得的。）

有的竟觉得困了，问着别人，三星是否加了横梁，说他要回家睡觉去了。

（大神一看这场面不大好，怕是看热闹的人都要走了，就卖一点力气叫一叫座。于是痛打了一阵鼓，喷了几口酒在团圆媳妇的脸上，从腰里拿出银针来，刺着小团圆媳妇的手指尖。）

不一会，小团圆媳妇就活转来了。

大神说，洗澡必得连洗三次，还有两次要洗的。

（于是人心大为振奋，困的也不困了，要回家睡觉的也精神了。这来看热闹的，不下三十人，个个眼睛发亮，人人精神百倍。看吧，洗一次就昏过去了，洗两次又该怎样呢？洗上三次，那可就不堪想象了。所以看热闹的人的心里，都满着秘密。

（果然的，小团圆媳妇一被抬到大缸里去，被热水一烫，就又大声的怪叫了起来，一边叫着一边还伸出手来把着缸沿想要跳出来。这时候，浇水的浇水，按头的按头，总算让大家压服又把她昏倒在缸底里了。）

这次她被抬出来的时候，她的嘴里还往外吐着水。

（于是一些善心的人，是没有不可怜这小女孩子的。）东家的二姨，西家的三婶，就都一齐围拢过去，都去设法施救去了。

她们围拢过去，看看有气没有？（若还有气，那就不用救。若是死了，那就赶快浇凉水。）

（若是有气，她自己就会活转来的。若是断了气，那就赶快施救，不然怕她真的死了。）

六

小团圆媳妇当晚被热水烫了三次，烫一次昏一次。

（闹到三更天才散了场。大神回家去睡觉去了。看热闹的人也都回家去睡觉去了。

（星星月亮，出满了一天，冰天雪地正是个冬天。雪扫着墙根，风刮着窗棂。鸡在架里边睡觉，狗在窝里边睡觉，猪在栏里边睡觉，全呼兰河都睡着了。

（只有远远的狗叫，那或许是从白旗屯传来的，或者是从呼兰河的南岸那柳条林子里的野狗的叫唤。总之，那声音是来得很远，那已经是呼兰河城以外的事情了。而呼兰河全城，就都一齐睡着了。

（前半夜那跳神打鼓的事情一点也没有留下痕迹。那连哭带叫的小团圆媳妇，好像在这世界上她也并未曾哭过叫过，因为一点痕迹也并未留下。家家户户都是黑洞洞的,家家户户都睡得沉实实的。

(团圆媳妇的婆婆也睡得打呼了。

(因为三更已经过了,就要来到四更天了。)

七

(第二天小团圆媳妇昏昏沉沉的睡了一天,第三天,第四天,也都是昏昏沉沉的睡着,眼睛似睁非睁的,留着一条小缝,从小缝里边露着白眼珠。

(家里的人,看了她那样子,都说,这孩子经过一番操持,怕是真魂就要附体了,真魂一附了体,病就好了。不但她的家里人这样说,就是邻人也都这样说。所以对于她这种不饮不食,似睡非睡的状态,不但不引以为忧,反而觉得应该庆幸。她昏睡了四五天,她家的人就快乐了四五天,她睡了六七天,她家的人就快乐了六七天。在这期间,绝对的没有使用偏方,也绝对的没有采用野药。

(但是过了六七天,她还是不饮不食的昏睡,要好起来的现象一点也没有。

(于是又找了大神来,大神这次不给她治了,说这团圆媳妇非出马当大神不可。

(于是又采用了正式的赶鬼的方法,到扎彩铺去,扎了一个纸人,而后给纸人缝起布衣来穿上——穿布衣裳为的是绝对的像真人——擦脂抹粉,手里提着花手巾,很是好看,穿了满身花洋布的衣裳,打扮成一个十七八岁的大姑娘。用人抬着,抬到南河沿旁边那大土坑去烧了。

（这叫做烧"替身"，据说把这"替身"一烧了，她可以替代真人，真人就可以不死。

（烧"替身"的那天，团圆媳妇的婆婆为着表示虔诚，她还特意的请了几个吹鼓手，前边用人举着那扎彩人，后边跟着几个吹鼓手，呜瓦当，呜瓦当的向着南大土坑走去了。

（那景况说热闹也很热闹，喇叭曲子吹的是句句双。说凄凉也很凄凉，前边一个扎彩人，后边三五个吹鼓手，出丧不像出丧，报庙不像报庙。

（跑到大街上来看这热闹的人也不很多，因为天太冷了，探头探脑的跑出来的人一看，觉得没有什么可看的，就关上大门回去了。

（所以就孤孤单单的，凄凄凉凉在大土坑那里把那扎彩人烧了。

（团圆媳妇的婆婆一边烧着还一边后悔，若早知道没有什么看热闹的人，那又何必给这扎彩人穿上真衣裳。她想要从火堆中把衣裳抢出来，但又来不及了，就眼看着让它烧去了。这一套衣裳，一共花了一百多吊钱。于是她看着那衣裳的烧去，就像眼看着烧去了一百多吊钱。

（她心里是又悔又恨，她简直忘了这是她的团圆媳妇烧替身，她本来打算念一套祷神告鬼的词句。她回来的时候，走在路上才想起来。但想起来也晚了，于是她自己感到大概要白白的烧了个替身，灵不灵谁晓得呢！）

八

后来又听说那团圆媳妇的大辫子，睡了一夜觉就掉下来了。

就掉在枕头旁边,这可不知是怎么回事。

她的婆婆说这团圆媳妇一定是妖怪。

把那掉下来的辫子留着,谁来给谁看。

看那样子一定是什么人用剪刀给她剪下来的。但是她的婆婆偏说不是,就说,睡了一夜觉就自己掉下来了。

(于是这奇闻又远近的传开去了。不但她的家人不愿意和妖怪在一起,就是同院住的人也都觉得太不好。)

(夜里关门关窗户的,一边关着于是就都说:

"老胡家那小团圆媳妇一定是个小妖怪。")

我家的老厨子是个多嘴的人,他和祖父讲老胡家的团圆媳妇又怎样怎样了。又出了新花头,辫子也掉了。

我说:

"不是的,是用剪刀剪的。"

老厨子看我小,他欺侮我,他用手指住了我的嘴。他说:

"你知道什么,那小团圆媳妇是个妖怪呀!"

我说:

"她不是妖怪,我偷着问她,她头发是怎么掉了的,她还跟我笑呢!她说她不知道。"

祖父说:"好好的孩子快让他们捉弄死了。"

过了些日子,老厨子又说:

"老胡家要'休妻'了,要'休'了那小妖怪。"

祖父以为老胡家那人家不大好。

祖父说:"二月让他搬家。把人家的孩子快捉弄死了,又不要了。"

九

还没有到二月,那黑忽忽的,笑呵呵的小团圆媳妇就死了。是一个大清早晨,老胡家的大儿子,那个黄脸大眼睛的车老板子就来了。一见了祖父,他就双手举在胸前作了一个揖。

祖父问他什么事?

他说:

"请老太爷施舍一块地方,好把小团圆媳妇埋上……"

祖父问他:

"什么时候死的?"

他说:

"我赶着车,天亮才到家。听说半夜就死了。"

祖父答应了他,让他埋在城外的地边上。并且招呼有二伯来,让有二伯领着他们去。

有二伯临走的时候,老厨子也跟去了。

我说,我也要去,我也跟去看看,祖父百般的不肯。祖父说:

"咱们在家下压拍子打小雀吃……"

我于是就没有去。虽然没有去,但心里边总惦着有一回事。等有二伯也不回来,等那老厨子也不回来。等他们回来,我好听一听那情形到底怎样?

十点多钟,他们两个在人家喝了酒,吃了饭才回来的。前边走着老厨子,后边走着有二伯。好像两个胖鸭子似的,走也走不动了,又慢又得意。

走在前边的老厨子,眼珠通红,嘴唇发光。走在后边的有二伯，面红耳热，一直红到他脖子下边的那条大筋。

进到祖父屋来，一个说：

"酒菜真不错……"

一个说：

"……鸡蛋汤打得也热乎。"

关于埋葬团圆媳妇的经过，却先一字未提。好像他们两个是过年回来的，充满了欢天喜地的气象。

我问有二伯，那小团圆媳妇怎么死的，埋葬的情形如何。

有二伯说：

"你问这个干什么，人死还不如一只鸡……一伸腿就算完事……"

我问：

"有二伯，你多暂死呢？"

他说：

"你二伯死不了的……那家有万贯的，那活着享福的，越想长寿，就越活不长……上庙烧香，上山拜佛的也活不长。像你有二伯这条穷命，越老越结实。好比个石头疙瘩似的，那儿死啦！俗语说得好，'有钱三尺寿，穷命活不够'。像你二伯就是这穷命，穷命鬼阎王爷也看不上眼儿来的。"

到晚饭，老胡家又把有二伯他们二位请去了。又在那里喝的酒。因为他们帮了人家的忙，人家要酬谢他们。

十

老胡家的团圆媳妇死了不久，他家的大孙子媳妇就跟人跑了。

奶奶婆婆后来也死了。

他家的两个儿媳妇,一个为着那团圆媳妇瞎了一只眼睛。因为她天天哭,哭她那花在团圆媳妇身上的倾家荡产的五千多吊钱。

另外的一个因为她的儿媳妇跟着人家跑了,要把她羞辱死了,一天到晚的,不梳头,不洗脸的坐在锅台上抽着烟袋,有人从她旁边过去,她高兴的时候,她向人说:

"你家里的孩子,大人都好哇?"

她不高兴的时候,她就向着人脸,吐一口痰。

"她变成一个半疯了。"

老胡家从此不大被人记得了。

十一

我家的背后有一个龙王庙,庙的东角上有一座大桥。人们管这桥叫"东大桥"。

那桥下有些冤魂枉鬼,每当阴天下雨,从那桥上经过的人,往往听到鬼哭的声音。

据说,那团圆媳妇的灵魂,也来到了东大桥下。说她变了一只很大的白兔,隔三差五的就到桥下来哭。

有人问她哭什么?

她说她要回家。

那人若说:

"明天,我送你回去……"

那白兔子一听,拉过自己的大耳朵来,擦擦眼泪,就不见了。

若没有人理她,她就一哭,哭到鸡叫天明。

第六章

一

我家的有二伯,性情很古怪。

有东西,你若不给他吃,他就骂。若给他送上去,他就说:

"你二伯不吃这个,你们拿去吃吧!"

家里买了落花生、冻梨之类,若不给他,除了让他看不见,若让他找着了一点影子,他就没有不骂的:

"他妈的……王八蛋……兔羔子,有猫狗吃的,有蟑螂、耗子吃的,他妈的就是没有人吃的……兔羔子,兔羔子……"

若给他送上去,他就说:

"你二伯不吃这个,你们拿去吃吧。"

二

有二伯的性情真古怪,他很喜欢和天空的雀子说话,他很喜欢和大黄狗谈天。他一和人在一起,他就一句话没有了,就是有话也是很古怪的,使人听了常常不得要领。

夏天晚饭后大家坐在院子里乘凉的时候,大家都是嘴里不停的讲些个闲话,讲得很热闹,就连蚊子也嗡嗡的,就连远处的蛤蟆也呱呱的叫着。只是有二伯一声不响的坐着。他手里拿着蝇甩子,东甩一下,西甩一下。

若有人问他的蝇甩子是马鬃的还是马尾的?他就说:

"啥人玩啥鸟，武大郎玩鸭子……马鬃，那是贵东西，那是穿绸穿缎的人拿着，腕上戴着藤萝镯，指上戴着大攀指。什么人玩什么物。穷人，野鬼，不要自不量力，让人家笑话。……"

传说天上的那颗大卯星，就是灶王爷骑着毛驴上西天的时候，他手里打着的那个灯笼，因为毛驴跑得太快，一不加小心灯笼就掉在天空了。我就常常把这个话题来问祖父，说那灯笼为什么被掉在天空，就永久长在那里了，为什么不落在地上来？

这话题，我看祖父也回答不出的，但是因为我的非问不可，祖父也就非答不可了。他说，天空里有一个灯笼杆子，那才高呢，大卯星就挑在那灯笼杆子上。并且那灯笼杆子，人的眼睛是看不见的。

我说：

"不对，我不相信……"

我说：

"没有灯笼杆子，若是有，为什么我看不见？"

于是祖父又说：

"天上有一根线，大卯星就被那线系着。"

我说：

"我不信，天上没有线的，有，为什么我看不见？"

祖父说：

"线是细的么，你那能看见，就是谁也看不见的。"

我就问祖父：

"谁也看不见，你怎么看见啦？"

乘凉的人都笑了，都说我真厉害。

于是祖父被逼得东说西说，说也说不上来了。眼看祖父是被我逼得胡诌起来，我也知道他是说不清楚的了。不过我越看他胡诌我就越逼他。

到后来连大卯星是龙王爷的灯笼这回事，我也推翻了。我问祖父大卯星到底是个什么？

别人看我纠缠不清了，就有出主意的让我问有二伯去。

我跑到了有二伯坐着的地方，我还没有问，我刚一碰了他的蝇甩子，他就把我吓了一跳。他把蝇甩子一抖，嗝唠一声：

"你这孩子，远点去吧……"

使我不得不站得远一点，我说：

"有二伯，你说那天上的大卯星到底是个什么？"

他没有立刻回答我，他似乎想了一想，才说：

"穷人不观天象。狗咬耗子，猫看家，多管闲事。"

我又问，我以为他没有听准：

"大卯星是龙王爷的灯笼吗？"

他说：

"你二伯虽然也长了眼睛，但是一辈子没有看见什么。你二伯虽然也长了耳朵，但是一辈子也没有听见什么。你二伯是又聋又瞎，这话可怎么说呢？比方那亮亮堂堂的大瓦房吧，你二伯也有看见了的，可是看见了怎么样，是人家的，看见了也是白看。听也是一样，听见了又怎样，与你不相干……你二伯活着是个不相干……星星，月亮，刮风，下雨，那是天老爷的事情，你二伯不知道……"

有二伯真古怪，他走路的时候，他的脚踢到了一块砖头，那砖头把他的脚碰痛了。他就很小心的弯下腰去把砖头拾起来，他细细的端相着那砖头，看看那砖头长得是否瘦胖合适，是否顺眼，看完了，他才和那砖头开始讲话：

"你这小子，我看你也是没有眼睛，也是跟我一样，也是瞎模糊眼的。不然你为啥往我脚上撞，若有胆子撞，就撞那个耀武扬威的，脚上穿着靴子鞋的……你撞我还不是个白撞，撞不出一大二小来，臭泥子滚石头，越滚越臭……"

他和那砖头把话谈完了，他才顺手把它抛开去，临抛开的时候，他还最后嘱咐了它一句：

"下回你往那穿鞋穿袜的脚上去碰呵。"

他这话说完了，那砖头也就啪嚓的落到了地上。原来他没有抛得多远，那砖头又落到原来的地方。

有二伯走在院子里，天空飞着的麻雀或是燕子若落了一点粪在他的身上，他就停下脚来，站在那里不走了。他扬着头。他骂着那早已飞过去了的雀子，大意是：那雀子怎样怎样不该把粪落在他身上，应该落在那穿绸穿缎的人的身上。不外骂那雀子糊涂瞎眼之类。

可是那雀子很敏捷的落了粪之后，早已飞得无影无踪了，于是他就骂着他头顶上那块蓝瓦瓦的天空。

三

有二伯说话的时候，把"这个"说成"介个"。

"那个人好。"

"介个人坏。"

"介个人狼心狗肺。"

"介个物，不是物。"

"家雀也往身上落粪，介个年头是啥年头。"

四

还有,

有二伯不吃羊肉。

五

祖父说,有二伯在三十年前就来到了我们家里,那时候他才三十多岁。

而今有二伯六十多岁了。

他的乳名叫"有子",他已经六十多岁了,还叫着乳名。祖父叫他"有子做这个。""有子做那个。"

我们叫他"有二伯"。

老厨子叫他"有二爷"。

他到房户,地户那里去,人家叫他"有二东家"。

他到北街头的烧锅去,人家叫他"有二掌柜的"。

他到油房去抬油,人家也叫他"有二掌柜的"。

他到肉铺子上去买肉,人家也叫他"有二掌柜的"。

一听人家叫他"二掌柜的",他就笑逐颜开。叫他"有二爷"叫他"有二东家",叫他"有二伯"也都是一样的笑逐颜开。

有二伯最忌讳人家叫他的乳名,比方街上的孩子们,那些讨厌的,就常常在他的背后抛一颗石子,掘一捧灰土,嘴里边喊着"有二子""大有子""小有子"。

有二伯一遇到这机会,就没有不立刻打了过去的,他手里若是拿着蝇甩子,他就用蝇甩子把去打。他手里若是拿着烟袋,他就用烟袋锅子去打。

把他气的像老母鸡似的，把眼睛都气红了。

那些顽皮的孩子们一看他打了来，就立刻说："有二爷，有二东家，有二掌柜的，有二伯。"并且举起手来作着揖，向他朝拜着。

有二伯一看他们这样子，立刻就笑逐颜开，也不打他们了，就走自己的路去了。

可是他走不了多远，那些孩子们就在后边又吵起来了，什么：

"有二爷，兔儿爷。"

"有二伯，打桨杆。"

"有二东家，捉大王八。"

他在前边走，孩子们就在他背后的远处喊。一边喊着一边扬着街道上的灰土，灰土高飞着一会工夫，街上闹成个小旋风似的了。

有二伯不知道听见了这个与否，但孩子们以为他是听见了的。

有二伯却很庄严的，连头也不回的一步一步的沉着地向前走去了。

"有二爷，"老厨子总是一开口"有二爷"一闭口"有二爷"的叫着。

"有二爷的蝇甩子……"

"有二爷的烟袋锅子……"

"有二爷的烟荷包……"

"有二爷的烟荷包疙瘩……"

"有二爷吃饭啦……"

"有二爷,天下雨啦……"

"有二爷快看吧,院子里的狗打仗啦……"

"有二爷,猫上墙头啦……"

"有二爷,你的蝇甩子掉了毛啦。"

"有二爷,你的草帽顶落了家雀粪啦。"

老厨子一向是叫他"有二爷"的。唯独他们两个一吵起来的时候,老厨子就说:

"我看你这个'二爷'一丢了,就只剩下个'有'字了。"

"有字"和"有子"差不多,有二伯一听正好是他的乳名。

于是他和老厨子骂了起来,他骂他一句,他骂他两句。越骂声音越大。有时他们两个也就打了起来。

但是过了不久,他们两个又照旧的好了起来。又是:

"有二爷这个。"

"有二爷那个。"

老厨子一高起兴来,就说:

"有二爷,我看你的头上去了个'有'字,不就只剩了'二爷'吗?"

有二伯于是又笑逐颜开了。

祖父叫他"有子",他不生气,他说:

"向皇上说话,还称自己是奴才呢!总也得有个大小。宰相大不大?可是他见了皇上也得跪下,在万人之上,在一人之下。"

有二伯的胆子是很大的,他什么也不怕。我问他怕狼不怕?

他说:

"狼有什么怕的,在山上,你二伯小的时候上山放猪去,那山上就有狼。"

我问他敢走黑路不敢？

他说：

"走黑路怕啥的，没有愧心事，不怕鬼叫门。"

我问他夜里一个人，敢过那东大桥吗？

他说：

"有啥不敢的，你二伯就是愧心事不敢做，别的都敢。"

有二伯常常说，跑毛子的时候（日俄战时）他怎样怎样的胆大，全城都跑空了，我们家也跑空了。那毛子拿着大马刀在街上跑来跑去，骑在马身上。那真是杀人无数。见了关着大门的就敲，敲开了，抓着人就杀。有二伯说：

"毛子在街上跑来跑去，那大马蹄子跑得呱呱的响，我正自己煮面条吃呢，毛子就来敲大门来了，在外边喊着'里边有人没有？'若有人快点把门打开，不打开毛子就要拿刀把门劈开的，劈开门进来，那就没有好，非杀不可……"

我就问：

"有二伯你可怕？"

他说：

"你二伯烧着一锅开水，正在下着面条。那毛子在外边敲，你二伯还在屋里吃面呢……"

我还是问他：

"你可怕？"

他说：

"怕什么？"

我说：

"那毛子进来，他不拿马刀杀你？"

他说：

"杀又怎么样！不就是一条命吗？"

可是每当他和祖父算起账来的时候，他就不这么说了。他说：

"人是肉长的呀！人是爹娘养的呀！谁没有五脏六腑。不怕，怎么能不怕！也是吓得抖抖乱颤，……眼看着那是大马刀，一刀下来，一条命就完了。"

我一问他：

"你不是说过，你不怕吗？"

这种时候，他就骂我：

"没心肝的，远的去着罢！不怕，是人还有不怕的……"

不知怎么的，他一和祖父提起跑毛子来，他就胆小了，他自己越说越怕。有的时候他还哭了起来。说那大马刀闪光湛亮，说那毛子骑在马上乱杀乱砍。

六

有二伯的行李，是零零碎碎的，一掀动他的被子就从被角往外流着棉花，一掀动他的褥子，那所铺着的毡片，就一片一片的好像活动地图似的一省一省的割据开了。

有二伯的枕头，里边装的是荞麦壳，每当他一抡动的时候，那枕头就在角上或是在肚上漏了馅了，花花的往外流着荞麦壳。

有二伯是爱护他这一套行李的，没有事的时候，他就拿起针来缝它们。缝缝枕头，缝缝毡片，缝缝被子。

不知他的东西，怎那样的不结实，有二伯三天两天的就要动手缝一次。

有二伯的手是很粗的，因此他拿着一颗很大的大针，他说太小的针他拿不住的。他的针是太大了点，迎着太阳，好像女人头上的银簪子似的。

他往针鼻里穿线的时候，那才好看呢，他把针线举得高高的，睁着一个眼睛，闭着一个眼睛，好像是在瞄准，好像他在半天空里看见了一样东西，他想要快快的拿它，又怕拿不准跑了，想要研究一会再去拿，又怕过一会就没有了。于是他的手一着急就哆嗦起来，那才好看呢。

有二伯的行李，睡觉起来，就卷起来的。卷起来之后，用绳子捆着。好像他每天要去旅行的样子。

有二伯没有一定的住处，今天住在那咔咔响着房架子的粉房里，明天住在养猪的那家的小猪倌的炕梢上，后天也许就和那磨房里的冯歪嘴子一条炕睡上了。反正他是什么地方有空他就在什么地方睡。

他的行李他自己背着，老厨子一看他背起行李来，就大嚷大叫的说：

"有二爷，又赶集去了……"

有二伯也就远远的回答着他：

"老王，我去赶集，你有啥捎的没有呵？"

于是有二伯又自己走自己的路，到房户的家里的方便地方去投宿去了。

七

有二伯的草帽没有边沿，只有一个帽顶，他的脸焦焦黑，他的头顶雪雪白。黑白分明的地方，就正是那草帽扣下去被切得溜齐的脑盖的地方。他每一摘下帽子来，是上一半白，下一半黑。就好像后园里的倭瓜，晒着太阳的那半是绿的，背着阴的那半是白的一样。

不过他一戴起草帽来也就看不见了。他戴帽的尺度是很准确的，一戴就把帽边很准确的切在了黑白分明的那条线上。不高不低，就正正的在那条线上。偶尔也戴得略微高了一点，但是这种时候很少，不大被人注意。那就是草帽与脑盖之间，好像镶了一膛窄窄的白边似的，有那么一膛白线。

八

有二伯穿的是大半截子的衣裳，不是长衫，也不是短衫，而是齐到膝头那么长的衣裳，那衣裳是鱼蓝色竹布的，带着四方的大尖托领，宽衣大袖，怀前带着大麻铜钮子。

这衣裳本是前清的旧货，压在祖父的箱底里，祖母一死了，就陆续的穿在有二伯的身上了。

所以有二伯一走在街上，都不知他是那个朝代的人。

老厨子常说：

"有二爷，你宽衣大袖的，和尚看了像和尚，道人看了像道人。"

有二伯是喜欢卷着裤脚的，所以耕田种地的庄稼人看了，又以为他是一个庄稼人，一定是插秧了刚刚回来。

九

有二伯的鞋子，不是前边掉了底，就是后边缺了跟。

他自己前边掌掌，后边钉钉，似乎钉也钉不好，掌也掌不好,过了几天,又是掉底缺跟仍然照旧。

走路的时候拖拖的,再不然就搭搭的。前边掉了底,那鞋就张着嘴,他的脚好像舌头似的,每一迈步,就在那大嘴里边活动着,后边缺了跟,每一走动,就踢踢踏踏的脚跟打着鞋底发响。

有二伯的脚,永远离不开地面,母亲说他的脚下了千斤闸。

老厨子说有二伯的脚上了绊马锁。

有二伯自己则说:

"你二伯挂了绊脚丝了。"

绊脚丝是人临死的时候挂在两只脚上的绳子。有二伯就这样的说着自己。

十

有二伯虽然作弄成一个耍猴不像耍猴的,讨饭不像讨饭的,可是他一走起路来,却是端庄,沉静,两个脚跟非常有力,打得地面冬冬的响,而且是慢吞吞的前进,好像一位大将军似的。

有二伯一进了祖父的屋子,那摆在琴桌上的那口黑色的座钟,钟里边的钟摆,就常常咯噔噔咯噔噔的,响了一阵就停下来了。

原来有二伯的脚步过于沉重了点,好像大石头似的打着地板,使地板上所有的东西,一时都起了跳动。

十一

有二伯偷东西被我撞见了。

秋末,后园里的大榆树也落了叶子,园里荒凉了,没有什么好玩的了。

长在前院的蒿草,也都败坏了而倒了下来,房后菜园上的各种秧棵完全挂满了白霜,老榆树全身的叶子已经没有多少了,可是秋风还在摇动着它。天空是发灰的,云彩也失了形状,好像被洗过砚台的水盆,有深有浅,混洞洞的。这样的云彩,有时带来了雨点,有时带来了细雪。

这样的天气,我为着外边没有好玩的,我就在藏乱东西的后房里玩着。我爬上了装旧东西的屋顶去。

我是登着箱子上去的,我摸到了一个小琉璃罐,那里边装的完全是墨枣。

等我抱着这罐子要下来的时候,可就下不来了,方才上来的时候,我登着的那箱子,有二伯站在那里正在开着它。

他不是用钥匙开,他是用铁丝在开。

我看着他开了很多时候,他用牙齿咬着他手里的那块小东西……他歪着头,咬得格格拉拉的发响。咬了之后又放在手里扭着它,而后又把它触到箱子上去试一试。

他显然不知道我在棚顶上看着他,他既打开了箱子,他就把没有边沿的草帽脱下来,把那块咬了半天的小东西就压在帽顶里面。

他把箱子翻了好几次,红色的椅垫,蓝色粗布的绣花围裙,女人的绣花鞋子……还有一团滚乱的花色的丝线,在箱子底上还躺着一只湛黄的铜酒壶。

有二伯用他满都是脉络的粗手把绣花鞋子,乱丝线,抓到一边去,只把铜酒壶从那一堆之中抓出来了。

太师椅上的红垫子,他把它放在地上,用腰带捆了起来。铜酒壶放在箱子盖上,而后把箱子锁了。

看样子好像他要带着这些东西出去，不知为什么，他没有带东西，他自己出去了。

我一看他出去，我赶快的登着箱子就下来了。

我一下来，有二伯就又回来了，这一下子可把我吓了一跳，因为我是在偷墨枣，若让母亲晓得了，母亲非打我不可。平常我偷着把鸡蛋馒头之类，拿出去和邻居家的孩子一块去吃，有二伯一看见就没有不告诉母亲的，母亲一晓得就打我。

他先提起门旁的椅垫子，而后又来拿箱子盖上的铜酒壶。等他掀着衣襟把铜酒壶压在肚子上边，他才看到墙角上站着的是我。

他的肚子前压着铜酒壶，我的肚子前抱着一罐墨枣。他偷，我也偷，所以两边害怕。

有二伯一看见我，立刻头盖上就冒着很大的汗珠。他说：

"你不说么？"

"说什么……"

"不说，好孩子……"他拍着我的头顶。

"那么，你让我把这琉璃罐拿出去。"

他说："拿罢。"

他一点没有阻挡我。我看他不阻挡我，我还在门旁的筐子里抓了四五个大馒头，就跑了。

有二伯还在粮食仓子里边偷米，用大口袋背着，背到大桥东边那粮米铺去卖了。

有二伯还偷各种东西，锡火锅、大铜钱、烟袋嘴……反正家里边一丢了东西，就说有二伯偷去了。有的东西是老厨子偷去的，也就赖上了有二伯。有的东西是我偷着拿出去玩了，也赖上了有二伯。还有比方一个镰刀头,根本没有丢,只不过放忘了地方,等用的时候一找不到就说有二伯偷去了。

有二伯带着我上公园的时候,他什么也不买给我吃。公园里边卖什么的都有,油炸糕,香油掀饼,豆腐脑,碗碴等等。他一点也不买给我吃。

我若是稍稍在那卖东西吃的旁边一站,他就说:

"快走罢,快往前走。"

逛公园就好像赶路似的,他一步也不让我停。

公园里变把戏的,耍熊瞎子的都有,敲锣打鼓,非常热闹。而他不让我看。我若是稍稍的在那变把戏的前边停了一停,他就说:

"快走罢,快往前走。"

不知为什么他时时在追着我。

等走到一个卖冰水的白布篷前边,我看见那玻璃瓶子里边泡着两个焦黄的大佛手,这东西我没有见过,我就问有二伯那是什么?

他说:

"快走罢,快往前走。"

好像我若再多看一会工夫,人家就要来打我了似的。

等来到了跑马戏的近前,那里边连喊带唱的,实在热闹,我就非要进去看不可。有二伯则一定不进去,他说:

"没有什么好看的……"

他说:

"你二伯不看介个……"

他又说:

"家里边吃饭了。"

他又说:

"你再闹,我打你。"

到了后来,他才说:

"你二伯也是愿意看,好看的有谁不愿意看。你二伯没有钱,没有钱买票人家不让咱进去。"

在公园里边,当场我就拉住了有二伯的口袋,给他施以检查,检查出几个铜板来,买票这不够的。有二伯又说:

"你二伯没有钱……"

我一急就说:

"没有钱你不会偷?"

有二伯听了我那话,脸色雪白,可是一转眼之间又变成通红的了。他通红的脸上,他的小眼睛故意的笑着,他的嘴唇颤抖着,好像他又要照着他的习惯,一串一串的说一大套的话。但是他没有说。

"回家罢!"

他想了一想之后,他这样的招呼着我。

我还看见过有二伯偷过一个大澡盆。

我家院子里本来一天到晚是静的,祖父常常睡觉,父亲不在家里,母亲也只是在屋子里边忙着,外边的事情,她不大看见。

尤其是到了夏天睡午觉的时候,全家都睡了,连老厨子也睡了。连大黄狗也睡在有阴凉的地方了。所以前院,后园,静悄悄的一个人也没有,一点声音也没有。

就在这样的一个白天,一个大澡盆被一个人掮着在后园里边走起来了。

那大澡盆是白洋铁的,在太阳下边闪光湛亮。大澡盆有一人多长,一边走着还一边咣郎咣郎的响着。看起来,很害怕,好像瞎话上的白色的大蛇。

那大澡盆太大了,扣在有二伯的头上,一时看不见有二伯,只看见了大澡盆。好像那大澡盆自己走动了起来似的。

再一细看,才知道是有二伯顶着它。

有二伯走路,好像是没有眼睛似的,东倒一倒,西斜一斜,两边歪着。我怕他撞到了我,我就靠在了墙根上。

那大澡盆是很深的,从有二伯头上扣下来,一直扣到他的腰间。所以他看不见路了,他摸着往前走。

有二伯偷了这澡盆之后,就像他偷了那铜酒壶之后的一样。一被发现了之后,老厨子就天天戏弄他,用各种的话戏弄着有二伯。

有二伯偷了铜酒壶之后,每当他一拿着酒壶喝酒的时候,老厨子就问他:

"有二爷,喝酒是铜酒壶好呀,还是锡酒壶好?"

有二伯说:

"什么的还不是一样,反正喝的是酒。"

老厨子说:

"不见得吧,大概还是铜的好呢……"

有二伯说:

"铜的有啥好!"

老厨子说:

"对了,有二爷。咱们就是不要铜酒壶,铜酒壶拿去卖了也不值钱。"

旁边的人听到这里都笑了,可是有二伯还不自觉。

老厨子问有二伯:

"一个铜酒壶卖多少钱?"

有二伯说:

"没卖过,不知道。"

到后来老厨子又说五十吊,又说七十吊。

有二伯说:

"哪有那么贵的价钱,好大一个铜酒壶还卖不上三十吊呢。"

于是把大家都笑坏了。

自从有二伯偷了澡盆之后,那老厨子就不提酒壶,而常常问有二伯洗澡不洗澡,问他一年洗几次澡,问有二伯一辈子洗几次澡。他还问人死了到阴间也洗澡的吗?

有二伯说:

"到阴间,阴间阳间一样,活着是个穷人,死了是条穷鬼。穷鬼阎王爷也不爱惜,不下地狱就是好的,还洗澡呢!别玷污了那洗澡水。"

老厨子于是说:

"有二爷,照你说的穷人是用不着澡盆的啰!"

有二伯有点听出来了,就说:

"阴间没去过,用不用不知道。"

"不知道?"

"不知道。"

"我看你是明明知道,我看你是昧着良心说瞎话……"老厨子说。

于是两个人打起来了。

有二伯逼着问老厨子,他哪儿昧过良心。有二伯说:

"一辈子没昧过良心。走的正,行的端,一步两脚窝……"

老厨子说:

"两脚窝,看不透……"

有二伯正颜厉色的说:

"你有什么看不透的?"

老厨子说:

"说出来怕你羞死!"

有二伯说:

"死,死不了。你别看我穷,穷人还有个穷活头。"

老厨子说:

"我看你也是死不了。"

有二伯说:

"死不了。"

老厨子说:

"死不了,老不死,我看你也是个老不死的。"

有的时候,他们两个能接续着骂了一两天,每次到后来,都是有二伯打了败仗。老厨子骂他是个老"绝后"。

有二伯每一听到这两个字,就甚于一切别的字,比"见阎王"更坏。于是他哭了起来,他说:

"可不是么!死了连个添坟上土的人也没有。人活一辈子是个白活,到了归终是一场空……无家无业,死了连个打灵头幡的人也没有。"

于是他们两个又和和平平的,笑笑嬉嬉的照旧的过着和平的日子。

十二

后来我家在五间正房的旁边，造了三间东厢房。

这新房子一造起来，有二伯就搬回家里来住了。

我家是静的，尤其是夜里，连鸡鸭都上了架，房头的鸽子，檐前的麻雀也都各自回到自己的窝里去睡觉了。

这时候就常常听到厢房里的哭声。

有一回父亲打了有二伯，父亲三十多岁，有二伯快六十岁了。他站起来就被父亲打倒下去，他再站起来，又被父亲打倒下去，最后他起不来了，他躺在院子里边了，而他的鼻子也许是嘴还流了一些血。

院子里一些看热闹的人都站得远远的，大黄狗也吓跑了，鸡也吓跑了。老厨子该收柴收柴，该担水担水，假装没有看见。

有二伯孤伶伶的躺在院心，他的没有边的草帽，也被打掉了，所以看得见有二伯的头部的上一半是白的，下一半是黑的，而且黑白分明的那条线就在他的前额上，好像西瓜的"阴阳面"。

有二伯就这样自己躺着，躺了许多时候，才有两个鸭子来啄食撒在有二伯身边的那些血。

那两个鸭子，一个是花脖，一个是绿头顶。

有二伯要上吊，就是这个夜里，他先是骂着，后是哭着，到后来也不哭也不骂了。又过了一会，老厨子一声喊起，几乎是发现了什么怪物似的大叫：

"有二爷上吊啦！有二爷上吊啦！"

祖父穿起衣裳来，带着我。等我们跑到厢房去一看，有二伯不在了。

老厨子在房子外边招呼着我们。我们一看南房梢上挂了绳子，是黑夜，本来看不见，是老厨子打着灯笼我们才看到的。

南房梢上有一根两丈来高的横杆，绳子在那横杆上托托落落的垂着。

有二伯在那里呢？等我们拿灯笼一照，才看见他在房墙的根边，好好的坐着。他也没有哭，他也没有骂。

等我再拿灯笼向他脸上一照，我看他用哭红了的小眼睛瞪了我一下。

过了不久，有二伯又跳井了。

是在同院住的挑水的来报的信，又敲窗户又打门。我们跑到井边上一看，有二伯并没有在井里边，而是坐在井外边，而是离开井口五十步之外的安安稳稳的柴堆上。他在那柴堆上安安稳稳的坐着。

我们打着灯笼一照，他还在那里拿着小烟袋抽烟呢。

老厨子，挑水的，粉房里的漏粉的都来了，惊动了不少的邻居。

他开初是一动不动。后来他看人们来全了，他站起来就往井边上跑，于是许多人就把他抓住了，那许多人，那里会眼看着他去跳井的。

有二伯去跳井，他的烟荷包，小烟袋都带着，人们推劝着他回家的时候，那柴堆上还有一枝小洋蜡，他说：

"把那洋蜡给我带着。"

后来有二伯"跳井""上吊"这些事，都成了笑话，街上的孩子都给编成了一套歌在唱着："有二爷跳井，没那么回事。""有二伯上吊，白吓唬人。"

老厨子说他贪生怕死,别人也都说他死不了。

以后有二伯再"跳井""上吊"也都没有人看他了。

有二伯还是活着。

十三

我家的院子是荒凉的,冬天一片白雪,夏天则满院蒿草。风来了,蒿草发着声响,雨来了,蒿草梢上冒烟了。

没有风,没有雨,则关着大门静静的过着日子。

狗有狗窝,鸡有鸡架,鸟有鸟笼,一切各得其所。唯独有二伯夜夜不好好的睡觉。在那厢房里边,他自己半夜三更的就讲起话来。

"说我怕'死'我也不是吹,叫过三个两个来看!问问他们见过'死'没有!那俄国毛子的大马刀闪光湛亮,说杀就杀,说砍就砍。那些胆大的,不怕死的,一听说俄国毛子来了,只顾逃命,连家业也不要了。那时候,若不是这胆小的给他守着,怕是跑毛子回来连条裤子都没有穿的。到了如今,吃得饱,穿得暖,前因后果连想也不想,早就忘到九霄云外去了。良心长到肋条上,黑心荔,铁面人,……"

"……说我怕死,我也不是吹,兵马刀枪我见过,霹雷,黄风我见过。就说那俄国毛子的大马刀罢,见人就砍,可是我也没有怕过,说我怕死……介年头是啥年头,……"

那东厢房里,有二伯一套套的讲着,又是河沟涨水了,水涨得多大,别人没有敢过的,有二伯说他敢过。又是什么时候有一次着大火,别人都逃了,有二伯上去抢了不少的东西。又是他的小时候,上山去打柴,遇见了狼,那狼是多么凶狠,他说:

"狼心狗肺，介个年头的人狼心狗肺的，吃香的喝辣的。好人在介个年头，是个王八蛋，兔羔子……"

"兔羔子，兔羔子……"

有二伯夜里不睡，有的时候就来在院子里没头没尾的"兔羔子，兔羔子"自己说着话。

半夜三更的，鸡、鸭、猫、狗都睡了。唯独有二伯不睡。

祖父的窗子上了帘子，看不见天上的星星月亮，看不见大卯星落了没有，看不见三星是否打了横梁。只见白萨萨的窗帘子被星光月光照得发白通亮。

等我睡醒了，我听见有二伯"兔羔子，兔羔子"的自己在说话，我要起来掀起窗帘来往院子里看一看他。祖父不让我起来，祖父说：

"好好睡罢，明天早晨早早起来，咱们烧苞米吃。"

祖父怕我起来，就用好话安慰着我。

等再睡觉了，就在梦中听到了呼兰河的南岸，或是呼兰河城外远处的狗咬。

于是我做了一个梦，梦见了一个大白兔，那兔子的耳朵，和那磨房里的小驴的耳朵一般大。我听见有二伯说"兔羔子"，我想到一个大白兔，我听到了磨房的梆子声，我想到了磨房里的小毛驴，于是梦见了白兔长了毛驴那么大的耳朵。

我抱着那大白兔，我越看越喜欢，我一笑笑醒了。

醒来一听，有二伯仍旧"兔羔子，兔羔子"的坐在院子里。后边那磨房里的梆子也还打得很响。

我梦见的这大白兔，我问祖父是不是就是有二伯所说的"兔羔子"？

祖父说：

"快睡觉罢，半夜三更不好讲话的。"

说完了，祖父也笑了，他又说：

"快睡罢，夜里不好多讲话的。"

我和祖父还都没有睡着，我们听到那远处的狗咬，慢慢的由远而近，近处的狗也有的叫了起来。大墙之外，已经稀疏疏的有车马经过了，原来天已经快亮了。可是有二伯还在骂"兔羔子"，后边磨房里的磨官还在打着梆子。

十四

第二天早晨一起来，我就跑去问有二伯，"兔羔子"是不是就是大白兔？

有二伯一听就生气了：

"你们家里没好东西，尽是些耗子，从上到下，都是良心长在肋条上，大人是大耗子，小孩是小耗子……"

我不知道他说的是什么，我听了一会，没有听懂。

第七章

一

磨房里边住着冯歪嘴子。

冯歪嘴子打着梆子，半夜半夜的打，一夜一夜的打。冬天还稍微好一点，夏天就更打得厉害。

那磨房的窗子临着我家的后园。我家的后园四周的墙根上，都种着矮瓜①，西葫芦或是黄瓜等类会爬蔓子的植物。矮瓜爬上墙头了，在墙头上开起花来了，有的竟越过了高墙爬到街上去，向着大街开了一朵大黄的黄花。

因此那磨房的窗子上也就爬满了那顶会爬蔓子的黄瓜了。黄瓜的小细蔓，细得像银丝似的，太阳一来了的时候，那小细蔓闪眼湛亮，那蔓梢干净得好像用黄蜡抽成的丝子，一棵黄瓜秧上伸出来无数的这样的丝子。丝蔓的尖顶每棵都是掉转头来向回卷曲着，好像是说它们虽然勇敢，大树，野草，墙头，窗棂，到处的乱爬，但到底它们也怀着恐惧的心理。

太阳一出来了，那些在夜里冷清清的丝蔓，一变而为温暖了。于是它们向前发展的速率更快了，好像眼看着那丝蔓就长了，就向前跑去了。因为种在磨房窗根下的黄瓜秧，一天爬上了窗台，两天爬上了窗棂，等到第三天就在窗棂上开起花来了。

再过几天，一不留心，那黄瓜梗经过了磨房的窗子，爬上房顶去了。

后来那黄瓜秧就像它们彼此招呼着似的，成群结队的就都一齐把那磨房的窗给瞒住了。

从此那磨房里边的磨官就见不着天日了。磨房就有一张窗子，而今被黄瓜掩遮得风雨不透。从此那磨房里黑沉沉的，园里，园外，分成两个世界了。冯歪嘴子就被分到花园以外去了。

但是从外边看起来，那窗子实在好看，开花的开花，结果的结果。满窗是黄瓜了。

---

① 参考了多个版本，此处矮瓜类似倭瓜（南瓜），为了保持原汁原味，用"矮瓜"。

还有一棵矮瓜秧,也顺着磨房的窗子爬到房顶去了,就在房檐上结了一个大矮瓜。那矮瓜不像是从秧子上长出来的,好像是由人搬着坐在那屋瓦上晒太阳似的。实在好看。

夏天,我在后园里玩的时候,冯歪嘴子就喊我,他向我要黄瓜。

我就摘了黄瓜,从窗子递进去。那窗子被黄瓜秧封闭得严密得很,冯歪嘴子用手扒开那满窗的叶子,从一条小缝中伸出手来把黄瓜拿进去。

有时候,他停止了打他的梆子,他问我,黄瓜长了多大了?西红柿红了没有?他与这后园只隔了一张窗子,就像离着多远似的。

祖父在园子里的时候,他和祖父谈话。他说拉着磨的小驴,驴蹄子坏了,一走一瘸。祖父说请个兽医给它看看。冯歪嘴子说,看过了,也不见好。祖父问那驴吃的什么药?冯歪嘴子说是吃的黄瓜子拌高粱醋。

冯歪嘴子在窗里,祖父在窗外,祖父看不见冯歪嘴子,冯歪嘴子看不见祖父。

有的时候,祖父走远了,回屋去了,只剩下我一个人在磨房的墙根下边坐着玩,我听到了冯歪嘴子还说:

"老太爷今年没下乡去看看哪!"

有的时候,我听了这话,我故意的不出声,听听他往下还说什么。

有的时候,我心里觉得可笑,忍也不能忍住,我就跳了起来了,用手敲打着窗子,笑得我把窗上挂着的黄瓜都敲打掉了。而后我一溜烟的跑进屋去,把这情形告诉了祖父。祖父也一样和我似的,笑得不能停了,眼睛笑出眼泪来。但是总是说,不要笑啦,不要笑啦,看他听见。有的时候祖父竟把后门关起来再笑。祖父怕冯歪嘴子听见了不好意思。

但是老厨子就不然了。有的时候,他和冯歪嘴子谈天,故意谈到一半他就溜掉了。因为冯歪嘴子隔着爬满了黄瓜秧的窗子,看不见他走了,就自己独自说了一大篇话,而后让他故意得不到反响。

老厨子提着筐子到后园去摘茄子,一边摘着一边就跟冯歪嘴子谈话,正谈到半路,老厨子蹑手蹑足的,提着筐子就溜了,回到屋里去烧饭去了。

这时冯歪嘴子还在磨房里大声的说:

"西公园来了跑马戏的,我还没得空去看,你去看过了吗?老王。"

其实后花园里一个人也没有了,蜻蜓,蝴蝶随意的飞着,冯歪嘴子的话声,空空的落到花园里来,又空空的消失了。

烟消火灭了。

等他发现了老王早已不在花园里,他这才又打起梆子来,看着小驴拉磨。

有二伯一和冯歪嘴子谈话,可从来没有偷着溜掉过,他问下雨天,磨房的房顶漏得厉害不厉害?磨房里的耗子多不多?

冯歪嘴子同时也问着有二伯,今年后园里雨水大吗?茄子,云豆都快罢园了吧?

他们两个彼此说完了话,有二伯让冯歪嘴子到后园里来走走,冯歪嘴子让有二伯到磨房去坐坐。

"有空到园子里来走走。"

"有空到磨房里来坐坐。"

有二伯于是也就告别走出园子来。冯歪嘴子也就照旧打他的梆子。

秋天,大榆树的叶子黄了,墙头上的狗尾草干倒了,园里一天一天的荒凉起来了。

这时候冯歪嘴子的窗子也露出来了。因为那些纠纠缠缠的黄瓜秧也都蔫败了,舍弃了窗棂而脱落下来了。

于是站在后园里就可看到冯歪嘴子,扒着窗子就可以看到在拉磨的小驴。那小驴竖着耳朵,戴着眼罩。走了三五步就响一次鼻子,每一抬脚那只后腿就有点瘸,每一停下来,小驴就用三条腿站着。

冯歪嘴子说小驴的一条腿坏了。

这窗子上的黄瓜秧一干掉了,磨房里的冯歪嘴子就天天可以看到的。

冯歪嘴子喝酒了,冯歪嘴子睡觉了,冯歪嘴子打梆子了,冯歪嘴子拉胡琴了,冯歪嘴子唱唱本了,冯歪嘴子摇风车了。只要一扒着那窗台,就什么都可以看见的。

一到了秋天,新鲜黏米一下来的时候,冯歪嘴子就三天一拉磨,两天一拉黏糕。黄米黏糕,撒上大云豆。一层黄,一层红,黄的金黄,红的通红。三个铜板一条,两个铜板一片的用刀切着卖。愿意加红糖的有红糖,愿意加白糖的有白糖。又甜又香,加了糖不另要钱。

冯歪嘴子推着单轮车在街上一走,小孩子们就在后边跟了一大帮,有的花钱买,有的围着看。

祖父最喜欢吃这黏糕,母亲也喜欢,而我更喜欢。母亲有时让老厨子去买。有的时候让我去买。

不过买了来是有数的，一人只能吃手掌那么大的一片，不准多吃，吃多了怕不能消化。

祖父一边吃着，一边说够了够了，意思是怕我多吃。母亲吃完了也说够了，意思也是怕我还要去买。其实我真的觉得不够，觉得再吃两块也还不多呢！不过经别人这样一说，我也就没有什么办法了，也就不好意思喊着再去买，但是实在话是没有吃够的。

当我在大门外玩的时候，载着单轮车的冯歪嘴子总是在那块大黏糕上切下一片来送给我吃，于是我就接受了。

当我在院子里玩的时候，冯歪嘴子一喊着"黏糕""黏糕"的从大墙外经过，我就爬上墙头去了。

因为西南角上的那段土墙，因为年久了出了一个豁，我就扒着那墙豁往外看着。果然冯歪嘴子载着黏糕的单轮车由远而近了。来到我的旁边，就问着：

"要吃一片吗？"

而我也不说吃，也不说不吃。但我也不从墙头上下来，还是若无其事的呆在那里。

冯歪嘴子把车子一停，于是切好一片黏糕送上来了。

一到了冬天，冯歪嘴子差不多天天出去卖一锅黏糕的。

这黏糕在做的时候，需要很大的一口锅，里边烧着开水，锅口上坐着竹帘子。把碾碎了的黄米粉就撒在这竹帘子上，撒一层粉，撒一层豆。冯歪嘴子就在磨房里撒的，弄得满屋热气蒸蒸。进去买黏糕的时候，刚一开门，只听屋里火柴烧得批巴的响，竟看不见人了。

我去买黏糕的时候,我总是去得早一点,我在那边等着,等着刚一出锅,好买热的。

那屋里的蒸气实在大,是看不见人的。每次我一开门,我就说:

"我来了。"

冯歪嘴子一听我的声音就说:

"这边来,这边来。"

二

有一次母亲让我去买黏糕,我略微的去得晚了一点,黏糕已经出锅了。我慌慌忙忙的买了就回来了。回到家里一看,不对了。母亲让我买的是加白糖的,而我买回来的是加红糖的。当时我没有留心,回到家里一看,才知道错了。

错了,我又跑回去换。冯歪嘴子又另外切了几片,撒上白糖。

接过黏糕来,我正想拿着走的时候,一回头,看见了冯歪嘴子的那张小炕上挂着一张布帘。

我想这是做什么,我跑过去看一看。

我伸手就掀开布帘了,往里边一看,呀!里边还有一个小孩呢!

我转身就往家跑,跑到家里就跟祖父讲,说那冯歪嘴子的炕上不知谁家的女人睡在那里,女人的被窝里边还有一个小孩,那小孩还露着小头顶呢,那小孩头还是通红的呢!

祖父听了一会觉得纳闷,就说让我快吃黏糕罢,一会冷了,不好吃了。

可是我那里吃得下去。觉得这事情真好玩，那磨房里边，不单有一个小驴，还有一个小孩呢。

这一天早晨闹得黏糕我也没有吃，又戴起皮帽子来，跑去看了一次。

这一次，冯歪嘴子不在屋里，不知他到那里去了，黏糕大概也没有去卖，推黏糕的车子还在磨盘的旁边扔着。

我一开门进去，风就把那挂着的白布帘吹开了，那女人仍旧躺着不动，那小孩也一声不哭，我往屋子的四边观察一下，屋子的别处没有什么变动，只是磨盘上放着一个黄铜盆，铜盆里泡着一块破布，盆里的水已经结冰了，其余的没有什么变动。

小驴一到冬天就住在磨房的屋里，那小驴还是照旧的站在那里，并且还是安安敦敦的和每天一样的抹搭着眼睛。其余的磨房里的风车子，罗柜，磨盘，都是照旧的在那里呆着。就是墙根下的那些耗子也出来和往日一样的乱跑，耗子一边跑着还一边吱吱喳喳的叫着。

我看了一会，看不出所以然来，觉得十分无趣。正想转身出来的时候，被我发现了一个瓦盆，就在炕沿上已经像小冰山似的冻得鼓鼓的了。于是我想起这屋的冷来了，立刻觉得要打寒颤，冷得不能站脚了。我一细看那扇通到后园去的窗子也通着大洞，瓦房的房盖也透着青天。

我开门就跑了，一跑到家里，家里的火炉正烧得通红，一进门就热气扑脸。

我正想要问祖父，那磨房里是谁家的小孩。这时冯歪嘴子从外边来了。

戴着他的四耳帽子，他未曾说话先笑的样子，一看就是冯歪嘴子。

他进了屋来,他坐在祖父旁边的太师椅上,那太师椅垫着红毛哔叽的厚垫子。

冯歪嘴子坐在那里,似乎有话说不出来。右手不住的摸擦着椅垫子,左手不住的拉着他的左耳朵。他未曾说话先笑的样子,笑了好几阵也没说出话来。

我们家里的火炉太热,把他的脸烤得通红的了。他说:

"老太爷,我摊了点事。……"

祖父就问他摊了什么事呢?

冯歪嘴子坐在太师椅上扭扭曲曲的,摘下他那狗皮帽子来,手里玩弄着那皮帽子。未曾说话他先笑了,笑了好一阵工夫,他才说出一句话来:

"我成了家啦。"

说着冯歪嘴子的眼睛就流出眼泪来,他说:

"请老太爷帮帮忙,现下她们就在磨房里呢!她们没有地方住。"

我听到了这里,就赶快抢住了向祖父说:

"爷爷,那磨房里冷呵!炕沿上的瓦盆都冻裂了。"

祖父往一边推着我,似乎他在思索的样子。我又说:

"那炕上还睡着一个小孩呢!"

祖父答应了让他搬到磨房南头那个装草的房子里去暂住。

冯歪嘴子一听,连忙就站起来了,说:

"道谢,道谢。"

一边说着,他的眼睛又一边来了眼泪,而后戴起狗皮帽子来,眼泪汪汪的就走了。

冯歪嘴子刚一走出屋去，祖父回头就跟我说：

"你这孩子当人面不好多说话的。"

我那时也不过六七岁，不懂这是什么意思，我问着祖父：

"为什么不准说，为什么不准说？"

祖父说：

"你没看冯歪嘴子的眼泪都要掉下来了吗？冯歪嘴子难为情了。"

我想可有什么难为情的，我不明白。

三

晌午，冯歪嘴子那磨房里就吵起来了。

冯歪嘴子一声不响的站在磨盘的旁边，他的掌柜的拿着烟袋在他的眼前骂着，掌柜的太太一边骂着一边拍着风车子，她说：

"破了风水了，我这碾磨房岂是你那不干不净的野老婆住的地方！"

"青龙白虎也是女人可以冲的吗！"

"冯歪嘴子，从此我不发财，我就跟你算帐，你是什么东西，你还算个人吗？你没有脸，你若有脸你还能把个野老婆弄到大面上来，弄到人的眼皮下边来……你赶快给我滚蛋……"

冯歪嘴子说：

"我就要叫她们搬的，就搬……"

掌柜的太太说：

"叫她们搬，她们是什么东西，我不知道。我是叫你滚蛋的，你可把人糟蹋苦了……"

说着她往炕上一看：

"唉呀！面口袋也是你那野老婆盖得的！赶快给我拿下来。我说冯歪嘴子，你可把我糟蹋苦了。你可把我糟蹋苦了。"

那个刚生下来的小孩是盖着盛面口袋在睡觉的，一齐盖着四五张，厚敦敦的压着小脸。

掌柜的太太在旁边喊着：

"给我拿下来，快给我拿下来！"

冯歪嘴子过去把面口袋拿下来了，立刻就露出孩子通红的小手来，而且那小手还伸伸缩缩的摇动着，摇动了几下就哭起来了。

那孩子一哭，从孩子的嘴里冒着雪白的白气。

那掌柜的太太把面口袋接到手里说：

"可冻死我了，你赶快搬罢，我可没工夫跟你吵了……"

说着开了门缩着肩膀就跑回上屋去了。

王四掌柜的，就是冯歪嘴子的东家，他请祖父到上屋去喝茶。

我们坐在上屋的炕上，一边烤着炭火盆，一边听到磨房里的那小孩的哭声。

祖父问我的手烤暖了没有？我说还没烤暖，祖父说：

"烤暖了，回家罢。"

从王四掌柜的家里出来，我还说要到磨房里去看看。祖父说，没有什么的，要看回家暖过来再看。

磨房里没有寒暑表，我家里是有的。我问祖父：

"爷爷，你说磨房的温度在多少度上？"

祖父说在零度以下。

我问：

"在零度以下多少?"

祖父说:

"没有寒暑表,那儿知道呵!"

我说:

"到底在零度以下多少?"

祖父看一看天色就说:

"在零下七八度。"

我高兴起来了,我说:

"哎呀,好冷呵!那不和室外温度一样了吗?"

我抬脚就往家里跑,井台,井台旁边的水槽子,井台旁边的大石头碾子,房户老周家的大玻璃窗子,我家的大高烟筒,在我一溜烟的跑起来的时候,我看它们都移移动动的了,它们都像往后退着。我越跑越快,好像不是我在跑,而像房子和大烟筒在跑似的。

我自己煊惑得我跑得和风一般快。

我想那磨房的温度在零度以下,岂不是等于露天地了吗?这真笑话,房子和露天地一样。我越想越可笑,也就越高兴。

于是连喊带叫的也就跑到家了。

四

下半天冯歪嘴子就把小孩搬到磨房南头那草棚子里去了。

那小孩哭的声音很大,好像他并不是刚一出生,好像他已经长大了的样子。

那草房里吵得不得了,我又想去看看。

这回那女人坐起来了,身上披着被子,很长的大辫子垂在背后，面朝里，坐在一堆草上不知在干什么，她一听门响，她一回头。我看出来了，她就是我们同院住着的老王家的大姑娘，我们都叫她王大姐的。

这可奇怪，怎么就是她呢？她一回头几乎是把我吓了一跳。

我转身就想往家里跑。跑到家里好赶快的告诉祖父，这到底是怎么回事？

她看是我，她就先向我一笑，她长的是很大的脸孔，很尖的鼻子，每笑的时候，她的鼻梁上就皱了一堆的褶。今天她的笑法还是和从前的一样，鼻梁处堆满了皱褶。

平常我们后园里的菜吃不了的时候，她就提着筐到我们后园来摘些茄子，黄瓜之类回家去。她是很能说能笑的人，她是很响亮的人，她和别人相见之下，她问别人：

"你吃饭了吗？"

那声音才大呢，好像房顶上落了鹊雀似的。

她的父亲是赶车的，她牵着马到井上去饮水，她打起水来，比她父亲打的更快，三绕两绕就是一桶。别人看了都说：

"这姑娘将来是个兴家立业好手！"

她在我家后园里摘菜，摘完临走的时候，常常就折一朵马蛇菜花戴在头上。

她那辫子梳得才光呢，红辫根，绿辫梢，干干净净，又加上一朵马蛇菜花戴在鬓角上，非常好看。她提着筐子前边走了，后边的人就都指指划划的说她的好处。

老厨子说她大鼻子大眼睛长得怪好的。

有二伯说她膀大腰圆的带点福相。

母亲说她：

"我没有这么大的儿子,有儿子我娶她,这姑娘真响亮。"

同院住的老周家三奶奶则说:

"哟哟,这姑娘真是一棵大葵花,又高又大,你今年十几啦?"

周三奶奶一看到王大姐就问她十几岁?已经问了不知几遍了,好像一看见就必得这么问,若不问就好像没有话说似的。

每逢一问,王大姐也总是说:

"二十了。"

"二十了,可得给说一个媒了。"再不然就是,"看谁家有这么大的福气,看吧,将来看吧。"

隔院的杨家的老太太,扒着墙头一看见王大姐就说:

"这姑娘的脸红得像一盆火似的。"

现在王大姐一笑还是一皱鼻子,不过她的脸有一点清瘦,颜色发白了许多。

她怀里抱着小孩。我看一看她,她也不好意思了,我也不好意思了。我的不好意思是因为好久不见的缘故,我想她也许是和我一样罢。我想要走,又不好意思立刻就走开。想要多呆一会又没有什么话好说的。

我就站在那里静静的站了一会,我看她用草把小孩盖了起来,把小孩放到炕上去。其实也看不见什么是炕,乌七沼沼的都是草,地上是草,炕上也是草,草捆子堆得房梁上去了。那小炕本来不大,又都叫草捆子给占满了。那小孩也就在草中偎了个草窝,铺着草盖着草的就睡着了。

我越看越觉得好玩,好像小孩睡在鹊雀窝里了似的。

到了晚上,我又把全套我所见的告诉了祖父。

祖父什么也不说。但我看出来祖父晓得的比我晓得的多的样子。我说：

"那小孩还盖着草呢！"

祖父说：

"嗯！"

我说：

"那不是王大姐吗？"

祖父说：

"嗯。"

祖父是什么也不问，什么也不听的样子。

等到了晚上在煤油灯的下边，我家全体的人都聚集了的时候，那才热闹呢！连说带讲的。这个说，王大姑娘这么的。那个说王大姑娘那么着……说来说去，说得不成样子了。

说王大姑娘这样坏，那样坏，一看就知道不是好东西。

说她说话的声音那么大，一定不是好东西。哪有姑娘家家的，大说大讲的。

有二伯说：

"好好的一个姑娘，看上了一个磨房的磨倌，介个年头是啥年头！"

老厨子说：

"男子要长个粗壮，女子要长个秀气。没见过一个姑娘长得和一个扛大个的（扛工）似的。"

有二伯也就接着说：

"对呀！老爷像老爷，娘娘像娘娘，你没四月十八去逛过庙吗？那老爷庙上的老爷，威风八面，娘娘庙上的娘娘温柔典雅。"

老厨子又说：

"那有的勾当，姑娘家家的，打起水来，比个男子大丈夫还有力气。没见过，姑娘家家的那么大的力气。"

有二伯说：

"那算完，长的是一身穷骨头穷肉，那穿绸穿缎的她不去看，她看上了个灰秃秃的磨倌。真是武大郎玩鸭子，啥人玩啥鸟。"

第二天，左邻右舍的都晓得王大姑娘生了小孩了。

周三奶奶跑到我家来探听了一番，母亲说就在那草棚子里，让她去看。她说：

"哟哟！我可没那么大的工夫去看的，什么好勾当。"

西院的杨老太太听了风也来了。穿了一身浆得闪光发亮的鱼蓝大布衫，头上扣着银扁方，手上戴着白铜的戒指。

一进屋母亲就告诉她冯歪嘴子得了儿子了。杨老太太连忙就说：

"我可不是来探听他们那些猫三狗四的，我是来问问那广和银号的利息到底是大加一呢，还是八成？因为昨天西荒上的二小子打信来说他老丈人要给一个亲戚抬几万吊钱。"

说完了，她庄庄严严的坐在那里。

我家的屋子太热，杨老太太一进屋来就把脸热的通红。母亲连忙打开了北边的那通气窗。

通气窗一开，那草棚子里的小孩的哭声就听见了，那哭声特别吵闹。

"听听啦。"母亲说，"这就是冯歪嘴子的儿子。"

"怎么的啦？那王大姑娘我看就不是个好东西，我就说，那姑娘将来好不了。"杨老太太说，"前些日子那姑娘忽然不见了，我就问她妈,'你们大姑娘那儿去啦?'她妈说,'上她姥姥家去了。'一去去了这么久没回来,我就有点觉景。"

母亲说:

"王大姑娘夏天的时候常常哭,把眼圈都哭红了,她妈说她脾气大,跟她妈吵架气的。"

杨老太太把肩膀一抱说:

"气的,好大的气性,到今天都丢了人啦怎么没气死呢。那姑娘不是好东西,你看她那眼睛,多么大!我早就说过,这姑娘好不了。"

而后在母亲的耳朵上曲曲喳喳了一阵,又说又笑的走了。

把她那原来到我家里来的原意,大概也忘了。她来是为了广和银号利息的问题,可是一直到走也没有再提起那广和银号来。

杨老太太,周三奶奶,还有同院住的那些粉房里的人,没有一个不说王大姑娘坏的。

说王大姑娘的眼睛长得不好,说王大姑娘的力气太大,说王大姑娘的辫子长得也太大。

五

(这事情一发,全院子的人给王大姑娘做论的做论,做传的做传,还有给她做日记的。

(做传的说,她从小就在外祖母家里养着,一天尽和男孩子在一块,没男没女。有一天她竟拿着烧火的叉子把她的表弟给打伤了。又是一天刮大风,她把外祖母的二十多个鸭蛋一次给偷着吃光了。又是一天她在河沟子里边采菱角,她自己采的少,她就把别人的菱角倒在她的筐里了,就说是她采的。说她强横得不得了,没有人敢去和她分辩,一分辩,她开口就骂,举手就打。

（那给她做传的人,说着就好像她看见过似的,她说腊月二十三,过小年的那天,王大姑娘因为外祖母少给了她一块肉吃,她就跟外祖母打了一仗,就跑回家里来了。

"你看看吧,她的嘴该多馋。"

（于是四边听着的人,没有不笑的。

（那给王大姑娘做传的人,材料的确搜集得不少。

（自从团圆媳妇死了,院子里似乎寂寞了很长的一个时期,现在虽然不能说十分热闹,但大家都总要尽力的鼓吹一番。虽然不跳神打鼓,但也总应该给大家多少开一开心。

（于是吹风的,把眼的,跑线的,绝对的不辞辛苦,在飘着白白的大雪的夜里,也就戴着皮帽子,穿着大毡靴,站在冯歪嘴子的窗户外边,在那里守候着,为的是偷听一点什么消息。若能听到一点点,哪怕针孔那么大一点,也总没有白挨冻,好做为第二天宣传的材料。

（所以冯歪嘴子那门下在开初的几天,竟站着不少的探访员。

（这些探访员往往没有受过教育,他们最喜欢造谣生事。

（比方我家的老厨子出去探访了一阵,回家报告说:

"那草棚子才冷呢!五凤楼似的,那小孩一声不响了,大概是冻死了,快去看热闹吧!"

（老厨子举手舞脚的,他高兴得不得了。

（不一会他又戴上了狗皮帽子,他又去探访了一阵,这一回他报告说:

"他妈的,没有死,那小孩还没冻死呢!还在娘怀里吃奶呢。"

（这新闻发生的地点，离我家也不过五十步远，可是一经探访员们这一探访，事情本来的面目可就大大的两样了。

（有的看了冯歪嘴子的炕上有一段绳头，于是就传说着冯歪嘴子要上吊。

（这"上吊"的刺激，给人们的力量真是不小。女的戴上风帽，男的穿上毡靴，要来这里参观的，或是准备着来参观的人不知多少。

（西院老杨家就有三十多口人，小孩不算在内，若算在内也有四十口了。就单说这三十多人若都来看上吊的冯歪嘴子，岂不把我家的那小草棚挤翻了吗！就说他家那些人中有的老的病的，不能够来，就说最低限度来上十个人吧。那么西院老杨家来十个，同院的老周家来三个——周三奶奶，周四婶子，周老婶子——外加周四婶子怀抱着一个孩子，周老婶子手里牵着个孩子——她们是有这样的习惯的——那么一共周家老少三辈总算五口了。

（还有粉房里的漏粉匠，烧火的，跑街送货的等等，一时也数不清是几多人，总之这全院好看热闹的人也不下二三十。还有前后街上的，一听了消息也少不了来了不少的。

（"上吊？"为啥一个好好人，活着不愿意活，而愿意"上吊"呢？大家快去看看吧，其中必是趣味无穷，大家快去看看吧。

（再说开开眼也是好的，反正也不是去看跑马戏的，又要花钱，又要买票。

（所以呼兰河城里凡是一有跳井投河的，或是上吊的，那看热闹的人就特别多，我不知道中国别的地方是否这样，但在我的家乡确是这样的。

（投了河的女人，被打捞上来了，也不赶快的埋，也不赶快的葬，摆在那里一两天，让大家围着观看。

（跳了井的女人，从井里捞出来，也不赶快的埋，也不赶快的葬，好像国货展览会似的，热闹得车水马龙了。

（其实那没有什么好看的，假若冯歪嘴子上了吊，那岂不是看了很害怕吗！

（有一些胆小的女人，看了投河的，跳井的，三天五夜的不能睡觉。但是下次，一有这样的冤魂，她仍旧是去看的，看了回来就觉得那恶劣的印象就在眼前，于是又是睡觉不安，吃饭也不香。但是不去看，是不行的，第三次仍旧去看，那怕去看了之后，心里觉得恐怖，而后再买一匹黄钱纸，一扎线香到十字路口上去烧了，向着那东西南北的大道磕上三个头，同时嘴里说：

"邪魔野鬼可不要上我的身呢，我这里香纸的也都打发过你们了。"

（有的谁家的姑娘，为了去看上吊的，回来吓死了。听说不但看上吊的，就是看跳井的，也有被吓死的。吓出一场病来，千医百治的治不好，后来死了。

（但是人们还是愿意看，男人也许特别胆子大，不害怕。女人却都是胆小的多，都是振着胆子看。

（还有小孩，女人也把他们带来看，他们还没有长成为一个人，母亲就提早把他们带来了，也许在这热闹的世界里，还是提早的演习着一点的好，免得将来对于跳井上吊太外行了。

（有的探访员晓得了冯歪嘴子从街上买来了一把家常用的切菜的刀，于是就大放冯歪嘴子要自刎的空气。）

六

冯歪嘴子，没有上吊，没有自刎，还是好好的活着。过了一年，他的孩子长大了。

过年我家杀猪的时候，冯歪嘴子还到我家里来帮忙的，帮着刮猪毛。到了晚上他吃了饭，喝了酒之后，临回去的时候，祖父说，让他带了几个大馒头回去，他把馒头挟在腰里就走了。

人们都取笑着冯歪嘴子，说：

"冯歪嘴子有了大少爷了。"

冯歪嘴子平常给我家做一点小事，磨半斗豆子做小豆腐，或是推二斗上好的红黏谷，撒黏糕吃，祖父都是招呼他到我家里来吃饭的。就在饭桌上，当着众人，老厨子就说：

"冯歪嘴子少吃两个馒头吧，留着馒头带给大少爷去吧……"

冯歪嘴子听了也并不难为情，也不觉得这是嘲笑他的话，他很庄严的说：

"他在家里有吃的，他在家里有吃的。"

等吃完了，祖父说：

"还是带上几个吧！"

冯歪嘴子拿起几个馒头来，往那儿放呢？放在腰里，馒头太热。放在袖筒里怕掉了。

于是老厨子说：

"你放在帽兜子里呵！"

于是冯歪嘴子用帽兜着馒头回家去了。

东邻西舍谁家若是办了红白喜事，冯歪嘴子若也在席上的话，肉丸子一上来，别人就说：

"冯歪嘴子,这肉丸子你不能吃,你家里有大少爷的是不是?"

于是人们说着,就把冯歪嘴子应得的那一份的两个肉丸子,用筷子夹出来,放在冯歪嘴子旁边的小碟里。来了红烧肉,也是这么照办,来了干果碟也是这么照办。

冯歪嘴子一点也不感到羞耻,等席散之后,用手巾包着,带回家来,给他的儿子吃了。

七

(他的儿子也和普通的小孩一样,七个月出牙,八个月会爬,一年会走,两年会跑了。)

夏天,那孩子浑身不穿衣裳,只带着一个花兜肚,在门前的水坑里捉小蛤蟆。他的母亲坐在门前给他绣着花兜肚嘴。他的父亲在磨房打着梆子,看管着小驴拉着磨。

八

又过了两三年,冯歪嘴子的第二个孩子又要出生了。冯歪嘴子欢喜得不得了,嘴都闭不上了。

在外边,有人问他:

"冯歪嘴子又要得儿子了?"

他呵呵呵。他故意的平静着自己。

他在家里边,他一看见他的女人端一个大盆,他就说:

"你这是干什么,你让我来拿不好么!"

他看见他的女人抱一捆柴火,他也这样阻止着她:

"你让我来拿不好么!"

可是那王大姐,却一天比一天瘦,一天比一天苍白,她的眼睛更大了,她的鼻子也更尖了似的。冯歪嘴子说,过后多吃几个鸡蛋,好好养养,身子就好起来了。

他家是快乐的,冯歪嘴子把窗子上挂了一张窗帘。这张白布是新从铺子里买来的。冯歪嘴子的窗子,三五年也没有挂过帘子,这是第一次。

冯歪嘴子买了二斤新棉花,买了好几尺花洋布,买了二三十个上好的鸡蛋。

冯歪嘴子还是照旧的拉磨,王大姐就剪裁着花洋布做成小小的衣裳。

二三十个鸡蛋,用小筐装着,挂在二梁上。每一开门开窗的,那小筐就在高处游荡着。

门口一来担挑卖鸡蛋的,冯歪嘴子就说:

"你身子不好,我看还应该多吃几个鸡蛋。"

冯歪嘴子每次都想再买一些,但都被孩子的母亲阻止了。冯歪嘴子说:

"你从生了这小孩子以来,身子就一直没养过来。多吃几个鸡蛋算什么呢!我多卖几斤黏糕就有了。"

祖父一到他家里去串门,冯歪嘴子就把这一套话告诉了祖父。他说:

"那个人才俭省呢,过日子连一根柴草也不肯多烧。要生小孩子了,多吃一个鸡蛋也不肯。看着吧,将来会发家的……"

冯歪嘴子说完了,是很得意的。

九

七月一过去，八月乌鸦就来了。

其实乌鸦七月里已经来了。不过没有八月那样多就是了。

七月的晚霞，红得像火似的，奇奇怪怪的，老虎，大狮子，马头，狗群。这一些云彩，一到了八月，就都没有。那满天红洞洞的，那满天金黄的，满天绛紫的，满天朱砂色的云彩，一齐都没有了，无论早晨或黄昏，天空就再也没有它们了，就再也看不见它们了。

八月的天空是静悄悄的，一丝不挂。六月的黑云，七月的红云，都没有了。一进了八月雨也没有了，风也没有了。白天就是黄金的太阳，夜里就是雪白的月亮。

天气有些寒了，人们都穿起夹衣来。

晚饭之后，乘凉的人没有了。院子里显得冷清寂寞了许多。

鸡鸭都上架去了，猪也进了猪栏，狗也进了狗窝。院子里的蒿草，因为没有风，就都一动不动的站着，因为没有云，大卯星一出来就亮得和一盏小灯似的了。

在这样的一个夜里，冯歪嘴子的女人死了。第二天早晨，正过着乌鸦的时候，就给冯歪嘴子的女人送殡了。

乌鸦是黄昏的时候，或黎明的时候才飞过。不知道这乌鸦从什么地方来，飞到什么地方去，但这一大群遮天蔽瓦的，吵着叫着，好像一大片黑云似的从远处来了，来到头上，不一会又过去了。终究过到什么地方去，也许大人知道，孩子们是不知道的，我也不知道。

听说那些乌鸦就过到呼兰河南岸那柳条林里去的，过到那柳条林里去做什么,所以我不大相信。不过那柳条林,乌烟瘴气的,不知那里有些什么,或者是过了那柳条林,柳条林的那边更是些个什么。站在呼兰河的这边,只见那乌烟瘴气的,有好几里路远的柳条林上,飞着白白的大鸟,除了那白白的大鸟之外,究竟还有什么,那就不得而知了。

据说乌鸦就往那边过,乌鸦过到那边又怎样,又从那边究竟飞到什么地方去,这个人们不大知道了。

冯歪嘴子的女人是产后死的,传说上这样的女人死了,大庙不收,小庙不留,是将要成为游魂的。

我要到草棚子去看,祖父不让我去看。

我在大门口里等着。

我看见了冯歪嘴子的儿子,打着灵头幡送他的母亲。

灵头幡在前,棺材在后,冯歪嘴子在最前边,他在最前边领着路向东大桥那边走去了。

那灵头幡是用白纸剪的,剪成络络网,剪成葫椒眼,剪成不少的轻飘飘的穗子,用一根杆子挑着,扛在那孩子的肩上。

那孩子也不哭,也不表示什么,只好像他扛不动那灵头幡,使他扛得非常吃力似的。

他往东边越走越远了。我在大门外看着,一直看着他走过了东大桥。几乎是看不见了,我还在那里看着。

乌鸦在头上呱呱的叫着。

过了一群,又一群,等我们回到了家里,那乌鸦还在天空里叫着。

十

（冯歪嘴子的女人一死，大家觉得这回冯歪嘴子算完了。扔下了两个孩子，一个四五岁，一个刚生下来。）

看吧，看他可怎样办！

老厨子说：

"看热闹吧，冯歪嘴子又该喝酒了，又该坐在磨盘上哭了。"

（东家西舍的也都说冯歪嘴子这回可非完不可了。那些好看热闹的人，都在准备着看冯歪嘴子的热闹。

（可是冯歪嘴子自己，并不像旁观者眼中的那样的绝望，好像他活着还很有把握的样子似的，他不但没有感到绝望已经洞穿了他。因为他看见了他的两个孩子，他反而镇定下来。他觉得在这世界上，他一定要生根的。要长得牢牢的。他不管他自己有这份能力没有，他看看别人也都是这样做的，他觉得他也应该这样做。

（于是他照常的活在世界上，他照常的负着他那份责任。

（于是他自己动手喂他那刚出生的孩子，他用筷子喂他，他不吃，他用调匙喂他。

（喂着小的，带着大的，他该担水，担水，该拉磨，拉磨。

（早晨一起来，一开门，看见邻人到井口去打水的时候，他总说一声：

"去挑水吗！"

（若遇见了卖豆腐的，他也说一声：

"豆腐这么早出锅啦！"

（他在这世界上，他不知道人们都用悲观绝望的眼光来看他，他不知道他已经处在了怎样的一种艰难的境地。他不知道他自己已经完了。他没有想过。

他虽然也有悲哀,他虽然也常常满满含着眼泪,但是他一看见他的大儿子会拉着小驴饮水了,他就立刻把那含着眼泪的眼睛笑了起来。

他说:

"慢慢的就中用了。"

他的小儿子,一天一天的喂着,越喂眼睛越大,胳臂,腿,越来越瘦。

(在别人的眼里,这孩子非死不可。这孩子一直不死,大家都觉得惊奇。

(到后来大家简直都莫名其妙了,对于冯歪嘴子的这孩子的不死,别人都起了恐惧的心理,觉得,这是可能的吗?这是世界上应该有的?

但是冯歪嘴子,一休息下来就抱着他的孩子。天太冷了,他就烘了一堆火给他烤着。那孩子刚一咧嘴笑,那笑得才难看呢,因为又像笑,又像哭。其实又不像笑,又不像哭,而是介乎两者之间的那么一咧嘴。

但是冯歪嘴子却欢得不得了了。

他说:

"这小东西会哄人了。"

或是:

"这小东西懂人事了。"

(那孩子到了七八个月才会拍一拍掌,其实别人家的孩子到七八个月,都会爬了,会坐着了,要学着说话了。冯歪嘴子的孩子都不会,只会拍一拍掌,别的都不会。)

冯歪嘴子一看见他的孩子拍掌,他就眉开眼笑的。

他说:

"这孩子眼看着就大了。"

(那孩子在别人的眼睛里看来,并没有大,似乎一天更比一天小似的。因为越瘦那孩子的眼睛就越大,只见眼睛大,不见身子大,看起来好像那孩子始终也没有长一般的。那孩子好像是泥做的,而不是孩子了。两个月之后,和两个月之前,完全一样。两个月之前看见过那孩子,两个月之后再看见,也绝不会使人惊讶,时间是快的,大人虽不见老,孩子却一天一天的不同。

(看了冯歪嘴子的孩子,绝不会给人以时间上的观感。大人总喜欢在孩子的身上去触到时间。但是冯歪嘴子的儿子是不能给人这个满足的。因为两个月前看见过他那么大,两个月后看见他还是那么大。还不如去看后花园里的黄瓜,那黄瓜三月里下种,四月里爬蔓,五月里开花,五月末就吃大黄瓜。

(但是冯歪嘴子却不这样的看法,他看他的孩子是一天比一天大。

(大的孩子会拉着小驴到井边上去饮水了。小的会笑了,会拍手了,会摇头了。给他东西吃,他会伸手来拿。而且小牙也长出来了。

(微微的一咧嘴笑,那小白牙就露出来了。

尾　声

呼兰河这小城里边,以前住着我的祖父,现在埋着我的祖父。

我生的时候,祖父已经六十多岁了,我长到四五岁,祖父就快七十了。我还没有长到二十岁,祖父就八十岁了。祖父一过了八十,祖父就死了。

从前那后花园的主人,而今不见了。老主人死了,小主人逃荒去了。

那园里的蝴蝶,蚂蚱,蜻蜓,也许还是年年仍旧,也许现在完全荒凉了。

小黄瓜,大矮瓜,也许还是年年的种着,也许现在根本没有了。

那早晨的露珠是不是还落在花盆架上。那午间的太阳是不是还照着那大向日葵。那黄昏时候的红霞是不是还会一会工夫会变出来一匹马来,一会工夫会变出来一匹狗来,那么变着。

这一些不能想像了。

听说有二伯死了。

老厨子就是活着年纪也不小了。

东邻西舍也都不知怎样了。

至于那磨房里的磨倌,至今究竟如何,则完全不晓得了。

以上我所写的并没有什么幽美的故事,只因他们充满我幼年的记忆,忘却不了,难以忘却,就记在这里了。

一九四〇年十二月廿日　香港完稿

祖父死了的时候

祖父总是有点变样子,他喜欢流起眼泪来,同时过去很重要的事情他也忘掉。比方过去那一些他常讲的故事,现在讲起来,讲了一半,下一半他就说:"我记不得了。"

某夜,他又病了一次,经过这一次病,他竟说:

"给你三姑写信,叫她来一趟,我不是四五年没看过她吗?"他叫我写信给我已经死去五年的姑母。

那次离家是很痛苦的。学校来了开学通知信,祖父又一天一天地变样起来。

祖父睡着的时候,我就躺在他的旁边哭,好像祖父已经离开我死去似的,一面哭着一面抬头看他凹陷的嘴唇。

我若死掉祖父,就死掉我一生最重要的一个人,好像他死了就把人间一切"爱"和"温暖"带得空空虚虚。我的心被丝线扎住或是被铁丝绞住了。

我联想到母亲死的时候。母亲死以后,父亲怎样打我,又娶一个新母亲来。这个母亲很客气,不打我,就是骂,也是指着桌子或椅子来骂我。客气是越客气了,但是冷淡了,疏远了,生人一样。

"到院子去玩玩吧！"祖父说了这话之后，在我的头上撞了一下，"喂！你看这是什么？"

黄金色的桔子落到我的手中。

夜间不敢到茅厕去，我说："妈妈同我到茅厕去趟吧。"

"我不去！"

"那我害怕呀！"

"怕什么？"

"怕什么？怕鬼怕神？"父亲也说话了，把眼睛从眼镜上面看着我。

冬天，祖父已经躺下，赤着脚，开着钮扣跟我到外面茅厕去。

学校开学，我迟到了四天。

三月里，我又回家一次，正在外面叫门，里面小弟弟嚷着："姐姐回来了！姐姐回来了！"

大门开时，我就远远注意着祖父住着的那间房子。果然祖父的面孔和胡子闪现在玻璃窗里。

我跳着笑着跑进屋去。但不是高兴，只是心酸，祖父的脸色更惨淡更白了。等屋子里一个人没有时，他流着泪，他慌慌忙忙的一边用袖口擦着眼泪，一边抖动着嘴唇：

"爷爷不行了，不知早晚……前些日子好险没跌……跌死。"

"怎么跌的？"

"就是在后屋，我想去解手，招呼人，也听不见，按电铃也没人来，就得爬啦。还没到后门口，腿颤，心跳，眼前发花了一阵就倒下去。没跌断了腰……人老了，有什么用处！爷爷是八十一岁呢。"

"爷爷是八十一岁。"

"没用了，活了八十一岁还是在地上爬呢！我想想你看不着爷爷了，谁知没有跌死，我又慢慢爬到炕上。"

我走的那天也是和我回来那天一样，白色的脸的轮廓闪现在玻璃窗里。

在院心我回头看着祖父的面孔，走到大门口，在大门口我仍可看见，出了大门，就被门扇遮断。

从这一次祖父就与我永远隔绝了。虽然那次和祖父告别，并没说出一个永别的字。

我回来看祖父，这回门前吹着喇叭，幡杆挑得比房头更高，马车离家很远的时候，我已看到高高的白色幡杆了，吹鼓手们的喇叭怆凉的在悲号。马车停在喇叭声中，大门前的白幡，白对联，院心的灵棚，闹嚷嚷许多人，吹鼓手们响起呜呜的哀号。

这回祖父不坐在玻璃窗里，是睡在堂屋的板床上，没有灵魂的躺在那里。我要看一看他白色的胡子，可是怎样看呢！拿开他脸上蒙着的纸吧，胡子，眼睛和嘴，都不会动了，他真的一点感觉也没有了？

我从祖父长长的袖管里去摸他的手，手也没感觉了。祖父这回真死去了啊！

祖父装进棺材去的那天早晨，正是后园里玫瑰花开放满树的时候。

我扯着祖父的一张被角，抬向灵前去。吹鼓手在灵前吹着大喇叭。

我怕起来，我号叫起来。

"咣咣!"黑色的,半尺厚的灵柩盖子压上去。

吃饭的时候,我饮了酒,用祖父的酒杯饮的。饭后我跑到后花园玫瑰树下去卧倒,园中飞着蜂子和蝴蝶,绿草的清凉的气味,这都和十年前一样。可是十年前死了妈妈。妈妈死后我仍是在园中扑蝴蝶;这回祖父死去,我却饮了酒。

过去的十年我是和父亲打斗着生活。在这期间我觉得人是残酷的东西。父亲对我是没有好面孔的,对于仆人也是没有好面孔的,他对于祖父也是没有好面孔的。

因为仆人是穷人,祖父是老人,我是个小孩子,所以我们这些完全没有保障的人就落到他的手里。后来,我看到新娶来的母亲也落到他的手里,他喜欢她的时候,便同她说笑,他恼怒时便骂她,母亲渐渐也怕起父亲来。

母亲也不是穷人,也不是老人,也不是孩子,怎么也怕起父亲来呢?

我到邻家去看看,邻家的女人也是怕男人。我到舅家去,舅母也是怕舅父。

我懂得的尽是些偏僻的人生,我想世间死了祖父,就没有再同情我的人了,世间死了祖父,剩下的尽是些凶残的人了。

我饮了酒,回想,幻想……

以后我必须不要家,到广大的人群中去,但我在玫瑰树下颤怵了,人群中没有我的祖父。

所以我哭着,整个祖父死的时候我哭着。

(该篇创作日期不详,首刊于一九三五年七月二十八日长春《大同报·大同俱乐部》,署名悄吟。)

第二辑

破落之街

破落之街

天明了,白白的阳光空空的染了全室。

我们快穿衣服,折好被子,平结他自己的鞋带,我结我的鞋带。他到外面去打脸水,等他回来的时候,我气愤地坐在床沿。他手中的水盆被他忘记了,有水泼到地板。他问我,我气愤着不语,把鞋子给他看。

鞋带是断成三段了,现在又断了一段。他重新解开他的鞋子,我不知道他在做什么,我看他向桌间寻了寻,他是找剪刀,可是没买剪刀,他失望用手把鞋带做成两段。

一条鞋带也要分成两段,两个人束着一条鞋带。

他拾起桌上的铜板说:

"就是这些吗?"

"不,我的衣袋还有哩!"

那仅是半角钱,他皱眉,他不愿意拿这票子。终于下楼了,他说:

"我们吃什么呢?"

用我的耳朵听他的话,用我的眼睛看我的鞋,一只是白鞋带,另一只是黄鞋带。

秋风是紧了,秋风的凄凉特别在破落之街道上。

苍蝇满集在饭馆的墙壁,一切人忙着吃喝,不闻苍蝇。

"伙计,我来一分钱的辣椒白菜。"

"我来二分钱的豆芽菜。"

别人又喊了,伙计满头是汗。

"我再来一斤饼。"

苍蝇在那里好像是哑静了,我们同别的一些人一样,不讲卫生和体面,我觉得女人必须不应该和一些下流人同桌吃饭,然而我是吃了。

走出饭馆门时,我很痛苦,好像快要哭出来,可是我什么人都不能抱怨。平他每次吃完饭都要问我:

"吃饱没有?"

我说:"饱了!"其实仍有些不饱。

今天他让我自己上楼:

"你进屋去吧!我到外面有点事情。"

好像他不是我的爱人似的,转身下楼离我而去了。

在房间里,阳光不落在墙壁上,那是灰色的四面墙,好像匣子,好像笼子,墙壁在逼着我,使我的思想没有用,使我的力量不能与人接触,不能用于世。

我不愿意我的脑浆翻绞,又睡下,拉我的被子,在床上辗转,仿佛是个病人一样,我的肚子叫响,太阳西沉下去,平没有回来。我只吃过一碗玉米粥,那还是清早。

他回来,只是自己回来,不带馒头或别的充饥的东西回来。

肚子越响了,怕给他听着这肚子的呼唤,我把肚子翻向床,压住这呼唤。

"你肚疼吗?"

我说不是,他又问我:

"你有病吗?"

我仍说不是。

"天快黑了,那么我们去吃饭吧!"

他是借到钱了吗?

"五角钱哩!"

泥泞的街道,沿路的屋顶和蜂巢样密挤着,平房屋顶,又生出一层平屋来。那是用板钉成的,看起来像是楼房,也闭着窗子,歇着门。可是生在楼房里的不像人,是些猪猡,是污浊的群。我们往来都看见这样的景致。现在街道是泥泞了,肚子是叫唤了!一心要奔到苍蝇堆里,要吃馒头。桌子的对边那个老头,他唠叨起来了,大概他是个油匠,胡子染着白色,不管衣襟或是袖口,都有斑点花色的颜料,他用有颜料的手吃东西。并没能发现他是不讲卫生,因为我们是一道生活。

他嚷了起来,他看一看没有人理他,他升上木凳,好像老旗杆样,人们举目看他。终归他不是造反的领袖,那是私事,他的粥碗里面睡着个苍蝇。

大家都笑了,笑他一定在发神经病。

"我是老头子了,你们拿苍蝇喂我!"他一面说,有点伤心。

一直到掌柜的呼唤伙计再给他换一碗粥来,他才从木凳降落下来。但,他寂寞着,他的头摇曳着。

这破落之街我们一年没有到过了,我们的生活技术比他们高,和他们不同,我们是从水泥中向外爬。可是他们永远留在那里,那里淹没着他们的一生,也淹没着他们的子子孙孙,但是这要淹没到什么时代呢?

我们也是一条狗,和别的狗一样没有心肝。我们从水泥中自己向外爬,忘记别人,忘记别人。

(该篇创作于一九三三年十二月二十七日,首刊何处不详。收入上海文化生活出版社一九三六年十一月初版《桥》。)

黑　夜

也许是快近天明了吧！我第一次醒来。街车稀疏的从远处响起，一直到那声音雷鸣一般地震撼着这房子，直到那声音又远远的消灭下去，我都听到的。但感到生疏和广大，我就像睡在马路上一样，孤独并且无所凭据。

睡在我旁边的是我所不认识的人，那鼾声对于我简直是厌恶和隔膜。我对她并不存着一点感激，也像憎恶我所憎恶的人一样憎恶她。虽然在深夜里她给我一个住处，虽然从马路上把我招引到她的家里。

那夜寒风逼着我非常严厉，眼泪差不多和哭着一般流下，用手套抹着，揩着，在我敲打姨母家的门的时候，手套几乎是结了冰，在门扇上起着小小的粘结。我一面敲打一面叫着：

"姨母！姨母……"

她家的人完全睡下了，狗在院子里面叫了几声。我只好背转来走去。脚在下面感到有针在刺着似的痛楚。我是怎样的去羡慕那些临街的我所经过的楼房，对着每个窗子我起着愤恨。那里面一定是温暖和快乐,并且那里面一定设置着很好的眠床。一想到眠床,我就想到了我家乡那边的马房,挂在马房里面不也很安逸吗!甚至于我想到了狗睡觉的地方,那一定有茅草。坐在茅草上面可以使我的脚温暖。

积雪在脚下面呼叫:"吱……吱……吱……"我的眼毛感到了纠绞,积雪随着风在我的腿部扫打。当我经过那些平日认为可怜的下等妓馆的门前时,我觉得她们也比我幸福。

我快走,慌张的走,我忘记了我的背脊怎样的弓起,肩头怎样的耸高。

"小姐!坐车吧!"经过繁华一点的街道,洋车夫们向我说着。

都记不得了,那等在路旁的马车的车夫们也许和我开着玩笑。

"喂……喂……冻得活像个他妈的……小鸡样……"

但我只看见马的蹄子在石路上面跺打。

我完全感到充血是我走上了我熟人的扶梯,我摸索,我寻找电灯,往往一件事情越接近着终点越容易着急和不能忍耐。升到最高级了,几乎从顶上滑了下来。

感到自己的力量完全用尽了!再多走半里路也好像是不可能,并且这种寒冷我再不能忍耐,并且脚冻得麻木了,它一定需要休息下来,无论如何它需要一点暖气,无论如何不应该再让它去接触着霜雪。

去按电铃,电铃不响了,但是门扇欠了一个缝,用手一触时,它自己开了。一点声音也没有,大概人们都睡了。我停在内间的玻璃门外,我招呼那熟人的名字,终没有回答!我还看到墙上那张没有框子的画片。分明房里在开着电灯。再招呼了几声，但是什么也没有……

"喔……"门扇用铁丝绞了起来，街灯就闪耀在窗子的外面。我踏着过道里搬了家余留下来的碎纸的声音，同时在空屋里我听到了自己苍白的叹息。

"浆汁还热吗？"在一排长街转角的地方，那里还张着卖浆汁的白色的布棚。我坐在小凳上，在集合着铜板……

等我第一次醒来时，只感到我的呼吸里面充满着鱼的气味。

"街上吃东西，那是不行的。您吃吃这鱼看吧，这是黄花鱼，用油炸的……"她的颜面和干了的海藻一样打着波绉。

"小金铃子，你个小死鬼，你给我滚出来……快……"我跟着她的声音才发现墙角蹲着个孩子。

"喝浆汁，要喝热的，我也是爱喝浆汁……哼！不然，你就遇不到我了，那是老主顾，我差不多每夜要喝……偏偏金铃子昨晚上不在家，不然的话，每晚都是金铃子去买浆汁。"

"小死金铃子，你失了魂啦！还等我孝敬你吗？还不自己来装饭！"

那孩子好像猫一样来到桌子旁边。

"还见过吗？这丫头十三岁啦，你看这头发吧！活像个多毛兽！"她在那孩子的头上用筷子打了一下，于是又举起她的酒杯来。她的两只袖口都一起往外脱着棉花。

晚饭她也是喝酒，一直喝到坐着就要睡去了的样子。

我整天没有吃东西，昏沉沉和软弱，我的知觉似乎一半存在着，一半失掉了。在夜里，我听到了女孩的尖叫。

"怎么，你叫什么？"我问。

"不，妈呀！"她惶惑的哭着。

从打开着的房门，老妇人捧着雪球回来了。

"不，妈呀！"她赤着身子站到角落里去。

她把雪块完全打在孩子的身上。

"睡吧！我让你知道我的厉害！"她一面说着，孩子的腿部就流着水的条纹。

我究竟不知道这是为了什么。

第二天，我要走的时候，她向我说：

"你有衣裳吗？留给我一件……"

"你说的是什么衣裳？"

"我要去进当铺，我实在没有好当的了！"于是她翻着炕上的旧毯片和流着棉花的被子："金铃子这丫头还不中用……也无怪她，年纪还不到哩！五毛钱谁肯要她呢？要长样没有长样，要人才没是人才！花钱看样子吗？前些个年头可行，比方我年青的时候，我常跟着我的姨姐到班子里去逛逛，一逛就能落几个……多多少少总能落几个……现在不行了！正经的班子不许你进，土窑子是什么油水也没有，老庄那懂得看样子的，花钱让他看样子，他就干了吗？就是凤凰也不行啊！落毛鸡就是不花钱谁又想看呢？"她突然用手指在那孩子的头上点了一下。"摆设，总得像个摆设的样子，看这穿戴……呸呸！"她的嘴和眼睛一致的歪动了一下。"再过两年我就好了，管她长得猫样狗样，可是她到底是中用了！"

她的颜面和一片干了的海蜇一样。我明白一点她所说的"中用"或"不中用"。

"套鞋可以吧？"我打量了我全身的衣裳，一件棉外衣，一件夹袍，一件单衫，一件短绒衣和绒裤，一双皮鞋，一双单袜。

"不用进当铺，把它卖掉，三块钱买的，五角钱总可以卖出。"

我弯下腰在地上寻找套鞋。

"那里去了呢？"我开始划着一根火柴，屋子里黑暗下来，好像"夜"又要来临了。

"老鼠会把它拖走的吗？不会的吧？"我好像在反复着我的声音。可是她，一点也不来帮助我，无所感觉的一样。

我去扒着土炕，扒着碎毡片，碎棉花。但套鞋是不见了。

女孩坐在角落里面咳嗽着，那老妇人简直是喑哑了。

"我拿了你的鞋！你以为？那是金铃子干的事……"借着她抽烟时划着火柴的光亮，我看到她打着绉纹的鼻子的两旁挂下两条发亮的东西。

"昨天她把那套鞋就偷着卖了！她交给我钱的时候我才知道。半夜里我为什么打她？就是为着这桩事。我告诉她偷，是到外面去偷。看见过吗？回家来偷。我说我要用雪把她活埋……不中用的，男人不能看上她的，看那小毛辫子！活像个猪尾巴！"

她回转身去扯着孩子的头发，好像她在扯着什么没有知觉的东西似的。

"老的老，小的小……你看我这年纪，不用说是不中用的啦！"

两天没有见到太阳，在这屋里，我觉得狭窄和阴暗，好像和老鼠住在一起了。假如走出去，外面又是"夜"。但一点也不怕惧，走出去了！

我把单衫从身上褪了下来。我说：

"去当,去卖,都是不值钱的。"

这次我是用夏季里穿的通孔的鞋子去接触着雪地。

一九三五年二月五日

(该篇创作于一九三五年二月五日,首刊于一九三六年二月二十日上海《海燕》第二期,首刊时篇名为《过夜》,署名萧红。收入重庆大时代书局一九四〇年六月初版《萧红散文》时,改篇名为《黑夜》。)

饿

"列巴圈"挂在过道别人的门上,过道好像还没有天明,可是电灯已经熄了。夜间遗留下来睡朦朦的气息充塞在过道,茶房气喘着,抹着地板。我不愿醒得太早,可是已经醒了,同时再不能睡去。

厕所房的电灯仍开着,和夜间一般昏黄,好像黎明还没有到来,可是"列巴圈"已经挂上别人家的门了!有的牛奶瓶也规规矩矩的等在别的房间外。只要一醒来,就可以随便吃喝。但,这都只限于别人,是别人的事,与自己无关。

扭开了灯,郎华睡在床上,他睡得很恬静,连呼吸也不震动空气一下。听一听过道连一个人也没走动。全旅馆的三层楼都在睡中,越这样静越引诱我,我的那种想头越坚决。过道尚没有一点声息,过道越静越引诱我,我的那种想头越想越充涨我:去拿吧!

正是时候,即使是偷,那就偷吧!

轻轻扭动钥匙,门一点响动也没有。探头看了看,"列巴圈"对门就挂着,东隔壁也挂着,西隔壁也挂着。天快亮了!牛奶瓶的乳白色看得真真切切,"列巴圈"比每天也大了些,结果什么也没有去拿,我心里发烧,耳朵也热了一阵,立刻想到这是"偷"。儿时的记忆再现出来,偷梨吃的孩子最羞耻。

过了好久,我就贴在已关好的门扇上,大概我像一个没有灵魂的,纸剪成的人贴在门扇。大概这样吧:街车唤醒了我,马蹄得得,车轮吱吱的响过去。我抱紧胸膛,把头也挂到胸口,向我自己心说:我饿呀!不是"偷"呀!

第二次也打开门,这次我决心了!偷就偷,虽然是几个"列巴圈",我也偷,为着我"饿",为着他"饿"。

第二次又失败,那么不去做第三次了。下了最后的决心,爬上床,关了灯,推一推郎华,他没有醒,我怕他醒。在"偷"这一刻,郎华也是我的敌人;假若我有母亲,母亲也是敌人。

天亮了!人们醒了,马路也醒了。做家庭教师,无钱吃饭也要去上课,并且要练武术。他喝了一杯空茶走的,过道那些"列巴圈"早已不见,都让别人吃了。

从昨夜饿到中午,四肢软弱一点,肚子好像被踢打放了气的皮球。

窗子在墙壁中央,天窗似的,我从窗口升了出去,赤裸裸,完全和日光接近。市街临在我的脚下,直线的,错综着许多角度的楼房,大柱子一般工厂的烟筒,街道横顺交组着,秃光的街树。白云在天空作出各样的曲线,高空的风吹乱我的头发,飘荡我的衣襟。市街像一张繁繁杂杂颜色不清晰的地图挂在我眼前。楼顶和树梢都挂住一层稀薄的白霜,整个城市在阳光下闪闪灼灼撒了一层银片。我的衣襟被风拍着作响,我冷了,我孤孤独独的好像站在无人的山顶。每家楼顶的白霜,一刻不是银片了,而是些雪花，冰花或是什么更严寒的东西在吸我，像全身浴在冰水里一般。

我披了棉被再出现到窗口，那不是全身，仅仅是头和胸突在窗口。一个女人站在一家药店门口讨钱，手下牵着孩子，衣襟裹着更小的孩子。药店没有人出来理她，过路人也不理她，都像说她有孩子不对，穷就不该有孩子，有也应该饿死。

我只能看到街路的半面，那女人大概向我的窗下走来，因为我听见那孩子的哭声很近。

"老爷，太太，可怜可怜……"可是看不见她在追逐谁，虽然是三层楼，也听得这般清楚，她一定是跑得颠颠断断的呼喘："老爷……老爷……可怜吧！"

那女人一定正像我，一定早饭还没有吃，也许昨晚的也没有吃。她在楼下急迫的来回的呼声传染了我，肚子立刻响起来，肠子不住地呼叫……

郎华仍不回来，我拿什么来喂肚子呢？桌子可以吃吗？草褥子可以吃吗？

晒着阳光的行人道，来往的行人，小贩，乞丐……这一些看得我疲倦了！打着呵欠从窗口爬下来。

窗子一关起来，立刻生满了霜，过一刻玻璃片就流着眼泪了！起初是一条条的，后来就大哭了！满脸是泪，好像在行人道上讨饭的母亲的脸。

我坐在小屋，如饿在笼中的鸡一般，只想合起眼睛来静着，默着，但又不是睡。

"咯，咯！"这是谁在打门！我快去开门，是三年前旧学校里的图画先生。

他和从前一样很喜欢说笑话，没有改变，只是胖了一点，眼睛又小了一点。他随便说，说得很多。他的女儿，那个穿红花旗袍的小姑娘，又加了一件黑绒上衣，她在藤椅上怪美丽的。但她有点不耐烦的样子：

"爸爸，我们走吧。"小姑娘那里懂得人生！小姑娘只知道美，那里懂得人生？

曹先生问："你一个住在这里吗？"

"是——"我当时不晓得为什么答应"是"，明明是和郎华同住，怎么要说自己住呢？

好像这几年并没有别开，我仍在那个学校读书一样。他说："还是一个人好，可以把整个的心身献给艺术。你现在不喜欢画，你喜欢文学，就把全心献给文学。只有忠心于艺术的心才不空虚，只有艺术才是美，才是真美。'爱情'这话很难说，若是为了性欲才爱，那么就不如临时解决，随便可以找到一个，只要是异性。爱是爱，'爱'很不容易，那么就不如爱艺术，比较不空虚……"

"爸爸，走吧！"小姑娘那里懂得人生，只知道"美"，她看一看这屋子一点意思也没有，床上只铺一张草褥子。

"是，走——"曹先生又说，眼睛指着女儿："你看我，十三岁就结了婚。这不是吗？曹云都十五岁啦！"

"爸爸，我们走吧！"

他和几年前一样，总爱说"十三岁"就结了婚。差不多全校同学都知道曹先生是十三岁结婚的。

"爸爸，我们走吧！"

他把一张票子丢在桌上就走了！那是我写信去要的。

郎华还没有回来，我应该立刻想到饿，但我完全被青春迷惑了，读书的时候，那里懂得"饿"？只晓得青春最重要，虽然现在我也并没老，但总觉得青春是过去了！过去了！

我冥想了一个长时期，心浪和海水一般翻了一阵。

追逐实际吧！青春惟有自私的人才系念她，"只有饥寒，没有青春。"

几天没有去过的小饭馆，又坐在那里边吃喝了。"很累了吧！腿可疼？道外道里要有十五里路。"我问他。

只要有得吃，他也很满足，我也很满足。其余什么都忘了！

那个饭馆，我已经习惯，还不等他坐下，我就抢个地方先坐下，我也把菜的名字记得很熟，什么辣椒白菜啦，雪里红豆腐啦……什么酱鱼啦！怎么叫酱鱼呢？那里有鱼！用鱼骨头炒一点酱，借一点腥味就是啦！我很有把握，我简直都不用算一算就知道这些菜也超不过一角钱。因此我用很大的声音招呼，我不怕，我一点也不怕花钱。

回来没有睡觉之前，我们一面喝着开水，一面说：

"这回又饿不着了，又够吃些日子。"

闭了灯，又满足又安适的睡了一夜。

（此篇创作于一九三五年三月至五月间，具体日期不详，首次刊发于一九三五年六月一日上海《文学》第四卷第六期，署名悄吟。后收录在一九三六年八月上海文化生活出版社出版的《商市街》中。）

当　铺

"你去当吧！你去当吧，我不去！"

"好，我去，我就愿意进当铺，进当铺我一点也不怕，理直气壮。"

新做起来的，我的棉袍，一次还没有穿就跟着我进当铺去了！在当铺门口少微徘徊了一下，想起出门时郎华要的价目——非两元不当。

包袱送到柜台上，我是仰着脸，伸着腰，用脚尖站起来送上去的，真不晓得当铺为什么摆起这么高的柜台！

那戴帽头的人翻着衣裳看，还不等他问，我就说了：

"两块钱。"

他一定觉得我太不合理，不然怎么连看我一眼也没有看就把东西卷起来，他把包袱仿佛要丢在我的头上，他十分不耐烦的样子。

"两块钱不行，那么，多少钱呢？"

"多少钱不要。"他摇摇相同长西瓜形的脑袋，小帽头顶尖的红帽球也跟着摇了摇。

我伸手去接包袱，我一点也不怕，我理直气壮，我明明知道他故意作难，正想把包袱接过来就走。猜得对对的，他并不把包袱真给我。

"五毛钱！这件衣服袖子太瘦，卖不出钱来⋯⋯"

"不当。"我说。

"那么一块钱⋯⋯再可不能多了，就是这个数目。"他把腰微微向后弯一点，柜台太高，看不出他突出的肚囊⋯⋯一只大手指就比在和他太阳穴一般高低的地方。

带着一元票子和一张当票，我快快的走，走起路来感到很爽快，默认自己是很有钱的人。菜市，米店我都去过，臂上抱了很多东西，感到非常愿意抱这些东西，手冻得很痛，觉得这是应该，对于手一点也不感到可惜，本来手就应该给我服务，好像冻掉了也不可惜。走在一家包子铺门前，又买了十个包子，看一看自己带着这些东西，很骄傲，心血时时激动，至于手冻得怎样痛一点也不可惜。路旁遇见一个老叫化子，又停下来给他一个大铜板，我想我有饭吃他也是应该吃啊！然而没有多给，只给一个大铜板，那些我自己还要用呢！又摸一摸当票也没有丢，这才重新走，手痛得什么心思也没有了，快到家吧！快到家吧。但是，背上流了汗，腿觉得很软，眼睛有些刺痛，走到大门口才想起来，从搬家还没有出过一次街，走路腿也无力，太阳光也怕起来。

又摸一摸当票才走进院去。郎华仍躺在床上，和我出来的时候一样，他还不习惯于进当铺。他是在想什么，拿包子给他看，他跳起来了：

"我都饿啦，等你也不回来。"

十个包子吃去一大半他才细问："当多少钱？当铺没欺

负你?"

把当票给他,他瞧着那样少的数目:

"才一元,太少。"

虽然说当得的钱少,可是又愿意吃包子,那么结果很满足。他在吃包子的嘴,看起来比包子还大,一个跟着一个,包子消失尽了。

(该篇创作于一九三五年三月至五月间,收入上海文化生活出版社一九三六年八月初版《商市街》。)

搬　家

搬家！什么叫搬家？移了一个窠就是罢！

一辆马车，载了两个人，一个条箱，行李也在条箱里。车行在街口了，街车，行人道上的行人，店铺大玻璃窗里的"模特儿"……汽车驰过去了，别人的马车赶过我们急跑，马车上面似乎坐着一对情人，女人的卷发在帽沿外跳舞，男人的长臂没有什么用处一般，只为着一种表才遮在女人的背后。马车驰过去了，那一定是一对情人在兜风……只有我们是搬家。天空有水状的和要融化春冰状的白云，我仰望着白云，风从我的耳边吹过，使我的耳朵鸣响。

到了：商市街①××号。

他夹着条箱，我端着脸盆，通过很长的院子，在尽那头，第一下拉开门的是郎华，他说：

"进去吧！"

"家"就这样的搬来，这就是"家"。

---

① 商市街：哈尔滨市道里区的一条商业街，现改名为"红霞街"。

一个男孩，穿着一双很大的马靴，跑着跳着喊：

"妈……我老师搬来啦，我老师搬来啦！"

这就是他教武术的徒弟。

借来的那张铁床，从门也抬不进来，从窗也抬不进来。抬不进来，真的就要睡地板吗？光着身子睡吗？铺什么？

"老师，用斧子打吧。"穿长靴的孩子去找到一柄斧子。

铁床已经站起，塞在门口，正是想抬出去也不能够的时候，郎华就用斧子打，铁击打着铁发出震鸣，门顶的玻璃碎了两块，结果床搬进来了，光身子放在地板中央，又向房东借一张桌子和两张椅子。

郎华走了，他说他去买水桶，菜刀，饭碗……

我的肚子因为冷，也许因为累，又在作痛。走到厨房去看，炉中的火熄了，未搬来之前也许什么人在烤火，所以炉中尚有木样在燃。

铁床露着骨，玻璃窗渐渐结上冰来。下午了，阳光失去了暖力，风渐渐卷着沙泥来吹打窗子……用冷水擦着地板，擦着窗台……等到这一切做完，再没有别的事可做的时候，我感到手有点痛，脚也有点痛。

这里不像旅馆那样静，有狗叫，有鸡鸣……有人吵嚷。

把手放在铁炉板上也不能暖了，炉中连一颗火星也灭掉。肚子痛，要上床去躺一躺，那里是床！冰一样的铁条，怎么敢去接近！

我饿了，冷了，我肚痛，郎华还不回来，有多么不耐烦！连一只表也没有，连时间也不知道。多么无趣，多么寂寞的家呀！我好像落下井的鸭子一般寂寞并且隔绝。肚痛，寒冷和饥饿伴着我，……什么家？简直是夜的广场，没有阳光，没有暖。

门扇大声光郎光郎的响，是郎华回来，他打开小桶的盖给我看：小刀，筷子，碗，水壶，他把这些都摆出来，纸包里的白米也倒出来。

只要他在我身旁，饿也不难忍了，肚痛也轻了。买回来的草褥放在门外，我还不知道，我问他：

"是买的吗？"

"不是买的，是那里来的？"

"钱，还剩多少？"

"还剩！怕是不够哩！"

等他买木样回来，我就开始点火。站在火炉边，居然间我也和小主妇一样调着晚餐。油菜烧焦了，白米饭是半生就吃的，说它是粥，比粥还硬一点，说它是饭，比饭还粘一点。这是说我做了"妇人"，不做妇人，那里会烧饭？不做妇人那里懂得烧饭？

晚上房主人来时，大概是取着拜访先生的意义来的！房主人就是穿马靴那个孩子的父亲。

"我三姐来啦！"过一刻那孩子又打门。

我一点也不能认识她，她说她在学校时每天差不多都看见我，不管在操场或是礼堂。我的名字她还记得很熟。

"也不过三年，就忘得这样厉害……你在那一班？"我问。

"第九班。"

"第九班，和郭小娴一班吗？郭小娴每天打球，我倒认识她。"

"对啦！我也打篮球。"

但无论如何我也想不起她来，坐在我对面的简直是一个从未见过的面孔。

"那个时候,你十几岁呢?"

"十五岁吧!"

"你太小啊,学校里多半是不注意小同学们的。"我想了一下,我笑了。

她卷皱的头发,挂胭脂的嘴,比我好像还大一点,因为回忆完全把我带回往昔的境地去。其实我是二十二岁了,比起她来,怕是已经老了。尤其是在蜡烛光里,假若有镜子让我照一下,我一定惨败得比三十岁更老。

"三姐!你老师来啦。"

"我去学俄文。"她弟弟在外边一叫她,她就站起来说。

很爽快,完全是少女风度,长身材,细腰,闪出门去。

(该篇创作于一九三五年三月至五月间,收入上海文化生活出版社一九三六年八月初版《商市街》。)

皮　球

看到了乡巴佬坐洋车忽然想起一个童年的故事。

当我还是小孩的时候,祖母常常进街。我们并不住在城外,只是离市镇较偏的地方罢了!有一天,祖母她又要进街,命令我:

"叫你妈妈把斗风给我拿来!"

那时因为我过于娇惯,把舌头故意缩短一些,叫斗篷作斗风,所以祖母学着我,把风字拖得很长。

她知道我最爱惜皮球,每次进街的时候,她问我:

"你要些什么呢?"

"我要皮球。"

"你要多大的呢?"

"我要这样大的。"

我赶快把手臂拱向两面,好像张着的,鹰的翅膀。大家都笑了!祖父轻动着嘴唇好像要骂我一些什么话,因我的小小的姿式感动了他。

祖母的斗风消失在高烟囱的背后。

等她回来的时候,什么皮球也没带给我,可是我也不追问一声:

"我的皮球呢?"

因为每次她也不带给我,下次祖母再上街的时候,我仍说是要皮球。我是说惯了!我是熟练而惯于作那种姿式。

祖母上街尽是坐马车回来。今天却不是,她睡在仿佛是小槽子里,大概是槽子装置了两个大车轮。非常轻快,雁似的从大门口飞来,一直到房门。在前面挽着的那个人,把祖母停下,我站在玻璃窗里,小小的心灵上,有无限的奇秘冲击着。我以为祖母不会从那里头走出来,我想祖母为什么要被装进槽子里呢?我渐渐惊怕起来,我完全成个呆气的孩子,把头盖顶住玻璃,想尽方法理解我所不能理解的那个从来没有见过的槽子。

很快我领会了!看见祖母从口袋里拿钱给那个人,并且祖母非常兴奋,她说叫着,斗风几乎从她的肩上脱溜下去!

"呵!今天我坐的是东洋驴子回来的,那是过于安稳呀!还是头一次呢,我坐过安稳的车子!"

祖父在街上也看见过人们所呼叫的东洋驴子,妈妈也没有奇怪。只是我,仍旧头皮顶撞在玻璃镜那儿,我眼看那个驴子从门口飘飘地下见了!我的心魂被引了去。

等我离开窗子,祖母的斗风已是脱在炕的中央,她嘴里叨叨的讲着她街上所见的所闻,可是我没有留心听,就是给我吃什么糖果之类,我也不会留心吃,只是那样的车子太吸引我了!太捉住我小小的心灵了!

夜晚在灯光里,我们的邻居,刘三奶奶摇闪着走来,我知道又是找祖母来谈天的。所以我稳当当地占了一个位置在桌边。于是我咬起嘴唇来，仿佛大人样能了解一切话语。祖母又讲关于街上所见的新闻，我用心听，我十分费力！

"……那是可笑，真好笑呢！一切人站下瞧，可是那个乡巴佬还是不知道笑自己。拉车的回头才知道乡巴佬是蹲在车子前面，放脚的地方，拉车的问：

'你为什么蹲在这地方？'

"他说怕拉车的过于吃力，蹲着不是比坐着强吗？比坐在那里不是轻吗？所以没敢坐下……"

邻居的三奶奶，笑得几个残齿完全摆在外面，我也笑了！祖母还说，她感到这个乡巴佬难以形容，她的态度，她用所有的一切字眼，都是引人发笑。

"后来那个乡巴佬，你说怎么样！他从车上跳下来，拉车的问他为什么跳？他说：'若是蹲着吗！那还行。坐着！我实在没有那样的钱。'拉车的说：'坐着我不多要钱。'那个乡巴佬到底不信这话，从车上搬下他的零碎东西，走了。他走了！"

我听得懂，我觉得费力，我问祖母：

"你说的，那是什么驴子？"

她不懂我的半句话，拍了我的头一下，当时我真是不能记住那样繁复的名词。

过了几天祖母又上街，又是坐驴子回来的，我的心里渐渐羡慕那驴子，也想要坐驴子。

过了两年！六岁了！我的聪明，也许是我的年岁吧！支持着使我愈见讨厌我那个皮球，那真是太小，而又太旧了，我不能喜欢黑脸皮球，我爱上邻家孩子手里那个大的，买皮球，好像我的志愿，一天比一天坚决起来。

向祖母说，她答："过几天买吧，你先玩这个吧！"

又向祖父请求，他答："这个还不是很好吗？不是没有出气吗？"

我得知他们的意思是说旧皮球还没有破，不能买新的。于是把皮球在脚下用力捣毁它，任是怎样捣毁，皮球仍是很圆，很鼓，后来到祖父面前让他替我踏破！祖父变了脸色，像是要打我，我跑开了！

从此我每天表示不满意的样子。

终于一天晴朗的夏日，戴起小草帽来，自己出街去买皮球了！朝向母亲曾领我到过的那家铺子走去，离家不远的时候，我的心志非常光明，能够分辨方向，我知道自己是向北走。过了一会，不然了！太阳我也找不着了！一些些的招牌，依我看来都是一个样，街上的行人好像每个要撞倒我似的，就连马车也好像是旋转着走。我不晓得自己走了多远，但我实在疲劳，不能再寻找那家商店。我急切的想回家，可是家也被寻觅不到。我是从那一条路来的？究竟家是在什么方向？

我忘记一切危险，在街心停住，我没有哭，把头向天，愿看见太阳。因为平常爸爸不是拿着指南针看看太阳就知道或南或北吗？我既然看了，只见太阳在街路中央，别的什么都不能知道，我无心留意街道，跌倒了在阴沟板上面。

"小孩！小心点！"

身边的马车夫驱着车子过去，我想问他我的家在什么地方，他走过了！我昏沉极了！忙问一个路旁的人。

"你知道我的家吗？"

他好像知道我是被丢的孩子，或许那时候我的脸上有什么急慌的神色，那人跑向路那边去。把车子拉过来，我知道他是洋车夫，他和我开玩笑一般。

"走吧！坐车回家吧！"

我坐上了车，他问我，总是玩笑一般地：

"小姑娘！家在那里呀？"

我说："我们离南河沿不远，我也不知道那面是南，反正我们南边有河。"

走了一会，我的心渐渐平稳，好像被动荡的一盆水，渐渐静止下来，可是不多一会，我忽然忧愁了！抱怨自己皮球仍是没有买成！从皮球联想到祖母骗我给买皮球的故事，很快又联想到祖母讲的关于乡巴佬坐东洋驴子的故事。于是我想试一试．怎样可以像个乡巴佬。该怎样蹲法呢？轻轻的从座位滑下来，当我还没有蹲稳当的时节。拉车的回头来：

"你要做什么呀！"

我说："我要蹲一蹲试试，你答应我蹲吗？"

他看我已经偎在车前放脚的那个地方，于是他向我深深的做了一个鬼脸，嘴里哼着：

"倒好哩！你这样孩子，很会淘气！"

车子跑得不很快，我忘记街上有没有人笑我。车跑到红色的大门楼，我知道到家了！我应该起来呀！应该下车呀！不，目的想给祖母一个意外的发笑，等车拉到院心，我仍蹲在那里，像耍猴人的猴样，一动不动。祖母笑着跑出来了！祖父也是笑！我怕他们不晓得我的意义，我用尖音喊：

"看我！乡巴佬蹲东洋驴子！乡巴佬蹲东洋驴子呀！"

只有妈妈大声骂着我，忽然我怕她要打我，我是偷着上街。

洋车忽然放停，从上面我倒滚下来，不记得被跌伤没有？祖父猛力打了拉车的，说他欺侮小孩，说他不让小孩坐车让蹲在那里。没有给他钱，从院子里把他轰出去。

所以后来，无论祖父对我怎样疼爱，心里总是生着隔膜，我不同意他打洋车夫，我问：

"你为什么打他呢？那是我自己愿意蹲着。"

祖父把眼睛斜视一下："有钱的孩子是不受什么气的。"

我的祖父死去多年了！在这样的年代中，我没有发现一个有钱的人蹲在洋车上；他有钱他不怕车夫吃力，他自己没拉过车，自己所尝到的，只是被拉着的舒服滋味。假若偶尔有钱家的小孩子要蹲在车厢中玩一玩，那么孩子的祖父出来，拉洋车的便要被打。

一九三四年三月十六日

（该篇创作于一九三四年三月十六日，首刊于一九三四年三月三十日至三十一日哈尔滨《国际协报·国际公园》，首刊时篇名为《蹲在洋车上》，署名悄吟。收入重庆大时代书局一九四〇年六月初版《萧红散文》时，改篇名为《皮球》。该篇首刊时，此段开头为"现在我是廿多岁了！"，下一段为"可是我呢？现在变成个没有钱的孩子了！"，收入《萧红散文》时删去。）

镀金的学说

我的伯伯,他是我童年唯一崇拜的人物,他说起话有宏亮的声音,并且他什么时候讲话总关于正理,至少那个时候我觉得他的话是严肃的,有条理的,千真万对的。

那年我十五岁,是秋天,无数张叶子落了,回旋在墙根了!我经过北门旁在寒风里号叫着的老榆树,那榆树的叶子也向我打来。可是我抖擞着跑进屋去,我是参加一个邻居姐姐出嫁的筵席回来。一边脱换我的新衣裳,一边同母亲说,那好像同母亲吵嚷一般:"妈,真的没有见过,婆家说新娘笨,也有人当面来羞辱新娘,说她站着的姿式不对,坐着的姿式不好看,林姐姐一声也不作,假若是我呀!哼!……"

母亲说了几句同情的话,就在这样的当儿,我听清伯父在呼唤我的名字。他的声音是那样低沉,平素我是爱伯父的,可是也怕他,于是我心在小胸膛里边惊跳着走出外房去。我的两手下垂,就连视线也不敢放过去。

"你在那里讲究些什么话?很有趣哩!讲给我听听。"伯伯说话的时候,他的眼睛流动着笑着,我知道他没有生气,并且我想他很愿意听我讲话。我就高声把那事又说了一遍,我且说且做出种种姿式来。等我说完的时候,我仍欢喜,说完了我把说话时跳打着的手足停下,静等着伯伯夸奖我呢!可是过了很多工夫,伯伯在桌子旁仍写他的文字。对我好像没有反应,再等一会他对于我的讲话也绝对没有回响。至于我呢,我的小心房立刻感到压迫,我想我的错在什么地方?话讲的是很流利呀!讲话的速度也算是活泼呀!伯伯好像一块朽木塞住我的咽喉,我愿意快躲开他到别的房中去长叹一口气。

伯伯把笔放下了,声音也跟着来了:"你不说假若是你吗?是你又怎么样?你比别人更糟糕,下回少说这一类话!小孩子学着夸大话,浅薄透了!假如是你,你比别人更糟糕,你想你总要比别人高一倍吗?再不要夸口,夸口是最可耻,最没出息。"

我走进母亲的房里时,坐在炕沿我弄着发辫,默不作声,脸部感到很烧很烧。以后我再不夸口了!

伯父又常常讲一些关于女人的服装的意见,他说穿衣服素色最好,不要涂粉,抹胭脂,要保持本来的面目。我常常是保持本来的面目,不涂粉不抹胭脂,也从没穿过花色的衣裳。

后来我渐渐对于古文有趣味,伯父给我讲古文,记得讲到《吊古战场文》① 那篇,伯父被感动得有些声咽,我到后来竟哭了!从那时起我深深感到战争的痛苦与残忍。大概那时我才十四岁。

又过一年,我从小学卒业就要上中学的时候,我的父亲把脸沉下了!他终天把脸沉下。等我问他的时候,他瞪一瞪眼睛,在

---

① 《吊古战场文》:唐代诗人李华(715—766)的一篇骈赋。

地板上走转两圈，必须要过半分钟才能给一个答话："上什么中学？上中学在家上吧！"

父亲在我眼里变成一只没有一点热气的鱼类，或者别的不具着情感的动物。

半年的工夫，母亲同我吵嘴，父亲骂我："你懒死啦！不要脸的。"当时我过于气愤了，实在受不住这样一架机器压轧了。我问他："什么叫不要脸呢？谁不要脸！"听了这话立刻像火山一样暴裂起来。当时我没能看出他头上有火冒出没？父亲满头的发丝一定被我烧焦了吧！那时我是在他的手掌下倒了下来，等我爬起来时，我也没有哭。可是父亲从那时起他感到父亲的尊严是受了一大挫折，也从那时起每天想要恢复他的父权。他想做父亲的更该尊严些，或者加倍的尊严着才能压住子女吧？

可真加倍尊严起来了。每逢他从街上回来，都是黄昏时候，父亲一走到花墙的地方便从喉管作出响动，咳嗽几声啦！或是吐一口痰啦！后来渐渐我听他只是咳嗽而不吐痰，我想父亲一定会感着痰不够用了呢！我想做父亲的为什么必须尊严呢？或者因为做父亲的肚子太清洁？！把肚子里所有的痰都全部呕出来了？

一天天睡在炕上，慢慢我病着了！我什么心思也没有了！一班同学不升学的只有两三个，升学的同学给我来信告诉我，她们怎样打网球，学校怎样热闹，也说些我所不懂的功课。我愈读这样的信，病愈加重一点。

老祖父支住拐杖，仰着头，白色的胡子振动着说："叫樱花上学去吧！给她拿火车费，叫她收拾收拾起身吧！小心病坏了！"

父亲说："有病在家养病吧，上什么学，上学！"

后来连祖父也不敢向他问了，因为后来不管亲戚朋友，提到我上学的事他都是连话不答，出走在院中。

　　整整死闷在家中三个季节，现在是正月了。家中大会宾客，外祖母啜着汤食向我说："樱花，你怎么不吃什么呢？"

　　当时我好像要流出眼泪来，在桌旁的枕上，我又倒下了！

　　因为伯父外出半年是新回来，所以外祖母向伯父说："他伯伯，向樱花爸爸说一声，孩子病坏了，叫她上学去吧！"

　　伯父最爱我，我五六岁时他常常来我家，他从北边的乡村带回来榛子。冬天他穿皮大氅，从袖口把手伸给我，那冰寒的手呀！当他拉住我的手的时候，我害怕挣脱着跑了，可是我知道一定有榛子给我带来，我秃着头两手捏耳朵，在院子里我向每个货车夫问："有榛子没有？有榛子没有？"

　　伯父把我裹在大氅里，抱着我进去，他说："等一等给你榛子。"

　　我渐渐长大起来，伯父仍是爱我的，讲故事给我听，买小书给我看。等我入高级，他开始给我讲古文了！有时族中的哥哥弟弟们都唤来，也讲给他们听，可是书讲完他们临去的时候，伯父总是说："别看你们是男孩子，樱花比你们全强，真聪明。"

　　他们自然不愿意听了，一个一个退走出去。不在伯父面前他们齐声说："你好呵！你有多么聪明！比我们这一群混蛋强得多。"

　　男孩子说话总是有点野，不愿听，便离开他们了。谁想男孩子们会这样放肆呢？他们扯住我，要打我："你聪明，能当个什么用？我们有气力，要收拾你。""什么狗屁聪明，来，我们大家伙看看你的聪明到底在那里！"

　　伯父当着什么人也夸奖我："好记力，心机灵快。"

现在一讲到我上学的事，伯父微笑了："不用上学，家里请个老先生念念书就够了！哈尔滨的女学生们太荒唐。"

外祖母说："孩子在家里教养好，到学堂也没有什么坏处。"

于是伯父斟了一杯酒，夹了一片香肠放到嘴里，那时我多么不愿看他吃香肠呵！那一刻我是怎样恼烦着他！我讨厌他喝酒用的杯子，我讨厌他上唇生着的小黑髭，也许伯伯没有观察我一下，他又说："女学生们靠不住，交男朋友啦！恋爱啦！我看不惯这些。"

从那时起伯父同父亲是没有什么区别，变成严凉的石块。

当年，我升学了，那不是什么人帮助我，是我自己向家庭施行的骗术。后一年暑假，我从外埠回家，我和伯父的中间，总感到一种淡漠的情绪，伯父对我似乎是客气了，似乎是有什么从中间隔离着了！

一天伯父上街去买鱼，可是他回来的时候，筐子是空空的。母亲问：

"怎么！没有鱼吗？"

"哼！没有。"

母亲又问："鱼贵吗？"

"不贵。"

伯父走进堂屋，坐在那里好像幻想着一般，后门外树上满挂着绿的叶子，伯父望着那些无知的叶子幻想，最后他小声唱起，像是有什么悲哀蒙蔽着他了！看他的脸色完全可怜起来。他的眼睛是那样忧烦的望着桌面，母亲说：

"哥哥头痛吗？"

伯父似乎不愿回答，摇着头，他走进屋倒在床上，很长时间，他翻转着，扇子他不用来摇风，在他手里乱响。他的手在胸膛上拍着，气闷着。再过一会，他完全安静下去，扇子任意丢在地板，苍蝇落在脸上，也不去搔它。

晚饭桌上了，伯父多喝了几杯酒，红着颜面向祖父说：

"菜市上看见王大姐了呢！"

王大姐，我们叫他王大姑。常听母亲说："王大姐没有妈，爹爹为了贫穷去为匪，只留这个可怜的孩子住在我们家里。"伯父很多情呢！伯父也会恋爱呢，伯父的屋子和我姑姑们的屋子挨着，那时我的三个姑姑全没出嫁。

一夜，王大姑没有回内房去睡，伯父伴着她哩！

祖父不知这件事，他说："怎么不叫她来家呢？"

"她不来，看样子是很忙。"

"呵！从出了门子总没见过，二十多年了！……二十多年了！"

祖父捻着斑白的胡子，他感到自己是老了！

伯父也感叹着："嗳！一转眼，老了！不是姑娘时候的王大姐了！头发白了一半。"

伯父的感叹和祖父完全不同，伯父是痛惜着他破碎的青春的故事。又想一想，他婉转着说，说时他神秘的有点微笑：

"我经过菜市，一个老太太回头看我，我走过，她仍旧看我。停在她身后，我想一想，是谁呢？过会我说：'是王大姐吗？'她转过身来，我问她，'在本街住吧？'她垂下头，我看见她的门牙脱落了两个。她说：'在本街住。'我叫她回来看看，她说她很忙，要回去烧饭，随后她走了，什么话也没说，提着空筐子走了！"

夜间，全家人都睡了，我偶然到伯父屋里去找一本书，因为对他，我连一点信仰也失去了，所以无言走出。

伯父愿意和我谈话似的："没睡吗？"

"没有。"

隔着一道玻璃门，我见他无聊的样子翻着书和报，枕旁一只蜡烛，火光在起伏。伯父今天似乎是例外，同我讲了好些话，关于报纸上的，又关于什么年鉴上的。他看见我手里拿着一本花面的小书，他问："什么书。"

"小说。"

我不知道他的话是从什么地方说起："言情小说，《西厢记》是妙绝，《红楼梦》也好。"

那夜伯父奇怪的向我笑，微微的笑，把视线斜着看住我。我忽然想起白天所讲的王大姑来了，于是给伯父倒一杯茶，我走出房来，让他伴着茶香来慢慢的回味着记忆中的姑娘吧！

我与伯伯的学说渐渐悬殊，因此感情也渐渐恶劣，我想什么给感情分开的呢？我需要恋爱，伯父也需要恋爱。伯父见着他年轻时候的情人痛苦，假若是我也是一样。

那么他与我有什么不同呢？不过伯伯相信的是镀金的学说。

（该篇创作日期不详，首刊于一九三四年六月十四日至二十八日哈尔滨《国际协报·文艺》，署名田娣。）

夏　夜

　　密密的浓黑的一带长林，远在天边静止着。夏夜蓝色的天，蓝色的夜。夏夜坐在茅檐边，望着茅檐借宿麻雀的窠巢，隔着墙可以望见北山森静的密林，林的那端，望不见弯月勾垂着。

　　于是虫声，各样的穿着夜衣的幽灵般的生命的响叫。墙外小溪畅引着，水声脆脆瑯瑯。菱姑在北窗下语着多时了！眼泪凝和着夜露已经多时了！她依着一株花枝，花枝的影子抹上墙去，那样她俨若睡在荷叶上，立刻我取笑她：

　　"荷叶姑娘，怎么啦？"

　　她过来似用手打我，嘴里似乎咒我，她依过的那花枝，立刻摇闪不定了，我想：我们两个是同一不幸的人。

　　"为什么还不睡呢？有什么说的尽在那儿咕咕叨叨，天不早啦，进来睡。"

　　祖母的头探出竹帘外，又缩回去。在模糊的天光下，我看见她白色的睡衣，我疑她是一只夜猫，在黑夜她也是到处巡行着。

　　菱姑二十七岁了，菱姑的青春尚关闭在怀中，近来她有些关闭不住了，她怎能不忧伤呢？怎能对于一切生兴致呢？渐渐脸孔惨黄。

她一天天远着我的祖母，有时间只和我谈话，和我在园中散步。

"小萍，你看那老太太，她总怕我们在一起说什么，她总留心我们。"

"小萍，你在学校一定比我住在家得到的知识多些，怎么你没胆子吗？我若是你，我早跑啦！我早不在家受他们的气，就是到工厂去作工也可以吃饭。"

"前村李正的两个儿子，听说去当'胡子'，可不是为钱，是去……"

祖母宛如一只猫头鹰样，突然发现在我们背后，并且响着她的喉咙好像响着猫头鹰的翅膀似的：

"好啊！这东西在这议论呢！我说：菱子你还有一点廉耻没有？"她吐口涎在地面上："小萍那丫头入了什么党啦，你也跟她学没有老幼！没有一点姑娘样！尽和男学生在一块。你知道她爸爸为什么不让她上学，怕是再上学更要学坏，更没法管教啦！"

我常常是这样，我依靠墙根哭，这样使她更会动气，她的眼睛好像要从眼眶跑出来马上落到地面似的，把头转向我，银簪子闪着光："你真给咱家出了名了，怕是祖先上也找不出这丫头。"

我听见她从窗口爬进去的时候她仍是说着我把脸丢尽了。就是那夜，菱姑在枕上小声说：

"今天不要说什么了，怕是你奶奶听着。"

菱姑是个乡下姑娘，她有热的情怀，聪明的素质，而没有好的环境。

"同什么人结婚好呢？"她常常问我。

"我什么时候结婚呢？结婚以后怎样生活？我希望我有职业，

我一定到工厂去。"她说。

那夜我怎样努力也不能睡着，我反复想过菱姑的话，可怜的菱姑她只知道在家庭里是受压迫，因为家中有腐败的老太婆。然而她不能知道工厂里更有齿轮，齿轮更会压榨。

在一条长炕上，祖母睡在第一位，菱姑第二位，我在最末的一位。通宵翻转着，我仿佛是睡在蒸笼里，每夜要听后窗外的虫声，和着这在山上的密林啸声透进竹帘来，也听更多的在夜里的一切声息。今夜我被蒸笼蒸昏了！忘记着一切！

是天快要亮的时候，马在前院响起鼻子来，狗睡醒了，在院中抖擞着毛，这时候正是炮手们和一些守夜更的人睡觉的时候。在夜里就连叔叔们也戒备着，戒备着这乡村多事的六八月，现在他们都去睡觉了！院中只剩下些狗，马，鸡，和鸭子们。

就是这天早晨，来了胡匪了，有人说是什么军，有人说是前村李正的儿子。

祖母到佛龛边去叩头，并且祷告：

"佛爷保佑……"

"我来保佑吧！"站在佛龛边，我说。

菱姑作难的把笑沉下去。

大门打开的时候，只知是官兵，不是胡匪，不是什么什么军。

一九三六年二月二十一日

（这篇创作日期不详，篇末标注的时间有误，首刊于一九三四年三月六日至七日哈尔滨《国际协报·国际公园》，署名悄吟。收入上海文化生活出版社一九三六年十一月初版《桥》。）

几个欢快的日子

人们跳着舞,"牵牛房"那一些人们每夜跳舞。过旧年那夜,他们就在茶桌上摆起大红蜡烛,他们模仿着供财神,拜祖宗。灵秋穿起紫红绸袍,黄马褂,腰中配着黄腰带,他第一个跪到神桌前。老桐又是他那一套,穿起灵秋太太瘦小的旗袍,长短到膝盖以上,大红的脸,脑后又是用红布包起扫帚把柄样的东西,他跑到灵秋旁边,他们俩是一致的,每磕一下头,口里就自己喊一声口号:一、二、三……不倒翁样不能自主的倒下又起来。后来就在地板上烘起火来,说是过年都是烧纸的……这套把戏玩得熟了,惯了!不是过年,也每天来这一套,人们看得厌了!对于这事冷淡下来,没有人去大笑,于是又变一套把戏:捉迷藏。

客厅是个捉迷藏的地盘,四下窜走,桌子底下蹲着人,椅子倒过来扣在头上顶着跑,电灯泡碎了一个。蒙住眼睛的人受着大家的玩戏,在那昏庸的头上摸一下,在那分张的两手上打一下。有各种各样的叫声,蛤蟆叫,狗叫,猪叫,还有人在装哭。要想捉住一个很不容易,从客厅的四个门,会跑到那些小屋去,有时瞎子就摸到小屋去,从门后扯出一个来,也有时误捉了灵秋的小孩。虽然说不准向小屋跑,但总是跑。后一次瞎子摸到王女士的门扇。

"那门不好进去。"有人要告诉他。

"看着,看着,不要吵嚷!"又有人说。

全屋静下来,人们觉得有什么奇迹要发生。瞎人的手接触到门扇,他触到门上的铜环响,眼看他就要进去把王女士捉出来,每人心里都想着这个:看他怎样捉啊!

"谁呀!谁?请进来!"跟着很脆的声音开门来迎接客人了!以为她的朋友来访她。

小浪一般冲过去的笑声,使摸门的人脸上的罩布脱掉了,红了脸。王女士笑着关了门。

玩得厌了!大家就坐下来喝茶,不知从什么瞎说上又拉到正经问题上去。于是"做人"这个问题使大家都兴奋起来。

——怎样是"人",怎样不是"人"?

"没有感情的人不是人。"

"没有勇气的人不是人。"

"冷血动物不是人。"

"残忍的人不是人。"

"有人性的人才是人。"

"…………"

每个人都会规定怎样做人。有的人他要说出两种不同做人的标准。起首是坐着说,后来站起来说,有的也要跳起来说。

"人是情感的动物,没有情感就不能生出同情,没有同情那就是自私,为己……结果是互相杀害,那就不是人。"那人的眼睛张得很圆,表示他的理由充足,表示他把人的定义下得准确。

"你说的不对,什么同情不同情,就没有同情,中国人就是冷血动物,中国人就不是人。"第一个又站了起来,这个人他不常说话,偶然说一句,使人很注意。

说完了,他自己先红了脸,他是山东人,老桐学着他的山东调:

"老猛(孟),你使(是)人不使人?"

许多人爱和老孟开玩笑,因为他老实,人们说他像个大姑娘。

"浪漫诗人",是老桐的绰号。他好喝酒,让他做诗不用笔就能一套连着一套,连想也不用想一下。他看到什么就给什么做个诗;朋友来了他也做诗:

"梆梆梆,敲门响,呀!何人来了?"

总之,就是猫和狗打架,你若问他,他也有诗,他不喜欢谈论什么人啦!社会啦!他躲开正在为了"人"而吵叫的茶桌,摸到一本唐诗在读:

"——昨日之……日不可留……今日之日……多……烦……忧",读得有腔有调,他用意就在打搅吵叫的一群。郎华正在高叫着:

"不剥削人,不被人剥削的就是人。"

老桐读诗也感到无味。

"走!走啊!我们喝酒去。"

他看一看只有灵秋同意他,所以他又说:

"走,走,喝酒去。我请客……"

客也请完了!差不多都是醉着回来。郎华反反复复的唱着半段歌,是维特别离绿蒂①的故事,人人喜欢听,也学着唱。

听到哭声了!正像绿蒂一般年轻的姑娘被歌声引动着,那能不哭?是谁哭?就是王女士。单身的男人在客厅中也被引动了,倒不是被歌声引动,而是被少女的明脆而好听的哭声所引动,非在地心不住的打着转。尤其是老桐,他贪婪的耳朵几乎竖起来,脖子一定更长了一点,他到门边去听……他故意说:

"哭什么?真没意思!"

其实老桐感到很有意思,所以他听了又听,说了又说:"没意思。"

不到几天老桐和那女士恋爱了!那女士也和大家熟识了!也到客厅来和大家一道跳舞。从那时起老桐的胡闹也是高等的胡闹了!

在王女士面前他耻于再把红布包在头上,当灵秋叫他去跳滑稽舞的时候,他说:

"我不跳啦!"一点兴致也不表示。

等王女士从箱子里把粉红色的面纱取出来:

"谁来当小姑娘,我给他化妆。"

"我来,我……我来……"老桐他怎能像个小姑娘?他像个长颈鹿似的跑过去。

他自己觉得很好的样子,虽然是胡闹,也总算是高等的胡闹。头上顶着面纱,规规矩矩地,平平静静的在地板上动着步。但给人的感觉无异于他脑后的颤动着红扫帚柄的感觉。

---

① 绿蒂:德国作家歌德(1749—1832)的小说《少年维特之烦恼》中的女主人公。

别的单身汉，就开始羡慕幸福的老桐。可是老桐的幸福还没十分摸到，那女士已经和别人恋爱了！

所以"浪漫诗人"就开始做诗。正是这时候他失一次盗，丢掉他的毛毯，所以他就做诗"哭毛毯"。哭毛毯的诗做得很多，过几天来一套，过几天来一套。朋友们看到他就问：

"你的毛毯哭得怎样了？"

（该篇创作于一九三五年三月至五月间，收入上海文化生活出版社一九三六年八月初版《商市街》。）

茶食店

黄桷树镇上开了两家茶食店,一家先开的,另一家稍稍晚了两天。第一家的买卖不怎样好,因为那吃饭用的刀叉虽然还是闪光闪亮的外来品,但是别的玩艺不怎样全,就是说比方装胡椒粉那种小瓷狗之类都没有,酱油瓶是到临用的时候,从这张桌又拿到那张桌的乱拿。墙上什么画也没有,只有一张好似从糖盒子上掀下来的花纸似的那么一张外国美人图,有一尺长不到半尺宽那么大,就用一个图钉钉在墙上的,其余这屋里的装饰还有一棵大芭蕉。

这芭蕉第一天是绿的,第二天是黄的,第三天就腐烂了。

吃饭的人,第一天彼此说"还不错",第二天就说苍蝇太多了一点,又过了一两天,人们就对着那白盘子里炸着的两块茄子,翻来覆去的看,用刀尖割一下,用叉子叉一下。

"这是什么东西呢?两块茄子,两块洋山芋,这也算是一个菜吗?就这玩艺也要四角五分钱?真是天晓得。"

这西餐馆只开了三五日,镇上的人都感到大不满意了。

第二家一开门,那些镇上的从城里躲轰炸而来住在此的人和一些设在这镇上学校或别的办公厅的一些职员，当天的晚饭就在这里吃的。

盘子，碗，桌布，茶杯，糖罐，酱醋瓶，连装烟灰的瓷碟，都聚了三四个人在那里抢着看，……这家与那家的确不同，是里外两间屋，厨房在什么地方，使人看不见，煎菜的油烟也闻不到，墙上挂着两张画像是老板自己画的，看起来老板颇懂艺术，……并且刚一开业来，就开了留声机，这留声机已经好几个月没有听过了。从"五四"轰炸①起，人们来到这镇上，过的就是乡下人的生活。这回一听好像这留声机非常好，唱片也好像全新的，声音特别清楚。

一个汤上来了，"不错，真是味道……"

第二个是猪排，这猪排和木片似的，有的人就你看看我，我看看你，想要对这猪排讲一点坏话。可是那唱着的是一个外国歌，很愉快，那调子带了不少高低的转弯，好像从来也未听过似的那样好听，所以这一点味道也没有的猪排，大家也就吃下去了。

奶油和冰淇淋似的，又甜又凉，涂在面包上，很有一种清凉的气味，好像涂的是果子露；那面包拿在手里不用动手去撕就往下掉着碎末，和用锯末子做的似的。大概是和利华药皂放在一起运来的，但也还好吃，因为它终究是面包呵，终究不是别的什么馒头之类呀！

坐在这茶食店的里间里，那张长桌一端上的主人，从小白盘

---

① "五四"轰炸：指一九三九年五月三日、四日，日军飞机对重庆市区的大轰炸，轰炸造成两千多人死亡的惨剧。

子里拿起帐单看了一看。

共统请了八位客人，才八块多钱。

"这不多。"他说，从口袋取出十元票子来。

别人把眼睛转过去，也说：

"这不多……不算贵。"

临出来时，推开门，还有一个顶愿意对什么东西都估价的还回头看了看那摆在门口的痰盂。他说："这家到底不错，就这一只痰盂罢，也要十几块。"（其实就是上海卖八角钱一个的。）

这一次晚餐，一个主人和他的七八个客人都没吃饱，但彼此都不发表，都说：

"明天见，明天见。"

他们大家各自走散开了，一边走着一边有人从喉管往上冲着利华药肥皂的气味，但是他们想："这不贵的，这到底不是西餐吗！而且那屋子多么像个西餐的样子，墙上有两张外国画，还有瓷痰盂，还有玻璃杯，那先开的那家还成吗？还像样子吗？那买卖还成吗？"

他的脑筋闹得很忙乱回家去了。

八月廿八日

（该篇创作于一九三九年八月二十八日，首刊于一九三九年十月二日香港《星岛日报·星座》第四一九号，署名萧红。收入重庆大时代书局一九四〇年六月初版《萧红散文》。）

三个无聊人

一个大胖胖，戴着圆眼镜。另一个很高，肩头很狭。第三个弹着小四弦琴，同时读着李后主的词：

"四十年来家国，三千里地山河……"① 读到一句的末尾，琴弦没有节调的，重复的响了一下，这样就算他把词句配上了音乐。

"嘘！"胖子把被角揪了一下，接着唱道："杨延辉，坐宫院……"② 他的嗓子像破了似的。

第三个也在作声：

"《小品文和漫画》③ 那里去了？"总是这人比其他两个好，他愿意读杂志和其他刊物。

"唉！无聊！"每次当他读完一本的时候，他就用力向桌面

---

① 四十年来家国，三千里地山河……：南唐后主李煜（937—978）《破阵子·四十年来家国》中诗句。

② 杨延辉，坐宫院……：传统京剧《四郎探母》的唱词。杨延辉，即杨四郎，宋名将杨业（？—986）第四子，名杨贵。

③ 《小品文和漫画》：《太白》杂志社一九三五年编辑出版的纪念特辑，收入五十八位作者关于小品文和漫画的言论。

摔去。

晚间，狭肩头的人去读"世界语①"了，临出门时他的眼光很足，向着他的两个同伴说：

"你们这是干什么！没有纪律，一天哭哭叫叫的。"

"唉！无聊！"当他回来的时候，眼睛也无光了。

照例是这样，临出门时是兴奋的，回来时他就无聊了，和他的两个同伴同样没有纪律。从学"世界语"起，这狭肩头的人差不多每天念起"爱丝迫乱多②"，后来他渐渐骂起"爱丝迫乱多"来，这可不知因为什么？他们住得很好，铁丝颤条床，淡蓝色的墙壁涂着金花，两只四十烛光灯泡，窗外有法国梧桐，楼下是外国菜馆，并且铁盒子里不断的放着饼干，还有罐头鱼。

"咳！真无聊！"高个狭肩头的说。

于是胖同伴提议去到法国公园，园中有流汗的园丁；园门口有流汗的洋车夫。巧得很，一个没有手脚的乞丐，滚叫在去公园的道旁被他们遇见。

"老黑，你还没起来吗？真够享福了。"狭肩头的人从公园回来，要把他的第三个同伴拖下来；"真够受的，你还在梦中……"

"不要闹，不要闹，我还困呢！"

"起来吧！去看看那滚号在公园门前的人你就不困啦！"

那睡在床上的，没有相信他的话，并没起来。

狭肩头的人，愤愤懑懑地，整整一个早晨，他没说无聊，这是他看了一个无手无足的乞丐的结果。也许他看到这无手无足的

---

① 世界语：波兰眼科医生柴门霍夫（1859—1917）于一八八七年创立的人工语言，被称为"国际普通话"。二十世纪初，该语言传入中国。

② 爱丝迫乱多：世界语 Esperanto 的译音。

东西就有聊了!

十二点钟要去午餐,这愤懑的人没有去。

"太浪费了,吃些面包不能过吗?"他去买面包,自己坐在房中吃。

"买一盒沙丁鱼来拌着吃吧!"他又出去买沙丁鱼。

等晚上有朋友来,他就告诉他无钱的朋友:

"你们真是不会俭省,买面包吃多么好!"

他的朋友吃了两天面包,把胃口吃得很酸。

狭肩头人,又无聊了,因为他好几天没有看到无手无足的人,或是什么特别惨状的人。

他常常到街上去走,只要看到卖桃的小孩在街上被巡捕打翻了筐子,他也够有聊几个钟头。慢慢他这个无聊的病非到街头去治不可,后来这卖桃的小孩一类的事竟治不了他。那么就必须看报了,报纸上说:烟台煤矿又烧死多少人,或是压死多少人。

"啊呀!真不得了,这真是惨目。"这样大事能使他三两天反复着说,他的无聊像一种病症似的,又被这大事治住个三两天。他不无聊,很有聊的样子读小说,读杂志。

"四十年来家国,三千里地山河……"老黑无聊的时候就唱这调子,他不愿意看什么惨事,他也不愿意听什么伟大的话,他每天不用理智,就用感情来生活着,好像个真诗人似的。四弦琴在他的手下,不成曲调的嗒啦啦嗒啦啦……

"嗒啦,嗒啦,啦嗒嗒……"胖同伴的木鞋在地板上拍,手臂在飞着……

"你们这是在干什么?"读杂志的人说。

"我们这是在无聊?"三个无聊人听到这话都笑了。

胖同伴，有书也读书，有理论也讲理论，有琴也弹琴，有人弹琴他就唱。但这在他都是无聊的事情，对于他实实在在有趣的，是"先施公司"：

"那些女人真可怜，有的连血色都没有了，可是还站在那里拉客……"他常常带着钱去可怜那些女人。

"最非人生活的就是这些女人，可是没有人知道更详细些。"他这态度是个学者的态度。说着他就搭电车，带着钱，热诚的去到那些女人身上去研究"社会科学"去了。

剩下的两个无聊！一个在看报，一个去到公园，拿着琴。去到公园的不知怎样？最大限度也不过"四十年来家国，三千里地山河……"

但是在看报的却发足火来，无论怎样看，报上也不过载着煤矿啦！或者是什么大河大川暴涨淹死多少人。电车轧死小孩，受经济压迫投黄浦自杀一类的。

无聊，无聊！

人间慢慢治不了他这个病了。

可惜没有比煤矿更惨的事。

六月十二日

（该篇创作于一九三五年六月十二日，首刊于一九三五年八月五日上海《太白》第二卷第十期，署名悄吟。收入上海文化生活出版社一九三六年十一月初版《桥》。）

失眠之夜

为什么要这样失眠呢!烦躁,呕心①,心跳,胆小,并且想要哭泣。

我想想,也许就是故乡的思虑罢。

窗子外面的天空高远了,和白棉一样绵软的云彩低近了,吹来的风好像带点草原的气味,这就是说已经是秋天了。

在家乡那边,秋天最可爱。

蓝天蓝得有点发黑,白云就像银子做成一样,就像白色的大花朵似的点缀在天上;就又像沉重得快要脱离开天空而坠了下来似的,而那天空就越显得高了,高得再没有那么高的。

昨天,我到朋友们的地方走了一遭,听来了好多的心愿——那许多心愿综合起来,又都是一个心愿——这回若真的打回满洲去。有的说,煮一锅高粱米粥喝;有的说,咱家那地豆多么大!说着就用手比量着,这么大,碗大;珍珠米,老的一煮就开了花的,一尺来长的。还有的说,高粱米粥,咸盐豆。还有的说,若

---

① 呕心类似于现代汉语恶心,这里用原版。

真的打回满洲去，三天三夜不吃饭，打着大旗往家跑。跑到家去自然也免不了先吃高粱米粥或咸盐豆。

比方高粱米那东西，平常我就不愿吃，很硬，有点发涩（也许因为我有胃病的关系），可是经他们这一说，也觉得非吃不可了。

但是什么时候吃呢？那我就不知道了。而况我到底是不怎样热烈的，所以关于这一方面，我终究不怎样亲切。

但我想我们那门前的蒿草，我想我们那后园里开着的茄子的紫色的小花，黄瓜爬上了架。而那清早，朝阳带着露珠一齐来了！

我一说到蒿草或是黄瓜，三郎就向我摆手或摇头："不，我们家，门前是两棵柳树，树荫交结着做成门形。再前面是菜园，过了菜园就是山。那金字塔形的山峰，正向着我们家的门口，而两边像蝙蝠的翅膀似的向着村子的东方和西方伸展开去。而后园黄瓜，茄子也种着，最好看的是牵牛花在石头墙的缝隙爬遍了，早晨带着露水牵牛花开了……"

"我们家就不这样，没有高山，也没有柳树……只有……"我常常就这样打断他。

有时候，他也不等我说完，他就接下去。我们讲的故事，彼此都好像是讲给自己听，而不是为着对方。

只有那么一天：他买来了一张《东北富源图》①挂在墙上了，染着黄色的平原上站着小马，小羊，还有骆驼，还有牵着骆驼的

---

① 《东北富源图》：东北自然资源地图，一九三一年东北舆地学社出版，张鸿编，赵云忠绘图。

小人；海上就是些小鱼，大鱼，黄色的鱼，红色的好像小瓶似的大肚的鱼，还有黑色的大鲸鱼；而兴安岭和辽宁一带画着许多和海涛似的绿色的山脉。

他的家就在离着渤海边不远的山脉中，他的指甲在山脉上爬着："这是大凌河……这是小凌河……哼……没有，这地图是个不完全的，是个略图……"

"好哇！天天说凌河，那有凌河呢！"我不知为什么一提到家乡，常常愿意给他扫兴一点。

"你不相信！我给你看。"他去翻他的书橱去了，"这不是大凌河……小凌河……小孩的时候在凌河沿上捉小鱼，拿到山上去，在石头片上用火烤着吃……这边就是沈家台，离我们家二里路……"因为是把地图摊在地板上看的缘故，一面说着，他一面用手扫着他已经垂在前额的发梢。

《东北富源图》就挂在床头，所以第二天早晨，我一张开了眼睛，他就抓住了我的手：

"我想将来我回家的时候，先买两匹驴，一匹你骑着，一匹我骑着……先到我姑姑家，再到我姐姐家……顺便也许看看我舅舅去……我姐姐很爱我……她出嫁以后，每回来一次临走的时候就哭一次，姐姐一哭，我也哭……这有七八年不见了！也都老了。"

那地图上的小鱼，红的、黑的，都能够看清，我一边看着，一边听着，这一次我没有打断他，或给他扫一点兴。

"买黑色的驴，挂着铃子，走起来……铛啷啷铛啷啷……"他形容着声音的时候，就像他的嘴里边含着铃子似的在响。

"我带你到沈家台去赶集。那赶集的日子，热闹！驴身上挂着烧酒瓶……我们那边，羊肉非常便宜……羊肉炖片粉……真是味道！唉呀！这有多少年没吃那羊肉啦！"他的眉毛和额头上起着很多皱纹。

我在大镜子里边看了他，他的手从我的手上抽回去，放在他自己的胸上，而后又反背着放在枕头下面去，但很快地又抽出来。只理一理他自己的发梢又放在枕头上去。

而我呢？我想：

"你们家对于外来的所谓'媳妇'也一样吗？"我想着这样说了。

这失眠大概也许不是因为这个。但买驴子的买驴子，吃咸盐豆的吃咸盐豆，而我呢？坐在驴子上，所去的仍是生疏的地方，我停着的仍然是别人的家乡。

家乡这个观念，在我本不甚切，但当别人说起来的时候，我也就心慌了！虽然那块土地在没有成为日本的之前，"家"在我就等于没有了。

这失眠一直继续到黎明，在黎明之前，在高射炮的声中，我也听到了一声声和家乡一样的震抖在原野上的鸡鸣。

八月廿二日

（该篇创作于一九三七年八月二十二日，首刊于一九三七年九月十八日上海《七月》周刊第二期，署名萧红。后刊于一九三七年十月十六日武汉《七月》半月刊第一集第一期。）

寄东北流亡者

沦落在异地的东北同胞们：

当每个秋天的月亮快圆的时候，你们的心总被悲哀装满。想起高粱油绿的叶子，想起白发的母亲或幼年的亲眷。

你们的希望曾随着秋天的满月，在幻想中赊取了七次，而每次都是月亮如期的圆了，而你们的希望却随着高粱叶子萎落。但是自从"八一三"之后，上海的炮火响了，中国政府积极抗战揭开，九一八的成了习惯的暗淡与愁惨却在炮火的交响里换成了激动，兴奋和感激。这时，你们一定也流泪了。这是感激的泪，兴奋的泪，激动的泪。

记得抗战以后，第一个九一八是怎样纪念的呢？

中国飞行员在这天做了突击的工作。他们对于出云舰的袭击作了出色的功绩。

那夜里，日本神经质的高射炮手，浪费的用红色的绿色的淡蓝色的炮弹把天空染红了。但是我们的飞行员仍然以精确的技巧和沉毅的态度来攻击这摧毁文化摧毁和平的法西①魔手。几百万的市民都仰起头来寻觅，其实他们是什么也看不见的，但是他们一定要看。在那黑魆魆的天空里仿佛什么都找不到，而这里就隐藏着我们抗战的活动的每个角度。

第一个煽惑起东北同胞的思想的是："我们就要回家去了！"

是的，家是可以回去的，而且家也是好的，土地是宽阔的，米粮是富足的。

是的，人类是何等的对着故乡寄注了强烈的怀念呵！黑人对着迪斯的痛苦的响往，爱尔兰的诗人夏芝②想回到那有"蜂房一窠，菜畦九畴"的茵尼斯，作过水手的约翰·曼殊斐儿③狂热的愿意回到海上。

但是等待了七年的同胞们，单纯的心急是没用的，感情的焦躁不但无价值，而常常是理智的降低。要把急切的心情放在工作的表现上才对。我们的位置就是永远站在别人的前边的那个位置。我们是应该第一个打开了门而是最末走进去的人。

抗战到现在已经遭遇到最坚苦的阶段，而且也就是最后胜利接近的阶段。在美国贾克伦敦④所写的一篇短篇小说上，描写两个拳师在冲击的斗争里，只系于最后的一拳。而那个可怜的"老拳师"所以失败的原因，也只在少吃了一块"牛扒"。假若事先他能在肚里装进一块"牛扒"，胜利一定属于他的。

东北流亡同胞，我们的地大物博，决定我们的沉着毅勇，正

---

① 法西：即法西斯。
② 夏芝：即威廉·巴特勒·叶芝（1865—1939），又译叶慈。
③ 约翰·曼殊斐儿：英国女作家，现译为曼斯菲尔德（1888—1923）。
④ 贾克伦敦：即杰克·伦敦（1876—1916）。

与敌人的急功切进相反，所以最后的一拳一定是谁最沉着的就是谁打得最有力。我们应该献身给祖国作前卫的工作，就如我们应该把失地收复一样。这是无可怀疑的。

东北流亡的同胞，为了失去的土地上的高粱，谷子，努力吧！为了失去的土地上年老的母亲，努力吧！为了失去的地面上的痛心的一切的记忆，努力吧！

而且我们要竭力克服残存的那种"小地主"意识和官僚主义的余毒，赶快的加入到生产的机构里，因为九一八以后的社会变更，已经使你们失去了大片土地的依存，要还是固守从前的生活方式，坐吃山空，那样你们的资产将只剩了哀愁和苦闷。作个商人去，作个工人去，作一个能生产的人比作一个在幻想上满足自己的流浪人，要对国家有利得多。

幻想不能泛滥，现实在残酷的抨击你的时候，逃避只会得到更坏的暗袭。

时值流亡在异乡的故友们，敬希珍重。拥护这个抗战和加强这个抗战，向前走去！

（该篇创作日期不详，首刊于一九三八年九月十八日汉口《大公报·战线》第一九一期，署名萧红。）

回忆鲁迅先生

鲁迅先生的笑声是明朗的,是从心里的欢喜。若有人说了什么可笑的话,鲁迅先生笑得连烟卷都拿不住了,常常是笑得咳嗽起来。

鲁迅先生走路很轻捷,尤其使人记得清楚的,是他刚抓起帽子来往头上一扣,同时左腿就伸出去了,仿佛不顾一切的走去。

鲁迅先生不大注意人的衣裳,他说:

"谁穿什么衣裳我看不见的……"

鲁迅先生生病,刚好了一点,窗子开着,他坐在躺椅上,抽着烟,那天我穿着新奇的火红的上衣,很宽的袖子。

鲁迅先生说:"这天气闷热起来,这就是梅雨天。"他把他装在象牙烟嘴上的香烟,又用手装得紧一点,往下又说了别的。

许先生忙着家务跑来跑去,也没有对我的衣裳加以鉴赏。

于是我说:"周先生,我的衣裳漂亮不漂亮?"

鲁迅先生从上往下看了一眼:"不大漂亮。"

过了一会又加着说:"你的裙子配得颜色不对,并不是红上衣不好看,各种颜色都是好看的,红上衣要配红裙子,不然就是黑裙子，咖啡色的就不行了；这两种颜色放在一起很混浊……你没看到外国人在街上走的吗？绝没有下边穿一件绿裙子，上边穿一件紫上衣，也没有穿一件红裙子而后穿一件白上衣的……"

鲁迅先生就在躺椅上看着我："你这裙子是咖啡色的，还带格子，颜色混浊得很，所以把红衣裳也弄得不漂亮了。"

"……人瘦不要穿黑衣裳，人胖不要穿白衣裳；脚长的女人一定要穿黑鞋子，脚短就一定要穿白鞋子；方格子的衣裳胖人不能穿，但比横格子的还好；横格子的，胖人穿上，就把胖子更往两边裂着，更横宽了，胖子要穿竖条子的，竖的把人显得长，横的把人显的宽……"

那天鲁迅先生很有兴致，把我一双短统靴子也略略批评一下，说我的短靴是军人穿的，因为靴子的前后都有一条线织的拉手，这拉手据鲁迅先生说是放在裤子下边的……

我说："周先生，为什么那靴子我穿了多久了而不告诉我，怎么现在才想起来呢？现在我不是不穿了吗？我穿的这不是另外的鞋吗？"

"你不穿我才说的，你穿的时候，我一说你该不穿了。"

那天下午要赴一个宴会去，我要许先生给我找一点布条或绸条束一束头发。许先生拿了来米色的绿色的还有桃红色的。经我和许先生共同选定的是米色的。为着取笑，把那桃红色的，许先生举起来放在我的头发上，并且许先生很开心的说着：

"好看吧！多漂亮！"

我也非常得意，很规矩又顽皮的在等着鲁迅先生往这边看我们。

鲁迅先生这一看，他就生气了，他的眼皮往下一放向我们这边看着：

"不要那样装她……"

许先生有点窘了。

我也安静下来。

鲁迅先生在北平教书时,从不发脾气,但常常好用这种眼光看人,许先生常跟我讲,她在女师大读书时,周先生在课堂上,一生气就用眼睛往下一掠,看着她们,这种眼光鲁迅先生在记范爱农先生的文字曾自己述说过,而谁曾接触过这种眼光的人就会感到一个旷代的全智者的催逼。

我开始问:"周先生怎么也晓得女人穿衣裳的这些事情呢?"

"看过书的,关于美学的。"

"什么时候看的……"

"大概是在日本读书的时候……"

"买的书吗?"

"不一定是买的,也许是从什么地方抓到就看的……"

"看了有趣味吗?!"

"随便看看……"

"周先生看这书做什么?"

"……"没有回答。好像很难以答。

许先生在旁说:"周先生什么书都看的。"

在鲁迅先生家里做客人,刚开始是从法租界来到虹口,搭电车也要差不多一个钟头的工夫,所以那时候来的次数比较少,还记得有一次谈到半夜了,一过十二点电车就没有的,但那天不知讲了些什么,讲到一个段落就看看旁边小长桌上的圆钟,十一点半了,十一点四十五分了,电车没有了。

"反正已十二点,电车已没有,那么再坐一会。"许先生如此劝着。

鲁迅先生好像听了所讲的什么引起了幻想,安顿的举着象牙烟嘴在沉思着。

一点钟以后,送我(还有别的朋友)出来的是许先生,外边下着濛濛的小雨,弄堂里灯光全然灭掉了,鲁迅先生嘱许先生一定让坐小汽车回去,并且一定嘱咐许先生付钱。

以后也住到北四川路来,就每夜饭后必到大陆新村来了,刮风的天,下雨的天,几乎没有间断的时候。

鲁迅先生很喜欢北方饭。还喜欢吃油炸的东西,喜欢吃硬的东西,就是后来生病的时候,也不大吃牛奶。鸡汤端到旁边用调羹舀了一二下就算了事。

有一天约好我去包饺子吃,那还是住在法租界,所以带了外国酸菜和用绞肉机绞成的牛肉,就和许先生站在客厅后边的方桌边包起来。海婴公子围着闹得起劲,一会把按成圆饼的面拿去了,他说做了一只船来,送在我们的眼前,我们不看他,转身他又做了一只小鸡。许先生和我都不去看他,对他竭力避免加以赞美,若一赞美起来,怕他更做得起劲。

客厅后没到黄昏就先黑了,背上感到些微的寒凉,知道衣裳不够了,但为着忙,没有加衣裳去。等把饺子包完了看看那数目并不多,这才知道许先生和我们谈话谈得太多,误了工作。许先生怎样离开家的,怎样到天津读书的,在女师大读书时怎样做了家庭教师,她去考家庭教师的那一段描写,非常有趣,只取一名,可是考了好几十名,她之能够当选算是难的了。指望对于学费有点补足,冬天来了,北平又冷,那家离学校又远,每月除了车子钱之外,若伤风感冒还得自己拿出买阿司匹林的钱来,每月薪金十元要从西城跑到东城……

饺子煮好，一上楼梯，就听到楼上明朗的鲁迅先生的笑声冲下楼梯来，原来有几个朋友在楼上也正谈得热闹。那一天吃得是很好的。

以后我们又做过韭菜合子，又做过荷叶饼，我一提议，鲁迅先生必然赞成，而我做的又不好，可是鲁迅先生还是在饭桌上举着筷子问许先生："我再吃几个吗？"

因为鲁迅先生的胃不大好，每饭后必吃"脾自美"胃药丸一二粒。

有一天下午鲁迅先生正在校对着瞿秋白的《海上述林》，我一走进卧室去，从那圆转椅上鲁迅先生转过来了，向着我，还微微站起了一点。

"好久不见，好久不见。"一边说着一边向我点头。

刚刚我不是来过了吗？怎么会好久不见？就是上午我来的那次周先生忘记了，可是我也每天来呀……怎么都忘记了吗？

周先生转身坐在躺椅上才自己笑起来，他是在开着玩笑。

梅雨季，很少有晴天，一天的上午刚一放晴，我高兴极了，就到鲁迅先生家去了，跑得上楼还喘着，鲁迅先生说："来啦！"我说："来啦！"

我喘着连茶也喝不下。

鲁迅先生就问我：

"有什么事吗？"

我说："天晴啦，太阳出来啦。"

许先生和鲁迅先生都笑着，一种对于冲破忧郁心境的展然的会心的笑。

海婴一看到我非拉我到院子里和他一道玩不可，拉我的头发或拉我的衣裳。

为什么他不拉别人呢？据周先生说："他看你梳着辫子，和他差不多，别人在他眼里都是大人，就看你小。"

许先生问着海婴："你为什么喜欢她呢？不喜欢别人？"

"她有小辫子。"说着就来拉我的头发。

鲁迅先生家里生客人很少，几乎没有，尤其是住在他家里的人更没有。一个礼拜六的晚上，在二楼上鲁迅先生的卧室里摆好了晚饭，围着桌子坐满了人。每逢礼拜六晚上都是这样的，周建人先生带着全家来拜访的。在桌子边坐着一个很瘦的很高的穿着中国小背心的人，鲁迅先生介绍说："这是一位同乡，是商人。"

初看似乎对的，穿着中国裤子，头发剃得很短。当吃饭时，他还让别人酒，也给我倒一盅，态度很活泼，不大像个商人；等吃完了饭，又谈到《伪自由书》及《二心集》。这个商人，开明得很，在中国不常见。没有见过的，就总不大放心。

下一次是在楼下客厅后的方桌上吃晚饭，那天很晴，一阵阵的刮着热风，虽然黄昏了，客厅后还不昏黑。鲁迅先生是新剪的头发，还能记得桌上有一碗黄花鱼，大概是顺着鲁迅先生的口味，是用油煎的。鲁迅先生前面摆着一碗酒，酒碗是扁扁的，好像用做吃饭的饭碗。那位商人先生也能喝酒，酒瓶手就站在他的旁边。他说蒙古人什么样，苗人什么样，从西藏经过时，那西藏女人见了男人追她，她就如何如何。

这商人可真怪，怎么专门走地方，而不做买卖？并且鲁迅先生的书他也全读过，一开口这个，一开口那个。并且海婴叫他×先生，我一听那×字就明白他是谁了。×先生常常回来得很迟，从鲁迅先生家里出来,在弄堂里遇到了几次。

有一天晚上×先生从三楼下来,手里提着小箱子,身上穿着长袍子,站在鲁迅先生的面前,他说他要搬了。他告了辞,许先生送他下楼去了。这时候周先生在地板上绕了两个圈子,问我说:

"你看他到底是商人吗?"

"是的。"我说。

鲁迅先生很有意思的在地板上走几步,而后向我说:"他是贩卖私货的商人,是贩卖精神上的……"

×先生走过二万五千里回来的。

青年人写信,写得太草率,鲁迅先生是深恶痛绝之的。

"字不一定要写得好,但必须得使人一看了就认识,年青人现在都太忙了……他自己赶快胡乱写完了事,别人看了三遍五遍看不明白,这费了多少工夫,他不管。反正这费了功夫不是他的。这存心是不太好的。"

但他还是展读着每封由不同角落里投来的青年的信,眼睛不济时,便戴起眼镜来看,常常看到夜里很深的时光。

鲁迅先生坐在××电影院楼上的第一排,那片名忘记了,新闻片是苏联纪念五一节的红场。

"这个我怕看不到的……你们将来可以看得到。"鲁迅先生向我们周围的人说。

珂勒惠支的画,鲁迅先生最佩服,同时也很佩服她的做人,珂勒惠支受希特拉的压迫,不准她做教授,不准她画画,鲁迅先生常讲到她。

史沫特烈，鲁迅先生也讲到，她是美国女子，帮助印度独立运动，现在又在援助中国。

鲁迅先生介绍人去看的电影：《夏伯阳》①《复仇艳遇》②……其余的如《人猿泰山》③……或者非洲的怪兽这一类的影片，也常介绍给人的。鲁迅先生说："电影没有什么好看的，看看鸟兽之类倒可以增加些对于动物的知识。"

鲁迅先生不游公园，住在上海十年，兆丰公园没有进过。虹口公园这么近也没有进过。春天一到了，我常告诉周先生，我说公园里的土松软了，公园里的风多么柔和，周先生答应选个晴好的天气，选个礼拜日，海婴休假日，好一道去，坐一乘小汽车一直开到兆丰公园，也算是短途旅行，但这只是想着而未有做到，并且把公园给下了定义。鲁迅先生说："公园的样子我知道的……一进门分做两条路，一条通左边，一条通右边，沿着路种着点柳树什么树的，树下摆着几张长椅子，再远一点有个水池子。"

我是去过兆丰公园的，也去过虹口公园或是法国公园的，仿佛这个定义适用在任何国度的公园设计者。

鲁迅先生不戴手套，不围围巾，冬天穿着黑石蓝的棉布袍子，头上戴着灰色毡帽，脚穿黑帆布胶皮底鞋。

胶皮底鞋夏天特别热，冬天又凉又湿，鲁迅先生的身体不算

---

① 《夏伯阳》：一九三四年根据苏联作家富尔曼诺夫同名小说改编的电影，由瓦西里耶夫兄弟导演，被称为苏联社会主义现实主义电影里程碑之作。
② 《复仇艳遇》：苏联影片，根据普希金小说《杜波罗夫斯基》改编。
③ 《人猿泰山》：由韦斯穆勒主演的美国动作影片。

好，大家都提议把这鞋子换掉。鲁迅先生不肯，他说胶皮底鞋子走路方便。

"周先生一天走多少路呢？也不就一转弯到××书店走一趟吗？"

鲁迅先生笑而不答。

"周先生不是很好伤风吗？不围巾子，风一吹不就伤风了吗？"

鲁迅先生这些个都不习惯，他说：

"从小就没戴过手套围巾，戴不惯。"

鲁迅先生一推开门从家里出来时，两只手露在外边，很宽的袖口冲着风就向前走，腋下夹着个黑绸子印花的包袱，里边包着书或者是信，到老靶子路书店去了。

那包袱每天出去必带出去，回来必带回来。出去时带着给青年们的信，回来又从书店带来新的信和青年请鲁迅先生看的稿子。

鲁迅先生抱着印花包袱从外边回来，还提着一把伞，一进门客厅里早坐着客人，把伞挂在衣架上就陪客人谈起话来。谈了很久了，伞上的水滴顺着伞杆在地板上已经聚了一堆水。

鲁迅先生上楼去拿香烟，抱着印花包袱，而那把伞也没有忘记，顺手也带到楼上去。

鲁迅先生的记忆力非常之强，他的东西从不随便散置在任何地方。

鲁迅先生很喜欢北方口味。许先生想请一个北方厨子，鲁迅先生以为开销太大，请不得的，男佣人，至少要十五元钱的工钱。

所以买米买炭都是许先生下手,我问许先生为什么用两个女佣人都是年老的,都是六七十岁的?许先生说她们做惯了,海婴的保姆,海婴几个月时就在这里。

正说着那矮胖胖的保姆走下楼梯来了,和我们打了个迎面。

"先生,没吃茶吗?"她赶快拿了杯子去倒茶,那刚刚下楼时气喘的声音还在喉管里咕噜咕噜的,她确实年老了。

来了客人,许先生没有不下厨房的,菜食很丰富,鱼,肉……都是用大碗装着,起码四五碗,多则七八碗。可是平常就只三碗菜:一碗素炒豌豆苗,一碗笋炒咸菜,再一碗黄花鱼。

这菜简单到极点。

鲁迅先生的原稿,在拉都路一家炸油条的那里用着包油条,我得到了一张,是译《死魂灵》的原稿,写信告诉了鲁迅先生,鲁迅先生不以为希奇。许先生倒很生气。

鲁迅先生出书的校样,都用来揩着桌,或做什么的。请客人在家里吃饭,吃到半道,鲁迅先生回身去拿来校样给大家分着,客人接到手里一看,这怎么可以?鲁迅先生说:

"擦一擦,拿着鸡吃,手是腻的。"

到洗澡间去,那边也摆着校样纸。

许先生从早晨忙到晚上,在楼下陪客人,一边还手里打着毛线。不然就是一边谈着话一边站起来用手摘掉花盆里花上已干枯了的叶子。许先生每送一个客人,都要送到楼下的门口,替客人把门开开,客人走出去而后轻轻的关了门再上楼来。

来了客人还要到街上去买鱼或买鸡,买回来还要到厨房里去工作。

鲁迅先生临时要寄一封信，就得许先生换起皮鞋子来到邮局或者大陆新村旁边信筒那里去。落着雨天，许先生就打起伞来。

许先生是忙的，许先生的笑是愉快的，但是头发有一些是白了的。

夜里去看电影，施高塔路的汽车房只有一辆车，鲁迅先生一定不坐，一定让我们坐。许先生，周建人夫人……海婴，周建人先生的三位女公子。我们上车了。

鲁迅先生和周建人先生，还有别的一二位朋友在后边。

看完了电影出来，又只叫到一部汽车，鲁迅先生又一定不肯坐，让周建人先生的全家坐着先走了。

鲁迅先生旁边走着海婴，过了苏州河的大桥去等电车去了。等了二三十分钟电车还没有来，鲁迅先生依着沿苏州河的铁栏杆坐在桥边的石围上了，并且拿出香烟来，装上烟嘴，悠然的吸着烟。

海婴不安的来回的乱跑，鲁迅先生还招呼他和自己并排的坐下。

鲁迅先生坐在那儿和一个乡下的安静老人一样。

鲁迅先生吃的是清茶，其余不吃别的饮料。咖啡、可可、牛奶、汽水之类，家里都不预备。

鲁迅先生陪客人到夜深，必同客人一道吃些点心，那饼干就是从铺子里买来的，装在饼干盒子里，到夜深许先生拿着碟子取出来，摆在鲁迅先生的书桌上，吃完了，许先生打开立柜再取一碟。还有向日葵子差不多每来客人必不可少。鲁迅先生一边抽着烟,一边剥着瓜子吃,吃完了一碟鲁迅先生必请许先生再拿一碟来。

鲁迅先生备有两种纸烟,一种价钱贵的,一种便宜的。便宜的是绿听子的,我不认识那是什么牌子,只记得烟头上带着黄纸的嘴,每五十支的价钱大概是四角到五角,是鲁迅先生自己平日用的。另一种是白听子的,是前门烟,用来招待客人的,白听烟放在鲁迅先生书桌的抽屉里。来客人鲁迅先生下楼,把它带到楼下去,客人走了,又带回楼上来照样放在抽屉里。而绿听子的永远放在书桌上,是鲁迅先生随时吸着的。

鲁迅先生的休息,不听留声机,不出去散步,也不倒在床上睡觉,鲁迅先生自己说:

"坐在椅子上翻一翻书就是休息了。"

鲁迅先生从下午两三点钟起就陪客人,陪到五点钟,陪到六点钟,客人若在家吃饭,吃完饭又必要在一起喝茶,或者刚刚喝完茶走了,或者还没走又来了客人,于是又陪下去,陪到八点钟,十点钟,常常陪到十二点钟。从下午两三点钟起,陪到夜里十二点,这么长的时间,鲁迅先生都是坐在藤躺椅上,不断的吸着烟。

客人一走,已经是下半夜了,本来已经是睡觉的时候了,可是鲁迅先生正要开始工作。在工作之前,他稍微阖一阖眼睛,燃起一支烟来,躺在床边上,这一支烟还没有吸完,许先生差不多就在床里边睡着了。(许先生为什么睡得这样快?因为第二天早晨六七点钟就要起来管理家务。)海婴这时也在三楼和保姆一道睡着了。

全楼都寂静下去,窗外也是一点声音没有了,鲁迅先生站起来，坐到书桌边，在那绿色的台灯下开始写文章了。

许先生说鸡鸣的时候，鲁迅先生还是坐着，街上的汽车嘟嘟的叫起来了，鲁迅先生还是坐着。

有时许先生醒了，看着玻璃窗白萨萨的了，灯光也不显得怎样亮了，鲁迅先生的背影不像夜里那样黑大。

鲁迅先生的背影是灰黑色的，仍旧坐在那里。

人家都起来了，鲁迅先生才睡下。

海婴从三楼下来了，背着书包，保姆送他到学校去，经过鲁迅先生的门前，保姆总是盼咐他说：

"轻一点走，轻一点走。"

鲁迅先生刚一睡下，太阳就高起来了。太阳照着隔院子的人家，明亮亮的，照着鲁迅先生花园的夹竹桃，明亮亮的。

鲁迅先生的书桌整整齐齐的，写好的文章压在书下边，毛笔在烧瓷的小龟背上站着。

一双拖鞋停在床下，鲁迅先生在枕头上边睡着了。

鲁迅先生喜欢吃一点酒，但是不多吃，吃半小碗或一碗。鲁迅先生吃的是中国酒，多半是花雕。

老靶子路有一家小吃茶店，只有门面一间，在门面里边设座，座少，安静，光线不充足，有些冷落。鲁迅先生常到这吃茶店来，有约会多半是在这里边，老板是犹太人也许是白俄，胖胖的，中国话大概他听不懂。

鲁迅先生这一位老人，穿着布袍子，有时到这里来，泡一壶红茶，和青年人坐在一道谈了一两个钟头。

有一天鲁迅先生的背后那茶座里边坐着一位摩登女子，身穿紫裙子黄衣裳，头戴花帽子……那女子临走时，鲁迅先生一看她，就用眼瞪着她，很生气的看了她半天。而后说：

"是做什么的呢？"

鲁迅先生对于穿着紫裙子黄衣裳，花帽子的人就是这样看法的。

鬼到底是有的是没有的？传说上有人见过，还跟鬼说过话，还有人被鬼在后边追赶过，吊死鬼一见了人就贴在墙上。但没有一个人捉住一个鬼给大家看看。

鲁迅先生讲了他看见过鬼的故事给大家听：

"是在绍兴……"鲁迅先生说，"三十年前……"

那时鲁迅先生从日本读书回来，在一个师范学堂里也不知是什么学堂里教书，晚上没有事时，鲁迅先生总是到朋友家去谈天。这朋友住的离学堂几里路，几里路不算远，但必得经过一片坟地。谈天有的时候就谈得晚了，十一二点钟才回学堂的事也常有，有一天鲁迅先生就回去得很晚，天空有很大的月亮。

鲁迅先生向着归路走得很起劲时，往远处一看，远远有一个白影。

鲁迅先生不相信鬼的，在日本留学时是学的医，常常把死人抬来解剖的，鲁迅先生解剖过二十几个，不但不怕鬼，对死人也不怕，所以对于坟地也就根本不怕。仍旧是向前走的。

走了不几步，那远处的白影没有了，再看突然又有了。并且时小时大，时高时低，正和鬼一样。鬼不就是变换无常的吗？

鲁迅先生有点踌躇了，到底向前走呢？还是回过头来走？本来回学堂不止这一条路，这不过是最近的一条就是了。

鲁迅先生仍是向前走，到底要看一看鬼是什么样，虽然那时候也怕了。

鲁迅先生那时从日本回来不久，所以还穿着硬底皮鞋。鲁迅先生决心要给那鬼一个致命的打击，等走到那白影的旁边时，那白影缩小了，蹲下了，一声不响的靠住了一个坟堆。

鲁迅先生就用了他的硬皮鞋踢出去。

那白影噢的一声叫起来，随着就站起来，鲁迅先生定眼看去，他却是个人。

鲁迅先生说在他踢的时候，他是很害怕的，好像若一下不把那东西踢死，自己反而会遭殃的，所以用了全力踢出去。

原来是个盗墓子的人在坟场上半夜作着工作。

鲁迅先生说到这里就笑了起来。

"鬼也是怕踢的，踢他一脚就立刻变成人了。"

我想，倘若是鬼常常让鲁迅先生踢踢倒是好的，因为给了他一个做人的机会。

从福建菜馆叫的菜，有一碗鱼做的丸子。

海婴一吃就说不新鲜，许先生不信，别的人也都不信。因为那丸子有的新鲜，有的不新鲜，别人吃到嘴里的恰好都是没有改味的。

许先生又给海婴一个，海婴一吃，又是不好的，他又嚷嚷着。别人都不注意，鲁迅先生把海婴碟里的拿来尝尝，果然是不新鲜的。鲁迅先生说：

"他说不新鲜，一定也有他的道理，不加以查看就抹杀是不对的。"

………

以后我想起这件事来，私下和许先生谈过，许先生说："周先生的做人，真是我们学不了的。那怕一点点小事。"

鲁迅先生包一个纸包也要包得整整齐齐，常常把要寄出的书，鲁迅先生从许先生手里拿过来自己包，许先生本来包得多么好，而鲁迅先生还要亲自动手。

鲁迅先生把书包好了，用细绳捆上，那包方方正正的，连一个角也不准歪一点或扁一点，而后拿着剪刀，把捆书的那绳头都剪得整整齐齐。

就是包这书的纸都不是新的，都是从街上买东西回来留下来的。许先生上街回来把买来的东西一打开随手就把包东西的牛皮纸折起来，随手把小细绳圈了一个圈。若小细绳上有一个疙瘩，也要随手把它解开的。准备着随时用随时方便。

鲁迅先生住的是大陆新村九号。

一进弄堂口，满地铺着大方块的水门汀，院子里不怎样嘈杂，从这院子出入的有时候是外国人，也能够看到外国小孩在院子里零星的玩着。

鲁迅先生隔壁挂着一块大的牌子，上面写着一个"茶"字。

在一九三五年十月一日。

鲁迅先生的客厅摆着长桌，长桌是黑色的，油漆不十分新鲜，但也并不破旧，桌上没有铺什么桌布，只在长桌的当心摆着一个绿豆青色的花瓶，花瓶里长着几株大叶子的万年青，围着长桌有七八张木椅子。尤其是在夜里，全弄堂一点什么声音也听不到。

那夜，就和鲁迅先生和许先生一道坐在长桌旁边喝茶的。当夜谈了许多关于伪满洲国的事情，从饭后谈起，一直谈到九点钟十点钟而后到十一点，时时想退出来，让鲁迅先生好早点休息，因为我看出。鲁迅先生身体不大好,又加上听许先生说过,鲁迅先生伤风了一个多月,刚好了的。

但是鲁迅先生并没有疲倦的样子。虽然客厅里也摆着一张可以卧倒的藤椅,我们劝他几次想让他坐在藤椅上休息一下,但是他没有去,仍旧坐在椅子上。并且还上楼一次,去加穿了一件皮袍子。

那夜鲁迅先生到底讲了些什么,现在记不起来了。也许想起来的不是那夜讲的而是以后讲的也说不定。过了十一点,天就落雨了,雨点淅沥淅沥的打在玻璃窗上,窗子没有窗帘,所以偶一回头,就看到玻璃窗上有小水流往下流。夜已深了,并且落了雨,心里十分着急,几次站起来想要走,但是鲁迅先生和许先生一再说再坐一下:"十二点钟以前终归有车子可搭的。"所以一直坐到将近十二点,才穿起雨衣来,打开客厅外面的响着的铁门,鲁迅先生非要送到铁门外不可。我想为什么他一定要送呢?对于这样年轻的客人,这样的送是应该的吗?雨不会打湿了头发,受了寒伤风不又要继续下去吗?站在铁门外边,鲁迅先生说,并且指着隔壁那家写着"茶"字的大牌子:"下次来记住这个'茶'字,就是这个'茶'的隔壁。"而且伸出手去,几乎是触到了钉在锁门旁边的那个九号的"九"字,"下次来记住'茶'的旁边九号。"

于是脚踏着方块的水门汀,走出弄堂来,回过身去往院子里边看了一看,鲁迅先生那一排房子统统是黑洞洞的,若不是告诉得那样清楚,下次来恐怕要记不住的。

鲁迅先生的卧室,一张铁架大床,床顶上遮着许先生亲手做的白布刺花的围子,顺着床的一边折着两床被子,都是很厚的,是花洋布的被面。挨着门口的床头的方面站着抽屉柜。一进门的左手摆着八仙桌，桌子的两旁藤椅各一，立柜站在和方桌一排的墙角，立柜本是挂衣裳的，衣裳却很少，都让糖盒子，饼干筒子，瓜子罐给塞满了。有一次××老板的太太来拿版权的图章花，鲁迅先生就是从立柜下边大抽屉里取出的。沿着墙角望窗子那边走，有一张装饰台，桌子上有一个方形的满浮着绿草的玻璃养鱼池，里边游着的不是金鱼而是灰色的扁肚子的小鱼。除了鱼池之外另有一只圆的表，其余那上边满装着书。铁架床靠窗子的那头的书柜里书柜外都是书。最后是鲁迅先生的写字台，那上边也都是书。

鲁迅先生家里，从楼上到楼下，没有一个沙发，鲁迅先生工作时坐的椅子是硬的，休息时的藤椅是硬的，到楼下陪客人时坐的椅子又是硬的。

鲁迅先生的写字台面向着窗子，上海弄堂房子的窗子差不多满一面墙那么大，鲁迅先生把它关起来，因为鲁迅先生工作起来有一个习惯，怕吹风，他说，风一吹，纸就动，时时防备着纸跑，文章就写不好。所以屋子热得和蒸笼似的，请鲁迅先生到楼下去，他又不肯，鲁迅先生的习惯是不换地方。有时太阳照进来，许先生劝他把书桌移开一点都不肯。只有满身流汗。

鲁迅先生的写字桌，铺了一张蓝格子的油漆布，四角都用图钉按着。桌子上有小砚台一方，墨一块，毛笔站在笔架上，笔架是烧瓷的，在我看来不很细致，是一个龟，龟背上带着好几个洞，笔就插在那洞里。鲁迅先生多半是用毛笔的，钢笔也不是没有，是放在抽屉里。桌上有一个方大的白瓷的烟灰盒，还有一个茶杯，杯子上戴着盖。

鲁迅先生的习惯与别人不同，写文章用的材料和来信都压在桌子上，把桌子都压得满满的，几乎只有写字的地方可以伸开手，其余桌子的一半被书或纸张占有着。

左手边的桌角上有一个带绿灯罩的台灯，那灯泡是横着装的，在上海那是极普通的台灯。

冬天在楼上吃饭，鲁迅先生自己拉着电线把台灯的机关从棚顶的灯头上拔下，而后装上灯泡子。等饭吃过了，许先生再把电线装起来，鲁迅先生的台灯就是这样做成的，拖着一根长的电线在棚顶上。

鲁迅先生的文章，多半是从这台灯下写的。因为鲁迅先生的工作时间，多半是下半夜一两点起，天将明了休息。

卧室就是如此，墙上挂着海婴公子一个月婴孩的油画像。

挨着卧室的后楼里边，完全是书了，不十分整齐，报纸和杂志或洋装的书，都混在这间屋子里，一走进去多少还有些纸张气味。地板被书遮盖得太小了，几乎没有了，大网篮也堆在书中。墙上拉着一条绳子或者是铁丝，就在那上边系了小提盒，铁丝笼之类。风干荸荠就盛在铁丝笼里，扯着的那铁丝几乎被压断了在弯弯着。一推开藏书室的窗子，窗子外边还挂着一筐风干荸荠。

"吃吧，多得很，风干的，格外甜。"许先生说。

楼下厨房传来了煎菜的锅铲的响声，并且两个年老的娘姨慢重重的在讲一些什么。

厨房是家里最热闹的一部分。整个三层楼都是静静的，喊娘姨的声音没有，在楼梯上跑来跑去的声音没有。鲁迅先生家里五六间房子只住着五个人，三位是先生的全家，余下的二位是年老的女佣人。

来了客人都是许先生亲自倒茶,即或是麻烦到娘姨时,也是许先生下楼去吩咐,绝没有站到楼梯口就大声呼唤的时候。所以整个的房子都在静悄悄之中。

只有厨房比较热闹了一点,自来水花花的流着,洋瓷盆在水门汀的水池子上每拖一下磨着嚓嚓的响,洗米的声音也是嚓嚓的。鲁迅先生很喜欢吃竹笋的,在菜板上切着笋片笋丝时,刀刃每划下去都是很响的。其他比起别人家的厨房来却冷清极了,所以洗米声和切笋声都分开来听得样样清清晰晰。

客厅的一边摆着并排的两个书架,书架是带玻璃橱的,里面有朵斯托益夫斯基的全集和别的外国作家的全集,大半多是日文译本。地板上没有地毯,但擦得非常干净。

海婴公子的玩具橱也站在客厅里,里边是些毛猴子,橡皮人,火车汽车之类,里边装得满满的,别人是数不清的,只有海婴自己伸手到里边找些什么就有什么。过新年时在街上买的兔子灯,纸毛上已经落了灰尘了,仍摆在玩具橱顶上。

客厅只有一个灯头,大概五十烛光。客厅的后门对着上楼的楼梯,前门一打开有一个一方丈大小的花园,花园里没有什么花看,只有一株很高的七八尺高的小树,大概那树是柳桃,一到了春天,喜欢生长蚜虫,忙得许先生拿着喷蚊虫的机器,一边陪着谈话,一边喷着杀虫药水。沿了墙根,种了一排玉米,许先生说:"这玉米长不大的,这土是没有养料的,海婴一定要种。"

春天,海婴在花园里掘着泥沙,培植着各种玩艺。

三楼则特别静了,向着太阳开着两扇玻璃门,门外有一个水门汀的突出的小廊子,春天很温暖的抚摸着门口长垂着的帘子,有时候帘子被风打得很高,飘扬的饱满得和大鱼泡似的。那时候隔院的绿树照进玻璃门扇里来了。

海婴坐在地板上装着小工程师在修着一座楼房，他那楼房是用椅子横倒了架起来修的，而后遮起一张被单来算做屋瓦，全个房子在他自己拍着手的赞誉声中完成了。

这屋间感到些空旷和寂寞，既不像女工住的屋子，又不像儿童室。海婴的眠床靠着屋子的一边放着，那大圆顶帐子日里也不打起来，长拖拖的好像从棚顶一直垂到地板上，那床是非常讲究的，属于刻花的木器一类的。许先生讲过，租这房子时，从前一个房客转留下来的。海婴和他的保姆，就睡在五六尺宽的大床上。

冬天烧过的火炉，三月里还冷冰冰的在地板上站着。

海婴不大在三楼上玩的，除了到学校去，就是在院子里踏脚踏车，他非常喜欢跑跳，所以厨房，客厅，二楼，他是无处不跑的。

三楼整天在高处空着，三楼的后楼住着另一个老女工，一天很少上楼来，所以楼梯擦过之后，一天到晚干净得溜明。

一九三六年三月里鲁迅先生病了，靠在二楼的躺椅上，心脏跳动得比平日厉害，脸色略微灰了一点。

许先生正相反的，脸色是红的，眼睛显得大了，讲话的声音是平静的，态度并没有比平日慌张。在楼下，一走进客厅来许先生就告诉说：

"周先生病了，气喘……喘得厉害，在楼上靠在躺椅上。"

鲁迅先生呼喘的声音，不用走到他的旁边，一进了卧室就听得到的。鼻子和胡须在扇着，胸部一起一落。眼睛闭着，差不多永久不离开手的纸烟，也放弃了。躺藤椅后边靠着枕头，鲁迅先生的头有些向后，两只手空闲的垂着。眉头仍和平日一样没有聚皱，脸上是平静的，舒展的，似乎并没有任何痛苦加在身上。

"来了吗？"鲁迅先生睁一睁眼睛，"不小心，着了凉……呼吸困难……到藏书的房子去翻一翻书……那房子因为没有人住，特别凉……回来就……"

许先生看周先生说话吃力，赶快接着说周先生是怎样气喘的。

医生看过了，吃了药，但喘并未停。下午医生又来过，刚刚走。

卧室在黄昏里边一点一点的暗下去，外边起了一点小风，隔院的树被风摇着发响。别人家的窗子有的被风打着发出自动关开的响声，家家的流水道都是花拉花拉的响着水声，一定是晚餐之后洗着杯盘的剩水。晚餐后该散步的散步去了，该会朋友的会朋友去了，弄堂里来去的稀疏不断的走着人，而娘姨们还没有解掉围裙呢，就依着后门彼此搭讪起来。小孩子们三五一伙前门后门的跑着，弄堂外汽车穿来穿去。

鲁迅先生坐在躺椅上，沉静的，不动的阖着眼睛，略微灰了的脸色被炉里的火光染红了一点。纸烟听子蹲在书桌上，盖着盖子，茶杯也蹲在桌子上。

许先生轻轻的在楼梯上走着，许先生一到楼下去，二楼就只剩了鲁迅先生一个人坐在椅子上，呼喘把鲁迅先生的胸部有规律性的抬得高高的。

"鲁迅先生必得休息的，"须藤老医生是这样说的。可是鲁迅先生从此不但没有休息，并且脑子里所想的更多了，要做的事情都像非立刻就做不可，校《海上述林》的校样，印珂尔惠支的画，翻译《死魂灵》下部；刚好了，这些就都一起开始了，还计算着出三十年集（即《鲁迅全集》）。

　　鲁迅先生感到自己的身体不好，就更没有时间注意身体，所以要多作，赶快做。当时大家不解其中的意思，都以为鲁迅先生不加以休息不以为然，后来读了鲁迅先生《死》的那篇文章才了然了。

　　鲁迅先生知道自己的健康不成了，工作的时间没有几年了，死了是不要紧的，只要留给人类更多，鲁迅先生就是这样。

　　不久书桌上德文字典和日文字典都摆起来了，果戈里的《死魂灵》，又开始翻译了。

　　鲁迅先生的身体不大好，容易伤风，伤风之后，照常要陪客人，回信，校稿子。所以伤风之后总要拖下去一个月或半个月的。

　　瞿秋白的《海上述林》校样，一九三五年冬，一九三六年的春天，鲁迅先生不断的校着，几十万字的校样，要看三遍，而印刷所送校样来总是十页八页的，并不是统统一道的送来，所以鲁迅先生不断的被这校样催索着，鲁迅先生竟说：

　　"看吧，一边陪着你们谈话，一边看校样的，眼睛可以看，耳朵可以听……"

　　有时客人来了，一边说着笑话，一边鲁迅先生放下了笔。有的时候也说："就剩几个字了……请坐一坐……"

　　一九三五年冬天许先生说：

　　"周先生的身体是不如从前了。"

　　有一次鲁迅先生到饭馆里去请客，来的时候兴致很好，还记得那次吃了一只烤鸭子，整个的鸭子用大钢叉子叉上来时，大家看着这鸭子烤的又油又亮的，鲁迅先生也笑了。

菜刚上满了，鲁迅先生就到竹躺椅上吸一支烟，并且阖一阖眼睛。一吃完了饭，有的喝多了酒的，大家都乱闹了起来，彼此抢着苹果，彼此讽刺着玩，说着一些刺人可笑的话。而鲁迅先生这时候，坐在躺椅上，阖着眼睛，很庄严的在沉默着，让拿在手上纸烟的烟丝，慢慢的上升着。

别人以为鲁迅先生也是喝多了酒吧！

许先生说，并不的。

"周先生的身体是不如从前了，吃过了饭总要阖一阖眼稍微休息一下，从前一向没有这习惯。"

周先生从椅子上站起来了，大概说他喝多了酒的话让他听到了。

"我不多喝酒的。小的时候，母亲常提到父亲喝了酒，脾气怎样坏，母亲说，长大了不要喝酒，不要像父亲那样子……所以我不多喝的……从来没喝醉过……"

鲁迅先生休息好了，换了一支烟，站起来也去拿苹果吃，可是苹果没有了。鲁迅先生说：

"我争不过你们了，苹果让你们抢没了。"

有人抢到手的还在保存着的苹果，奉献出来，鲁迅先生没有吃，只在吸烟。

一九三六年春，鲁迅先生的身体不大好，但没有什么病，吃过了夜饭，坐在躺椅上，总要闭一闭眼睛沉静一会。

许先生对我说，周先生在北平时，有时开着玩笑，手按着桌子一跃就能够跃过去，而近年来没有这么做过，大概没有以前那么灵便了。

这话许先生和我是私下讲的，鲁迅先生没有听见，仍靠在躺椅上沉默着呢。

　　许先生开了火炉的门，装着煤炭花花的响，把鲁迅先生震醒了。一讲起话来鲁迅先生的精神又照常一样。

　　鲁迅先生睡在二楼的床上已经一个多月了，气喘虽然停止，但每天发热，尤其是下午热度总在三十八度三十九度之间，有时也到三十九度多，那时鲁迅先生的脸色是微红的，目力是疲弱的，不吃东西，不大多睡，没有一些呻吟，似乎全身都没有什么痛楚的地方。躺在床上有的时候张开眼睛看着，有的时候似睡非睡的安静的躺着，茶吃得很少。差不多一刻也不停的吸纸烟，而今几乎完全放弃了，纸烟听子不放在床边，而仍很远的蹲在书桌上，若想吸一支，是请许先生付给的。

　　许先生从鲁迅先生病起，更过度的忙了。按着时间给鲁迅先生吃药，按着时间给鲁迅先生试温度表，试过了之后还要把一张医生发给的表格填好，那表格是一张硬纸，上面画了无数根线，许先生就在这张纸上拿着米度尺画着度数，那表画得和尖尖的小山丘似的，又像尖尖的水晶石，高的低的一排连的站着。许先生虽然每天画，但那像是一条接连不断的线，不过从低处到高处，从高处到低处，这高峰越高越不好，也就是鲁迅先生的热度越高了。

　　来看鲁迅先生的人，多半都不到楼上来了，为的是请鲁迅先生好好的静养，所以把陪客人这些事也推到许先生身上来了。还有书、报、信，都要许先生看过，必要的就告诉鲁迅先生，不十分必要的，就先把它放在一处放一放，等鲁迅先生好了些再取出来交给他。然而这家庭里边还有许多琐事，比方年老的娘姨病了，要请两天假；海婴的牙齿脱掉一个要到牙医那里去看过，但是带他去的人没有，又得许先生。海婴在幼稚园里读书，又是买铅笔，买皮球，还有临时出些个花头，跑上楼来了，说要吃什么花生糖什么牛奶糖，他上楼来是一边跑着一边喊着，许先生连忙拉住了他，拉他下了楼才跟他讲：

"爸爸病啦。"而后拿出钱来，嘱咐好了娘姨，只买几块糖而不准让他格外的多买。

收电灯费的来了，在楼下一打门，许先生就得赶快往楼下跑，怕的是再多打几下，就要惊醒了鲁迅先生。

海婴最喜欢听讲故事，这也是无限的麻烦，许先生除了陪海婴讲故事之外，还要在长桌上偷一点工夫来看鲁迅先生为着病耽搁下来的尚未校完的校样。

在这期间，许先生比鲁迅先生更要担当一切了。

鲁迅先生吃饭，是在楼上单开一桌，那仅仅是一个方木盘，许先生每餐亲手端到楼上去，那黑油漆的方木盘中摆着三、四样小菜，每样都用小吃碟盛着，那小吃碟直径不过二寸，一碟豌豆苗或菠菜或苋菜，把黄花鱼或者鸡之类也放在小碟里端上楼去。若是鸡，那鸡也是全鸡身上最好的一块地方拣下来的肉；若是鱼，也是鱼身上最好一部分，许先生才把它拣下放在小碟里。

许先生用筷子来回的翻着楼下的饭桌上菜碗里的东西，菜检嫩的，不要茎，只要叶，鱼肉之类，检烧得软的，没有骨头没有刺的。

心里存着无限的期望，无限的要求，用了比祈祷更虔诚的目光，许先生看着她自己手里选得精精致致的菜盘子，而后脚板触着楼梯上了楼。

希望鲁迅先生多吃一口，多动一动筷，多喝一口鸡汤。鸡汤和牛奶是医生所嘱的,一定要多吃一些的。

把饭送上去,有时许先生陪在旁边,有时走下楼来又做些别的事,半个钟头之后,到楼上去取这盘子。这盘子装得满满的,有时竟照原样一动也没有动又端下来了,这时候许先生的眉头微微的皱了一点。旁边若有什么朋友,许先生就说:"周先生的热度高,什么也吃不落,连茶也不愿意吃,人很苦,人很吃力。"

有一天许先生用着波浪式的专门切面包的刀切着一个面包,是在客厅后边方桌上切的,许先生一边切着一边对我说:

"劝周先生多吃些东西,周先生说,人好了再保养,现在勉强吃也是没有用的。"

许先生接着似乎问着我:

"这也是对的?"

而后把牛奶面包送上楼去了。一碗烧好的鸡汤,从方盘里许先生把它端出来了,就摆在客厅后的方桌上。许先生上楼去了,那碗热的鸡汤在桌子上自己悠然的冒着热气。

许先生由楼上回来还说呢:

"周先生平常就不喜欢吃汤之类,在病里,更勉强不下了。"

那已经送上去的一碗牛奶又带下来了。

许先生似乎安慰着自己似的。

"周先生人强,欢喜吃硬的,油炸的,就是吃饭也欢喜吃硬饭……"

许先生楼上楼下的跑,呼吸有些不平静,坐在她旁边,似乎可以听到她心脏的跳动。

鲁迅先生开始独桌吃饭以后,客人多半不上楼来了,经许先生婉言把鲁迅先生健康的经过报告了之后就走了。

鲁迅先生在楼上一天一天的睡下去，睡了许多日子就有些寂寞了，有时大概热度低了点就问许先生：

"有什么人来过吗？"

看鲁迅先生精神好些，就一一的报告过。

有时也问到有什么刊物来吗？

鲁迅先生病了一个多月了。

证明了鲁迅先生是肺病，并且是肋膜炎，须藤老医生每天来了，为鲁迅先生先把肋膜化腐的东西用打针的方法抽净，每天抽一次，共抽了一两个礼拜。

这样的病，为什么鲁迅先生一点也不晓得呢？许先生说，周先生有时觉得肋痛了就自己忍着不说，所以连许先生也不知道，鲁迅先生怕别人晓得了又要不放心，又要看医生，医生一定又要说休息。鲁迅先生自己知道做不到的。

福民医院美国医生的检查，说鲁迅先生肺病已经二十年了。这次发了怕是很严重。

医生规定个日子，请鲁迅先生到福民医院去详细检查，要照X光的。

但鲁迅先生当时就下楼是下不得的，又过了许多天，鲁迅先生到福民医院去查病去了。照X光后给鲁迅先生照了一个全部的肺部的照片。

这照片取来的那天许先生在楼下给大家看了，右肺的上尖角是黑的，中部也黑了一块，左肺的下半部都不大好，而沿着左肺的边边黑了一大圈。

这之后，鲁迅先生的热度仍高，若再这样热度不退，就很难抵抗了。

那查病的美国医生，只查病，而不给药吃，他相信药是没有用的。

须藤老医生,鲁迅先生早就认识,所以每天来,他给鲁迅先生吃了些退热的药,还吃停止肺部菌活动的药。他说若肺不再坏下去,就停止在这里,热自然就退了,人是不危险的。

在楼下的客厅里许先生哭了。许先生手里拿着一团毛线,那是海婴的毛线衣拆了洗过之后又团起来的。

鲁迅先生在无欲望状态中,什么也不吃,什么也不想,睡觉是似睡非睡的。

天气热起来了,客厅的门窗都打开着,阳光跳跃在门外的花园里。麻雀来了停在夹竹桃上叫了三两声就又飞去,院子里的小孩子们唧唧喳喳的玩耍着,风吹进来好像带着热气,扑到人的身上,天气刚刚发芽的春天,变为夏天了。

楼上老医生和鲁迅先生谈话的声音隐约可以听到。

楼下又来客人。来的人总要问:

"周先生好一点吗?"

许先生照常说:"还是那样子。"

但今天说了眼泪就又流了满脸。一边拿起杯子来给客人倒茶,一边用左手拿着手帕按着鼻子。

客人问:

"周先生又不大好吗?"

许先生说:

"没有的,是我心窄。"

过了一会鲁迅先生要找什么东西,喊许先生上楼去,许先生连忙擦着眼睛,想说她不上楼的,但左右的看了一看,没有人能替代了她,于是带着她那团还没有缠完的毛线球上楼去了。

楼上坐着老医生，还有两位探望鲁迅先生的客人，许先生一看了他们就自己低了头不好意思地笑了，她不敢到鲁迅先生的面前去，背转着身问鲁迅先生要什么呢，而后又是慌忙的把毛线绕挂在手上缠了起来。

一直到送老医生下楼，许先生都是把背向鲁迅先生而站着的。

每次老医生走，许先生都是替老医生提着皮提包送到前门外的。许先生愉快的、沉静的带着笑容打开铁门闩，很恭敬的把皮包交给老医生，眼看着老医生走了才进来关了门。

这老医生出入在鲁迅先生的家里，连老娘姨对他都是尊敬的，医生从楼上下来时，娘姨若在楼梯的半道，赶快下来躲开，站到楼梯的旁边。有一天老娘姨端着一个杯子上楼，楼上医生和许先生一道下来了，那老娘姨躲闪不灵，急得把杯里的茶都颠出来了。等医生走过去，已经走出了前门，老娘姨还在那里呆呆的望着。

"周先生好了点吧？"

有一天许先生不在家，我问着老娘姨。她说：

"谁晓得，医生天天看过了不声不响的就走了。"

可见老娘姨对医生每天是怀着期望的眼光看着他的。

许先生很镇静，没有紊乱的神色，虽然说那天当着人哭过一次，但该做什么，仍是做什么，毛线该洗的已经洗了，晒的已经晒起，晒干了的随手就把它缠成团子。

"海婴的毛线衣，每年拆一次，洗过之后再重打起，人一年一年的长，衣裳一年穿过，一年就小了。"

在楼下陪着熟的客人，一边谈着，一边开始手里动着竹针。

这种事情许先生是偷工就做的，夏天就开始预备着冬天的，冬天就做夏天的。

许先生自己常常说：

"我是无事忙。"

这话很客气，但忙是真的，每一餐饭，都好像没有安静的吃过。海婴一会要这个，要那个；若一有客人，上街临时买菜，下厨房煎炒还不说，就是摆到桌子上来，还要从菜碗里为着客人选好的夹过去。饭后又是吃水果，若吃苹果还要把皮削掉，若吃荸荠看客人削得慢而不好也要削了送给客人吃，那时鲁迅先生还没有生病。

许先生除了打毛线衣之外，还用机器缝衣裳，剪裁了许多件海婴的内衫裤在窗下缝。

因此许先生对自己忽略了，每天上下楼跑着，所穿的衣裳都是旧的，次数洗得太多，纽扣都洗脱了，也磨破了，都是几年前的旧衣裳，春天时许先生穿了一个紫红宁绸袍子，那料子是海婴在婴孩时候别人送给海婴做被子的礼物。做被子，许先生说很可惜，就检起来做一件袍子。正说着，海婴来了，许先生使眼神，且不要提到，若提到海婴又要麻烦起来了，一定要说是他的，他就要要。

许先生冬天穿一双大棉鞋，是她自己做的。一直到二三月早晚冷时还穿着。

有一次我和许先生在小花园里一道拍一张照片，许先生说她的纽扣掉了，还拉着我站在她前边遮着她。

许先生买东西也总是到便宜的店铺去买，再不然，到减价的地方去买。

处处俭省，把俭省下来的钱，都印了书和印了画。

现在许先生在窗下缝着衣裳，机器声格答格答的，震着玻璃门有些颤抖。

　　窗外的黄昏，窗内许先生低着的头，楼上鲁迅先生的咳嗽声，都搅混在一起了，重续着、埋藏着力量。在痛苦中，在悲哀中，一种对于生的强烈的愿望站得和强烈的火焰那样坚定。

　　许先生的手指把捉了在缝的那张布片，头有时随着机器的力量低沉了一两下。

　　许先生的面容是宁静的、庄严的、没有恐惧的、坦荡的在使用着机器。

　　海婴在玩着一大堆黄色的小药瓶，用一个纸盒子盛着，端起来楼上楼下的跑。向着阳光照是金色的，平放着是咖啡色的，他招聚了小朋友来，他向他们展览，向他们夸耀，这种玩艺只有他有而别人不能有。他说：

　　"这是爸爸打药针的药瓶，你们有吗？"

　　别人不能有，于是他拍着手骄傲的呼叫起来。

　　许先生一边招呼着他，不叫他喊，一边下楼来了。

　　"周先生好了些？"

　　见了许先生大家都是这样问的。

　　"还是那样子，"许先生说，随手抓起一个海婴的药瓶来："这不是么，这许多瓶子，每天打一针，药瓶子也积了一大堆。"

　　许先生一拿起那药瓶，海婴上来就要过去，很宝贵的赶快把那小瓶摆到纸盒里。

　　在长桌上摆着许先生自己亲手做的蒙着茶壶的棉罩子，从那蓝缎子的花罩子下拿着茶壶倒着茶。

　　楼上楼下都是静的了，只有海婴快活的和小朋友们的吵嚷躲在太阳里跳荡。

海婴每晚临睡时必向爸爸妈妈说："明朝会！"

有一天他站在走上三楼去的楼梯口上喊着：

"爸爸，明朝会！"

鲁迅先生那时正病得沉重，喉咙里边似乎有痰，那回答的声音很小，海婴没有听到，于是他又喊：

"爸爸，明朝会！"他等一等，听不到回答的声音，他就大声的连串的喊起来：

"爸爸，明朝会，爸爸，明朝会，……爸爸，明朝会……"

他的保姆在前边往楼上拖他，说是爸爸睡了，不要喊了。可是他怎么能够听呢，仍旧喊。

这时鲁迅先生说"明朝会"，还没有说出来喉咙里边就像有东西在那里堵塞着，声音无论如何放不大。到后来，鲁迅先生挣扎着把头抬起来才很大声的说出：

"明朝会，明朝会。"

说完了就咳嗽起来。

许先生被惊动得从楼下跑来了，不住的训斥着海婴。

海婴一边笑着一边上楼去了，嘴里唠叨着：

"爸爸是个聋人哪！"

鲁迅先生没有听到海婴的话，还在那里咳嗽着。

鲁迅先生在四月里，曾经好了一点，有一天下楼去赴一个约会，把衣裳穿得整整齐齐，手下夹着黑花包袱，戴起帽子来，出门就走。

许先生在楼下正陪客人，看鲁迅先生下来了，赶快说：

"走不得吧，还是坐车子去吧。"

鲁迅先生说："不要紧，走得动的。"

许先生再加以劝说，又去拿零钱给鲁迅先生带着。

鲁迅先生说不要不要，坚决的就走了。

"鲁迅先生的脾气很刚强。"

许先生无可奈何的，只说了这一句。

鲁迅先生晚上回来，热度增高了。

鲁迅先生说：

"坐车子实在麻烦，没有几步路，一走就到。还有，好久不出去，愿意走走……动一动就出毛病……还是动不得……"

病压服着鲁迅先生又躺下了。

七月里，鲁迅先生又好些。

药每天吃，记温度的表格照例每天好几次在那里画，老医生还是照常的来，说鲁迅先生就要好起来了，说肺部的菌已经停止了一大半，肋膜也好了。

客人来差不多都要到楼上来拜望拜望，鲁迅先生带着久病初愈的心情，又谈起话来，披了一张毛巾子坐在躺椅上，纸烟又拿在手里了，又谈翻译，又谈某刊物。

一个月没有上楼去，忽然上楼还有些心不安，我一进卧室的门，觉得站也没地方站，坐也不知坐在那里。

许先生让我吃茶，我就倚着桌子边站着。好像没有看见那茶杯似的。

鲁迅先生大概看出我的不安来了，便说：

"人瘦了，这样瘦是不成的，要多吃点。"

鲁迅先生又在说玩笑话了。

"多吃就胖了，那么周先生为什么不多吃点？"

鲁迅先生听了这话就笑了，笑声是明朗的。

从七月以后鲁迅先生一天天的好起来了，牛奶，鸡汤之类，为了医生所嘱也隔三差五的吃着,人虽是瘦了,但精神是好的。

鲁迅先生说自己体质的本质是好的,若差一点的,就让病打倒了。

这一次鲁迅先生保着了很长的时间,没有下楼更没有到外边去过。

在病中,鲁迅先生不看报,不看书,只是安静的躺着。但有一张小画是鲁迅先生放在床边上不断看着的。

那张画,鲁迅先生未生病时,和许多画一道拿给大家看过的,小得和纸烟包里抽出来的那画片差不多。那上边画着一个穿大长裙子飞散着头发的女人在大风里边跑,在她旁边的地面上还有小小的红玫瑰花的花朵。

记得是一张苏联某画家着色的木刻。

鲁迅先生有很多画,为什么只选了这张放在枕边。

许先生告诉我的,她也不知道鲁迅先生为什么常常看这小画。

有人来问他这样那样的,他说:
"你们自己学着做,若没有我呢!"

这一次鲁迅先生好了。
还有一样不同的,觉得做事要多做……

鲁迅先生以为自己好了,别人也以为鲁迅先生好了。
准备冬天要庆祝鲁迅先生工作三十年。

又过了三个月。

一九三六年十月十七日，鲁迅先生病又发了，又是气喘。

十七日，一夜未眠。

十八日，终日喘着。

十九日，夜的下半夜，人衰弱到极点了。天将发白时，鲁迅先生就像他平日一样，工作完了，他休息了。

后　记①

右一章系记先师鲁迅先生日常生活的一面，其间关于治学之经略，接世之方法，或未涉及。将来如有机会，当能有所续记。

附录二则，一为先生昔年海外窗友许寿裳先生为文，备详年谱，可为资考，系当面征得同意者。一为鲁迅夫人景宋②先生之文，间以稍长，勉加省略，则系函中征得同意者。今仅一并附录如上，特此敬布谢忱。

一九三九年十月廿六日记于重庆

（该篇创作于一九三九年十月二十六日，收入重庆妇女生活社一九四〇年七月初版《回忆鲁迅先生》，署名萧红，该书附录收入许寿裳的《鲁迅的生活》和景宋的《鲁迅和青年们》。）

---

① 据《端木蕻良文集》（北京出版社，二〇〇九年六月），该部分为端木蕻良代写。

② 景宋：许广平的笔名。

九一八致弟弟书

可弟①：小战士，你也做了战士了，这是我想不到的。

世事恍恍忽忽的就过了，记得这十年中只有那么一个短促的时间是与你相处的，那时间短到如何程度，现在想起就像连你的面孔还没有来得及记住，而你就去了。

记得当我们都是小孩子的时候，当我离开家的时候，那一天的早晨你还在大门外和一群孩子们玩着，那时你才是十三四岁的孩子，你什么也不懂，你看着我离开家向南大道上奔去，向着那白银似的满铺着雪的无边的大地奔去。你连招呼都不招呼，你恋着玩，对于我的出走，你连看我也不看。

而事隔六七年，你也就长大了，有时写信给我，因为我的飘流不定，信有时收到，有时收不到。但在收到的信中我读了之后，竟看不见你，不是因为那信不是你写的，而是在那信里边你所说的话，都不像是你说的。这个不怪你，都只怪我的记忆力顽强，我就总记着，那顽皮的孩子是你，会写了这样的信的，会说了这样的话

---

① 可弟：萧红的弟弟张秀珂（1916—1956）。

的，那能够是你。比方说，——生活在这边，前途是没有希望，等等……

这是什么人给我的信，我看了非常的生疏，又非常的新鲜，但心里边都不表示什么同情，因为我总有一个印象，你晓得什么，你小孩子，所以我回你的信的时候，总是愿意说一些空话，问一问家里的樱桃树这几年结樱桃多少？红玫瑰依旧开花否？或者是看门的大白狗怎样了？关于你的回信，说祖父的坟头上长了一棵小树。在这样的话里，我才体味到这信是弟弟写给我的。

但是没有读过你几封这样的信，我又走了。越走越离得你远了，从前是离着你千百里远，那以后就是几千里了。

而后你追到我最先住的那地方，去找我，看门的人说，我已不在了。

而后婉转的你又来了信，说为着我在那地方，才转学也到那地方来念书。可是你捕空了。我已经从海上走了。

可弟，我们都是自幼没有见过海的孩子，可是要沿着海往南下去了，海是生疏的，我们怕，但是也就上了海船，飘飘荡荡的，前边没有什么一定的目的，也就往前走了。

那时到海上来的，还没有你们，而我是最初的。我想起来一个笑话，我们小的时候，祖父常讲给我们听，我们本是山东人，我们的曾祖，担着担子逃荒到关东的。而我又将是那个未来的曾祖了，我们的后代也许会在那里说着，从前他们也有一个曾祖，坐着海船，逃荒到南方的。

我来到南方，你就不再有信来。一年多又不知道你那方面的情形了。

不知多久，忽然又有信来，是来自东京的，说你是在那边念书了。恰巧那年我也要到东京去看看。立刻我写了一封信给你，你说暑假要回家的，我写信问你，是不是想看看我，我大概七月下旬可到。

我想这一次可以看到你了。这是多么出奇的一个奇遇。因为想也想不到，会在这样一个地方相遇的。

我一到东京就写信给你，你住的是神田町，多少多少番。本来你那地方是很近的，我可以请朋友带了我去找你。但是因为我们已经不是一个国度的人了，姐姐是一国的人，弟弟又是另一国的人。直接的找你，怕与你有什么不便。信写去了，约的是第三天的下午六点在某某饭馆等我。

那天，我特别穿了一件红衣裳，使你很容易的可以看见我。我五点钟就等在那里，因为在我猜想，你如果来，你一定要早来的。我想你看到了我，你多么欢喜。而我却也想到了，假如到了六点钟不来，那大概就是已经不在了。

一直到了六点钟，没有人来，我又多等了一刻钟，我又多等了一刻钟，我又多等了半点钟，我想或者你有事情会来晚了的。到最后的几分钟，竟想到，大概你来过了，或者已经不认识我了，因为始终看不见你。第二天，我想还是到你住的地方去看一趟，你那小房是很小的。有一个老婆婆，穿着灰色大袖子衣裳，她说你已经在月初走了，离开了东京了。但你那房子还下着竹帘子呢。帘子里头静悄悄的，好像你在里边睡午觉的。

半年之后，我还没有回上海，不知怎么的，你又来了信，这信是来自上海的，说你已经到了上海了，是到上海找我的。

我想这可糟了，又来了一个小吉卜西。

这流浪的生活，怕你过不惯，也怕你受不住。

但你说,"你可以过得惯,为什么我过不惯。"

于是你就在上海住下了。

等我一回到上海,你每天到我的住处来,有时我不在家,你就在楼廊等着,你就睡在楼廊的椅子上,我看见了你的黑黑的人影,我的心里充满了慌乱。我想这些流浪的年青人,都将流浪到那里去,常常在街上碰到你们的一伙,你们都是年青的,都是北方的粗直的青年。内心充满了力量,你们都是被逼着来到这人地生疏的地方,你们都怀着万分的勇敢,只有向前,没有回头。但是你们都充满了饥饿,所以每天到处找工作。你们是可怕的一群,在街上落叶似的被秋风卷着,寒冷来的时候,只有弯着腰,抱着膀,打着寒颤。肚里饿的时候,我猜得到,你们彼此的乱跑,到处看看,谁有可吃的东西。

在这种情形之下,从家跑来的人,还是一天一天的增加,后来听说有不少已经入了监狱,听说这帮不远千里而投向祖国来的青年,一到了祖国,不知怎样,就犯了爱国罪了。

这自然都说是以往,而并非是现在。现在我们已经抗战四年了。在世界上还有谁不知我们中国的英勇,自然而今你们都是战士了。

不过在那时候,因此我就有许多不安。我想将来你到什么地方去,并且做什么?

那时你不知我心里的忧郁,你总是早上来笑着,晚上来笑着。似乎不知道为什么你已经得到了无限的安慰了。似乎是你所存在的地方,已经绝对的安然了,进到我屋子来,看到可吃的就吃,看到书就翻,累了,躺在床上就休息。

你那种傻里傻气的样子,我看了,有的时候,觉得讨厌,有的时候也觉得喜欢,虽是欢喜了,但还是心口不一的说:"快起来吧,看这么懒。"

不多时就"七七"事变,很快你就决定了,到西北去,做抗日军去。

你走的那天晚上,满天都是星,就像幼年我们在黄瓜架下捉着虫子的那样的夜,那样黑黑的夜,那样飞着萤虫的夜。

你走了,你的眼睛不大看我,我也没有同你讲什么话。我送你到了台阶上,到了院里,你就走了。那时我心里不知道想什么,不知道愿意让你走,还是不愿意。只觉得恍恍忽忽的,把过去的许多年的生活都翻了一个新,事事都显得特别真切,又都显得特别的模糊,真所谓有如梦寐了。

可弟,你从小就苍白,不健康,而今虽然长得很高了,仍旧是苍白不健康,看你的读书,行路,一切都是勉强支持。精神是好的,体力是坏的,我很怕你走到别的地方去,支持不住,可是我又不能劝你回家,因为你的心里充满了诱惑,你的眼里充满了禁果。

恰巧在抗战不久,我也到山西去,有人告诉我你在洪洞的前线,离着我很近,我转给你一封信,我想没有两天就看到你了。那时我心里可开心极了,因为我看到不少和你那样年青的孩子们,他们快乐而活泼,他们跑着跑着,当工作的时候还嘴里唱着歌。这一群快乐的小战士,胜利一定属于你们的,你们也拿枪,你们也担水,中国有你们,中国是不会亡的。因此我的心里充满了微笑。虽然我给你的信,你没有收到,我也没能看见你,但我不知为什么竟很放心,就像见到了你的一样。因为你也必是他们之中的一个,于是我就把你忘了。

但是从那以后,你的音信一点也没有的。而至今已经四年了,你也到底没有信来。

又偏偏在这时候,我们的国家不幸设了不少的网罗,就像在林里捕捉那会唱歌的夜莺那样捕捉你们。把你们捕捉在洞里,把你们捕捉在营里。(不知道是防空洞还是什么洞。至于营,听说是训练营。)

我本不常想你,不过现在想起你来了,你为什么不来信,或者入了洞,入了营吗?

于是我想,这都是我的不好,我在前边引诱了你。

今天又快到九一八了,写了以上这些,以遣胸中的忧闷。

愿你在远方快乐和健康。

(该篇创作日期不详,首刊于一九四一年九月二十日香港《大公报·文艺》第一一八六期,署名萧红。再刊于一九四一年九月二十六日桂林《大公报》副刊。)

图书在版编目（CIP）数据

萧红经典散文/萧红著.—济南:山东文艺出版社,2018.7
ISBN 978-7-5329-5635-7

Ⅰ.①萧… Ⅱ.①萧… Ⅲ.①散文集—中国—现代 Ⅳ.①I266

中国版本图书馆 CIP 数据核字(2018)第 098289 号

萧红经典散文
萧　红　著

主管单位	山东出版传媒股份有限公司
出版发行	山东文艺出版社
社　　址	山东省济南市英雄山路 189 号
邮　　编	250002
网　　址	www.sdwypress.com

读者服务	0531-82098776（总编室）
	0531-82098775（市场营销部）
电子邮箱	sdwy@sdpress.com.cn

印　　刷	山东临沂新华印刷物流集团有限责任公司
开　　本	880 毫米×1230 毫米　1/32
印　　张	9.5　插页/4
字　　数	214 千
版　　次	2018 年 7 月第 1 版
印　　次	2018 年 7 月第 1 次印刷
书　　号	ISBN 978-7-5329-5635-7
定　　价	25.00 元

版权专有，侵权必究。如有图书质量问题，请与出版社联系调换。

本书为保存作品原貌，作品中的部分字词、数字、计量单位、标点符号以及篇末写作时间等，虽与现代汉语规范不尽一致，一般保留原文原貌，不作修改。